Alle Rechte liegen bei der Autorin.
©Susanne Hottendorff 2015
www.susanne-hottendorff.com
Fotos: Susanne Hottendorff

Erstausgabe vom 11.2008
2. überarbeitete Auflage

Ähnlichkeiten mit lebenden oder verstorbenen Personen sind rein zufällig und nicht beabsichtigt.

Bibliografische Information der Deutschen Nationalbibliothek. Die Deutsche Nationalbibliothek verzeichnet diese Publikation in der Deutschen Nationalbibliografie; detaillierte bibliografische Daten sind im Internet über http://dnb.d-nb.de abrufbar.

Herstellung und Verlag:
Books on Demand GmbH, Norderstedt
Printed in Germany

ISBN: 978-3-734785-59-7

Susanne Hottendorff

St. Pauli, Barmbek
und ein
bisschen Hamburg

Eine heitere Hamburg Geschichte

Ein Gruß
an meine
Heimatstadt Hamburg

Hummel , Hummel
mors, mors!

ST. PAULI

Es liegt nicht nur an der Jahreszeit, wir haben Ende November, dass es bereits kurz vor siebzehn Uhr dunkel wird. Die Wolken am grauen Himmel rauben der Stadt das letzte Licht. Von überall her dringen Geräusche an das Ohr, sie vermischen sich zu einem Getöse, das so vorher nie da gewesen war. Autos, die laut hupen, Kinder, die trotz des trüben Wetters noch auf der Straße spielen, Hunde, die laut bellen, obwohl sie sicherlich so gar keinen Anlass dazu haben. In der Ferne ertönt das Signalhorn eines Krankenwagens, der es scheinbar sehr eilig hat, sein Ziel zu erreichen. Die Straßenlaternen, die noch funktionsfähig sind, wo weder der Zahn der Zeit noch Halbwüchsige die Leuchtmittel zum Erlöschen gebracht haben, werfen Schatten auf das nasse Kopfsteinpflaster. Bizarre Muster bilden sich, die wenn man einen Schritt weiter geht, einem folgen, ohne Aufforderung. Angst, die langsam den Nacken hochzieht, stellt einige Haare auf. Vor einer umgekippten Mülltonne hockt eine altersschwache Katze. In dem heraus gefallenen Müll sucht sie nach Nahrung, um zu überleben. Laute Musik mischt sich in das bereits vorhandene Getöse. Aus einem geöffneten Fenster eines fast im Dunkel versteckten Hauses tönen Schreie. Nicht diese Art von Schreien, die an ein Verbrechen denken lassen, sondern eher die Sorte, die den Abschluss bilden, an einer Sache, die hoffentlich Spaß gemacht hat. Die Schritte einer unbekannten Person, die nicht zu sehen ist, werden lauter, um dann ganz plötzlich zu verstummen. Von einem nicht weit entfernten Kirchturm klingt der Schlag der Glocke und auch er vermischt sich mit den anderen Geräuschen. Viel zu schnell fährt ein Auto an mir vorbei. Der Fahrer, oder die Fahrerin, hat ohne auch nur im Entferntesten an die Gefahr zu denken, sowohl die Verkehrszeichen als auch den Zebrastreifen ignoriert. Feierabend, in allen Köpfen ist Feierabend. Schnell nach Hause, schnell, schnell. Auch die junge Frau, die sich scheinbar unbekümmert an die Hauswand lehnt würde gerne schnell einen Freier finden. Bei diesem Wetter, zu dieser Uhrzeit wird sie jedoch noch warten müssen. Ein Radfahrer, er trägt tiefdunkle Kleidung, man kann ihn kaum vom Untergrund der Straße unterscheiden, fährt vermutlich nach Hause. Aus dem nahe gelegenen Ausgang der U-Bahn strömen Menschen, die entweder nach Hause oder zur nächsten Bushaltestelle drängen. Niemand achtet auf den Nächsten. Keiner kümmert sich, außer um sich selbst. Das große dunkle Bündel, das ganz am Rande der Straße liegt, dort, wo das unbebaute Grundstück schon seit Jahren als Müllablageplatz dient, nimmt keiner der Vorbeieilenden wahr. Wie lange es wohl schon dort liegt? Wer es wohl dort abgelegt hat? Und was sich wohl in ihm verbirgt? Aber das Interesse reicht nicht aus, keiner bückt sich, um es zu untersuchen. Bei Zeiten werden die streunenden Hunde und Katzen sich damit beschäftigen. Fressbare Abfälle bleiben nicht lange unberührt. Egal welcher Art!

 An der nächsten Ecke erreicht der Radfahrer sein Ziel. Eine Kneipe, in der jeden Abend immer die gleichen Kreaturen verweilen. Ob nun bei einem Klaren oder bei einem Rumgrog, ob bei einem Glas Bier oder ausnahmsweise bei einer Tasse Kaffee, alle Gäste sind willkommen. Die Wirtin der Kaschemme „Zur windigen Ecke" heißt Trude

Palm. Seit mindestens vierzig Jahren steht sie hinter dem Tresen, der genau wie sie in die Jahre gekommen ist. Trude begrüßt jeden ihrer Gäste mit einem Moin - Moin. Sie ist irgendwo an der Küste geboren, wo weiß keiner und es interessiert auch keinen ihrer Gäste. Hauptsache die Gläser sind gefüllt. Die wackeligen Barhocker vorm Tresen sind um diese Zeit alle besetzt. Mehrere Trinkende haben sich auch schon an die kleinen viereckigen Holztische gesetzt, an denen jeweils vier Besucher Platz finden. Wer noch aufrecht die „Windige Ecke" verlässt und noch einen einigermaßen klaren Blick hat, der muss wohl oder übel auf das Bündel am Straßenrand schauen. Ob er will oder nicht. Aber es kümmert keinen, auch heute nicht. Viele der Arbeiter aus dem Hafen, sie sind mit der Fähre von der anderen Elbseite gekommen, treffen sich hier um die Neuigkeiten des Tages auszutauschen. Auch Horst und Franz, beide arbeiten als Festmoker im Hafen, treffen sich allabendlich bei Trude. Die Themen der beiden drehen sich hauptsächlich um Politik. Wer mit wem im Rathaus, und wer nicht, obwohl sie das nun ja auch nicht gerade aus erster Hand wissen können. Unser erster Bürgermeister Ole hat wieder, hört man Franz gerade sagen, als sich die Tür knarrend wieder öffnet. Zwei Männer betreten die Kneipe, solche, die man am liebsten von hinten sieht. Zwielichtige Gestalten. Dunkle Lederjacken, tief ins Gesicht gezogene Elbsegler, Schiffermützen, obwohl man sicher sein kann, dass diese Gesellen keine Seeleute sind. Sie bestellen sich jeder ein Bier und stellen sich etwas abseits der anderen Gäste an den Tresen, soweit das in der Enge des Lokals möglich ist. Trude reicht die Gläser über den Tresen und macht zwei Striche auf den Bierdeckel, den sie unter eines der Gläser legt. Mit einem kurzen „na denn Prost" ist der Vorgang für sie abgeschlossen. Die beiden Kerle beachten Trude nicht, sie haben ganz andere Sachen im Kopf. Beide stecken die Köpfe zusammen und scheinen sich gut zu kennen, das Gespräch wirkt so vertraut, so gewohnt. Den vorbeifahrenden Peterwagen hört niemand der Anwesenden. Nicht etwa, weil es viel zu laut ist, sondern weil es niemanden der hier Anwesenden wirklich interessiert. Trude kennt die beiden, sie treffen sich hier regelmäßig, nicht jeden Tag, aber doch mehrmals in der Woche. Trude weiß längst, die beiden heißen Hans und Erwin, der lässt sich aber immer mit seinem Spitznamen Eddie ansprechen. Hans mag so Mitte Vierzig sein, sein Gesicht verrät, er hat schon reichlich Erfahrungen in seinem Leben sammeln können. Manche scheinen auch durch eine Faust gekommen zu sein, die Narben könnten mehr darüber berichten.

„Haare wachsen nur auf Wasserköpfen" hört man Hans oft schnacken, deshalb findet der Betrachter auf seinem Haupt so gar keine mehr. Hans Vorliebe gehört nicht nur dem Bier, bei besonderen Anlässen kippt er sich auch schon mal den einen oder anderen Klaren hinter die Binde. Anlässe scheint es wohl genügend zu geben, Trude könnte ein Lied davon singen. Eddie scheint da schon einen etwas extravaganteren Geschmack zu besitzen. Trude musste extra für Eddie eine Flasche eines ganz bestimmten Whiskys herbeischaffen. Keine Ahnung, wie der heißt, hatte Eddie damals gesagt, aber vorne auf dem Schild ist so ein Vogel drauf. Das war natürlich ein sehr hilfreicher Tipp. Tagelang hat Trude damals mit Experten gesucht, dann kamen alle überein, es muss wohl die Flasche mit dem Moorhuhn sein. Eddie war so glücklich, dass er Trude einen dicken Söten auf die Wange gedrückt hatte. Glücklich lächelnd kann man Trudi heute noch beim Einschenken beobachten, erinnert sie sich doch jedes Mal an diesen kurzen Kuss. Oft passiert es natürlich nicht, dass zwielichtige Gestalten die Wirtin küssen, wenn auch nur auf die Wange. Prachtvolle Haare, eine dichten Vollbart und viel zu lange Fingernägel, daran kann man Eddie auch noch erkennen. Ob die beiden wohl, außer immer in der Kneipe abzuhängen, noch etwas anderes vorhaben, den lieben langen Tag lang? Neugierde und Fragen stellen, das sind zwei Tugenden, die man in diesem Stadtviertel, auf St. Pauli, besser zu Hause lassen sollte. Die Leute helfen sich untereinander, wenn Hilfe benötigt wird und wenn Hilfe verlangt wird. Wer, wie, was, wieso, weshalb, warum, diese Worte kann man auf'n Kiez getrost vergessen. Nur die Schmiere stellt hier die Fragen. Antworten bekommen sie trotzdem nicht, die Hüter des Gesetzes.

Der Radfahrer, der aus Richtung Landungsbrücken kam und nun ebenso in der warmen Kneipe verweilt, hat sich eine Käseplatte bestellt. Genüsslich kaut er auf den belegten Brötchen herum, zwischendurch wird immer wieder mit einem Schluck Pils gespült. Hein Jensen heißt er nun schon seit über fünfzig Jahren, aber alle nennen ihn bloß Heini. Gleich nach der Schule, mit Ach und Krach hatte er damals seinen Abschluss geschafft, immerhin besser einen Hauptschulabschluss als gar keinen, fand Heini Arbeit in einer kleinen Schlosserei in der Seilerstraße auf einem Hinterhof. „Seit Jahren im Familienbesitz" steht in großen Lettern über dem Eingang. Tatsächlich ist der kleine Betrieb schon seit 1899 in Besitz der Familie Schlüter. Sicherlich wird es aber bald ein neues Schild geben, denn die Familie ist ausgestorben. Keine Jungs mehr in der Familie, die den Betrieb hätten übernehmen wollen. Heini ist auch gefragt worden, aber auch Heini will nicht der Chef werden. In dem Alter sowieso nicht mehr, hat er geantwortet, nachdem sein Boss ihm das Angebot unterbreitet hatte. Hein Jensen will noch bis zur Rente weitermachen, dann treibt es ihn in den Ruhestand. Eine Frau hat er nicht mehr, sie ist schon vor Jahren an dieser bösen Krankheit gestorben. Mit einem dieser großen Pötte will Hein eine Reise machen. Am besten nicht wiederkommen, hört man ihn immer sagen, wenn er von seinem Traum, einer Schiffsreise, lamentiert. Nicht ein Krümel ist auf dem Teller liegengeblieben, die Käsebrötchen sind immer ganz besonders lecker. Damit Heini zu Hause nicht kochen muss besucht er jeden Abend die „Windige Ecke" und das schon, so lange er denken kann. Viel gesprochen wird nicht, Hein sitzt und hört zu. Er mag es lieber, wenn die anderen reden. Wie jeden Abend steht er plötzlich auf, legt schweigend abgezähltes Geld auf den Tresen und geht. Sein Fahrrad stellt er immer an dieselbe Stelle, gleich neben der Eingangstür ab. Bis heute hat er auch Glück gehabt und sein Rad immer wieder mit nach Hause nehmen können. Es wird doch so viel geklaut, nicht nur auf St. Pauli.

Neulich haben Diebe doch tatsächlich ein Pferd geklaut. Es stand ganz groß in der Zeitung mit den vier großen Buchstaben. Wieso stand da überhaupt ein Pferd auf dem Großneumarkt? Angeblich wollte der Halter dieses

Tieres, oder nennt man das nur bei einem Fahrzeug so, dem altersschwachen Gaul einen letzten Blick auf sein Stadtviertel gewähren, bevor er dann zum Abdecker auf die große Reise gehen sollte. Wer weiß, vielleicht hatte da jemand ein Einsehen mit dem Pferd. Aufgetaucht ist der Gaul jedenfalls nicht wieder. Weder tot noch lebend.

Hein steigt auf sein Rad und will gerade losfahren, als er das Bündel auf der anderen Straßenseite entdeckt. Vorsichtig schaut er nach links und nach rechts. Das hat natürlich nichts mit dem Verkehrskasperl zu tun, der zu den Abc – Schützen in die Schule kommt, nein, Hein peilt die Lage. Zuschauer kann er nicht gebrauchen. Vom Stintfang her kommen eine ganze Menge singender Gestalten herunter. Hein besinnt sich und fährt davon. Soll sich doch jemand anderes um das Bündel kümmern.

Dreißig Minuten sind vergangen, seit der Vorhang im Schmitz Tivoli das Ende der Vorstellung anzeigte. Die Schar fröhlicher Besucher ist nun auf der Suche nach einer Kneipe, in der es den Absacker gibt, bevor dann die U-Bahn den Weg nach Hause bereitet. Direkt vor Trudes Kneipe bleiben sie stehen, überlegen und kommen dann aber doch zu dem Entschluss, es könnte ein etwas besseres Niveau haben, das Etablissement für den letzten Schluck nach diesem so netten Abend. Gar nicht weit entfernt gibt es zahlreiche feine Bars, dort wo ein Mix aus Wasser, Frucht und Strohhalm 15 € kostet. Jeder findet auf St. Pauli, wonach er sucht.

Weit nach Mitternacht, besser gesagt, kurz vor Morgengrauen verlassen dann auch die letzten Gäste die „Windige Ecke". Trude spült noch die letzten Gläser und steigt dann die alte Holztreppe in den zweiten Stock des

Hauses empor. Hier hat sie ihre kleine Wohnung, zwei Zimmer, Küche, Bad und das Klo, wie früher, auf dem Treppenabsatz. Ganz alleine kann sie es benutzen, denn alle anderen Bewohner haben das alte Haus längst verlassen.

Im Hamburger Hafen

HARVESTEHUDE

Sonnabend, ein diesiger Morgen, es ist kurz nach 7 Uhr. Beidseits der schmalen Straße stehen sie und warten. Dicht an dicht, wie jeden Sonnabend. Sie warten. Langsam kommen die ersten Kunden aus ihren Häusern und gehen, bepackt mit Körben, Taschen und Netzen, an den Ständen vorbei. Markt. Wochenmarkt, schon ein besonderer, nicht einer, wie alle anderen. Isemarkt, sagen die Kenner. Viele Hausfrauen kommen schon mit der U-Bahn um hier einzukaufen. Glücklicherweise verläuft die Hochbahn direkt in unmittelbarer Nähe zum Markt. Blumen, Gemüse, Obst, Fisch und Fleisch. Das eine oder andere unnütze Zeug kann man auch hier erwerben, wie überall wo Handel stattfindet. „Flaschenöffner" hört man den Marktschreier brüllen, „besonders auch für Linkshänder geeignet." Frauen jeden Alters und jeder Gesinnung kaufen hier fürs bevorstehende Wochenende ein. Wintermäntel mit Pelzkragen, an denen Claudia Schiffer ihre wahre Freude hätte, treffen auf ausgediente Bundeswehrparker, denen man den letzten Kampfeinsatz im Feindesland genau ansieht. An der Ecke zur Klosterallee steht Familie Büntje aus dem Alten Land. Äpfel, Birnen und selbst gemachtes Gelee kann man hier genauso gut kaufen, wie den mit Alkohol versetzten Fliederbeersaft, nach einem Rezept noch aus Urgroßmutter Zeiten. Gleich nebenan verkauft ein Landwirt Erika. Nein, nicht seine Frau, die heißt Hermine. Erika ist Heide. Diese Pflanze, die überall im Herbst gepflanzt wird, helllila bis dunkellila blüht und auch den stärksten Frost übersteht. Eine Pflanze kostet heute im Angebot nur 1,50 €. Frau von Straaten bleibt stehen und betrachtet die Auslage sehr kritisch. In ihrem Wintergarten stehen schon einige Terrakotta - Töpfe bereit, die wieder bepflanzt werden sollen. Wie in jedem Herbst. Früher ist sie gemeinsam mit ihrem Mann jeden Herbst in die Lüneburger Heide gefahren. Vorort bekommt man eben die beste

Ware, waren immer ihre Worte. Ferdinand von Straaten hat dazu längst keine Lust mehr, mit dem Auto durch die viel zu vollen Straßen, bei dem Verkehr in die Lüneburger Heide, nur um seine Gesine zu chauffieren. Nun darf sie sich auch darum noch alleine kümmern. Ob die Heide auch frisch sei, fragt sie den fröhlich pfeifenden Mann am Stand. Ziemlich trocken kommt die Antwort, „gute Frau, das sind Pflanzen, kein Hackfleisch", über die sich Frau von Straaten nicht sonderlich freut. Hanseatisch kühl ist der Blick, den Gesine von Staaten dem Verkäufer zuwirft, bevor sie kopfschüttelnd den Stand verlässt. Schräg gegenüber bietet eine junge Frau, ihre Eltern waren sicherlich Einwanderer aus einem südlichen Land am Meer, eingelegte Köstlichkeiten an. Oliven mit Knoblauch, Feigen in einer nicht definierbaren Flüssigkeit, vermutlich Alkohol, Dressings und Dippsoßen. Mit zahlreichen, von einem großen Fladenbrot abgerissenen Stückchen, die sie in ihre leckeren Soßen taucht und an die vorbeigehenden Kunden reicht, macht sie auf sich aufmerksam. Klar, um den Umsatz zu steigern. Kaum größer als der Hackenporsche, den die alte Frau hinter sich herzieht, dennoch flink und wendig: Frau Suhrkamp. Ende Sechzig, verwitwet, schon seit Mitte des zweiten Weltkrieges, aber immer auf dem Wochenmarkt anzutreffen. Zahlreiche Tüten schauen bereits aus ihrem rollenden Einkaufswagen hervor. Gekauft hat sie ihn sich vor Jahren, als sie noch viel rüstiger war als heute, auf der Ausstellung „Du und deine Welt", die jedes Jahr auf dem Messegelände stattfindet. Treu begleitet er sie nun immer, bei all ihren Einkäufen. Meta, so heißt Frau Suhrkamp mit ihrem Rufnamen, kommt gerade um die

Ecke, um die von der anderen Seite Frau von Straaten schleicht. Rumsch. Kopf an Brust stehen sich die beiden Frauen gegenüber, deshalb, weil Meta doch so klein gewachsen ist. Na, das kann ja mal passieren, erklärt Frau Suhrkamp. Konsterniert über so viel Unachtsamkeit wischt sich Gesine ihren Mantel sauber, wovon allerdings, weiß nur sie alleine. Die Jungs, die zwischen den Ständen entlanglaufen, bemerken die beiden Frauen, die viel zu sehr mit sich selbst beschäftigt sind, zuerst gar nicht. Den Rempler, den Gesine von hinten erfährt, bringt sie auch noch nicht mit den Kindern in Verbindung. Der übernächste Markstand verkauft Blumen, das ist wichtig, damit sie endlich ihre Heide kaufen kann. Genervt über die letzten Ereignisse kauft sie fast unbesehen 6 Töpfe á 2.- Euro. Verwundert greift sie in die rechte, dann in die linke Manteltasche. Vergeblich. Kurz hält sie inne um zu überlegen, wo wohl ihre Geldbörse aus gutem Rindsleder abgeblieben sein kann. „Ich stecke sie doch nie in die Einkaufstasche", hört man Gesine leise sagen, aber die Suche nach dem Portemonnaie bleibt erfolglos. Hysterische Schreie folgen nun, alle Umstehenden schrecken auf und suchen die Ursache. Eine lautstarke Erklärung folgt, mit den Worten:

„Man hat mich bestohlen!"

Einige der zufällig stehen gebliebenen Marktbesucher gehen weiter. Andere erklären, auch sie hätte es schon erwischt, auch sie wären beklaut worden. Nicht heute, aber an einem anderen Tag hier auf dem Isemarkt. Später auf der Polizei wird Gesine genau erklären, wie es zu dem Diebstahl gekommen sei. In allen Einzelheiten wird sie die jungen Bengel beschreiben, die ganz sicher für diese schreckliche Tat zur Verantwortung gezogen werden müssen. Ferdinand von Straaten freut sich insgeheim, hat doch seine Gesine keine Erika mit nach Hause gebracht.

„Früher hätte es so etwas nicht gegeben, die Jugend wird auch immer schlechter. Siehst du, Ferdinand, wenn du mit mir in die Lüneburger Heide gefahren wirst, wäre mir diese ganze Aufregung erspart geblieben."

Herr von Straaten hat nur ein Papperlapapp für seine Frau parat, damit ist in der Parkallee wieder Normalität eingekehrt.

Alsterdampfer

BARMBEK

Das Backsteingebäude steht hier schon so lange man denken kann. Ob zur Entspannung, zum Schwitzen oder nur, um einige Runden zu drehen, im Bartholomäus – Bad treffen sich alle Generationen immer wieder gerne. Früher gab es noch keine Sauna, aber wer mithalten will, wer am Markt seinen Platz bestreiten will, muss nicht nur investieren, sondern auch renovieren. Heute strahlt das Bad und die Besucherzahlen gleich mit. Vormittags bevölkern das Badlo, wie es in Kennerkreisen genannt wird, oft ganze Schulklassen. Hier werden oft die ersten Seepferdchen und die ersten Freischwimmerabzeichen erworben.

Heute Nachmittag jedoch ist das Schwimmbad relativ leer, vielleicht liegt es am Fernsehprogramm oder einfach daran, dass bald der erste Advent vor der Tür steht und die Hamburger ihre Vorbereitungen dafür treffen. Langsam dreht die junge Frau ihre Runden im Becken, immer links herum, gegen den Uhrzeigersinn. Irgendjemand hat ihr vor Jahren mal erzählt, da wäre der Wasserwiderstand größer. Es würde also effektiver sein, so herum zu schwimmen. Rund um das Schwimmbassin, mit einem Abstand von etwa drei Metern, liegen zahlreiche Umkleidekabinen, wie aufgereiht an einem Faden. Schaut man empor, erspäht man weitere Türen, hinter denen man sich in seine neusten Badekreationen werfen kann. Am Kopfende der großen Halle sind die Duschen. Die junge Frau, Claudia Welke, kommt schon seit Jahren in das Bad, das seltsamerweise den Namen einer der zwölf Apostel Jesu erhalten hat. Vielleicht, wegen der Geschichte, wo Jesus über das Wasser geht? Denn eigentlich heißen die Straßen der Umgebung nicht nach Heiligen sondern nach bekannten Persönlichkeiten wie Beethoven, Schumann, Mozart, aber auch Humboldt oder Bach.

Claudia versucht wirklich jeden zweiten Tag ins Bad zu kommen. Sie will fit bleiben, bald kommt das Frühjahr und der nächste Urlaub in die Sonne ist auch schon gebucht.

Der Bikini soll passen, die Konkurrenz ist groß, hört man sie immer sagen. Nach circa fünfzig Minuten, eine große runde Bahnhofsuhr, die in der Höhe an der Wand über dem Becken angebracht ist, erinnert stets an die Zeit, steigt Claudia aus dem Nass. Noch kurz abduschen, Chlor ist nicht gesund auf der Haut, dann geht es in die Umkleide. Den Schlüssel, der an einem speziellen Band am Handgelenk befestigt wird, öffnet die Kabine und der Wettlauf mit der Zeit beginnt, wie jedes Mal. Wer nicht nach sechzig Minuten wieder am Ausgang ist, muss nachzahlen. Also geht es hoppla hopp, die Haare werden in ein Handtuch gewickelt und runter zum Ausgang. Dort kann man dann die Eintrittskarte abstempeln lassen und an den Trocknern, die in einem speziellen Raum aufgereiht warten, in Ruhe die Haare föhnen. Draußen ist es kalt und schnell hat man sich nach einem Besuch im warmen Schwimmbad eine Erkältung weggeholt. Als Claudia für heute das Bad verlässt ist es merklich kälter geworden. Vielleicht gerade mal zwei Grad über Null, mehr nicht.

„Hoffentlich beginnt es nicht noch zu schneien, ich habe keine Lust auf Winter", denkt die junge Frau noch, während sie sich auf die Suche nach ihrem am Straßenrand abgestellten Fahrzeug macht.
Noch auf dem Weg in die Beethovenstraße greift sie in ihre Manteltasche, dort hat sie ihre Schlüssel verwahrt. Ohne Erfolg, die Taschen sind leer und zu allem Übel steht auch ihr Fahrzeug nicht mehr an seinem Platz.

„Sollten mir die Schlüssel in der Umkleide aus der Tasche gefallen sein? Auch das noch!"

Zurück in die Badeanstalt und eigentlich hat Claudia so gar keine Zeit mehr. Der schmucke junge Mann, den die Frau an der Kasse bittet, in der Kabine nach dem Schlüssel zu suchen, lässt lange auf sich warten. Seine Suche blieb erfolglos, der Schlüssel bleibt verschwunden. Es sei besonders ärgerlich, erklärt Claudia, da an dem Bund auch der Haustürschlüssel befestigt sei. Ein bestelltes Taxi fährt Claudia auf dem schnellsten Wege nach Hause. Durchwühlte Schubladen, zerbrochenes Geschirr, Chaos, all das sieht sie in ihrer Vorstellung, während das Taxi gerade in den Maimoorweg einbiegt. Immer zwei Stufen auf einmal nimmt die junge Frau und klingelt dann bei ihrer Nachbarin, die glücklicherweise im Hause ist. Etwas Geld muss sie sich leihen, damit sie die Taxe bezahlen kann. Claudia nimmt immer nur das Nötigste mit, an Geld, wenn sie zum Schwimmen fährt. Für die Taxe hat das aber nicht mehr gereicht. Erleichtert nimmt nun auch der Taxifahrer, ein Türke, der fließend Deutsch spricht, die Geldscheine entgegen. Claudia und ihre Nachbarin Heike, die immer einen Ersatzschlüssel verwahrt, betreten gemeinsam die Wohnung.

„Bin ich froh!", hört man Claudias erleichterten Ausruf.

„Niemand hier gewesen. Ich hatte mir schon ausgemalt, dass meine Wohnung leer geräumt wäre."

Heike rät ihrer Nachbarin aber trotzdem, sofort ein neues Schloss in die Haustür einbauen zu lassen. Sicher ist sicher! Außerdem führt der nächste Weg die junge Frau nun zur Polizeiwache, sie wird eine Anzeige aufgeben müssen.

Mit dem Bus hat sich Claudia auf den Weg zur Wache am Wiesendamm aufgemacht. Wenig Hoffnung geben die

Polizisten der jungen Frau mit auf den Nachhauseweg. Ein Diebstahl eines Fahrzeugs in der Vorweihnachtszeit bleibt meist ohne guten Ausgang. Die Täter, erklärt ihr ein Uniformierter, klauen auf Bestellung und die Fahrzeuge gehen meist auf direktem Weg über den Hafen ins benachbarte Ausland. Claudia erklärt, sie würde doch nur einen schon ziemlich altersschwachen VW-Golf fahren, daran hätte bestimmt auch im Ausland keiner so richtig Freude. Weg ist weg, damit muss sie Claudia Welke abfinden, ob sie will oder nicht.

Hamburger Außenalster

ST. PAULI

Das Leben auf St. Pauli war schon immer schwerer, als in anderen Stadtteilen Hamburgs. Die Leute, die hier leben sind einfach. Die meisten von ihnen sind nicht gerade reich. Dazu gehört auch Trude Palm. Klar, mit ihrer „Windigen

Ecke" hat sie so viel, dass sie nicht hungern und nicht dursten muss, genug für ein Dach über dem Kopf und genug, um einigermaßen zufrieden zu sein.

„Mehr als satt werden kann der Mensch doch nicht", hört man Trude oft sagen, wenn wieder mal einer ihrer Gäste klagt.

Dass die anderen mehr haben, stört Trude nicht. Sie ist glücklich, so wie es ist. Manchmal allerdings, wenn der Rücken vom vielen Stehen genauso schmerzen wie die Füße, dann wünscht auch Trude Palm sich ein Plätzchen zum Ausruhen, zum Entspannen und genügend Geld. Nur so viel, dass sie den Laden schließen könnte. An die vielen Männer hat sich die Gastwirtin schon längst gewöhnt, auch an die Sprüche, die mit den Jahren langweilig werden. An den Alkohol, der oft im Übermaß nicht nur genossen wird, schon lange. Denn davon lebt Trude. Unbehagen machen ihr die Kreaturen, die es nur auf das Geld der anderen abgesehen haben. Ganoven, sagte man früher, die gab es schon immer. Einbrüche in Geschäfte, wo die Tageseinnahmen dem Dieb über die nächsten Tage halfen.

Stundenlang gibt es heute nur ein Thema am Tresen: Ausländer. Trude hat nichts gegen Ausländer.

„Warum auch? Die trinken ja schließlich auch meinen Schnaps!"

Hans und Eddie sehen das irgendwie ganz anders.

„Ach Trude, du und dein Laden. Denk doch mal an die vielen anderen Leute, die schon lange keine Arbeit mehr haben. Die Arbeitslosenzahlen steigen immer weiter. Unsere Politiker haben da auch keine Ideen mehr. Ich glaube, die wollen gar keine Abhilfe schaffen. Unsere Kinder liegen ihren Eltern auf der Tasche. Ausbildungsplätze gibt es auch nicht genügend. Die Gören kommen nur auf dumme Gedanken. Das hat's früher nicht gegeben."

Trude sagt normalerweise nicht so viel zum Thema Politik, sie will Ruhe in ihrer „Windigen Ecke", keinen Streit. Wenn es gar zu schlimm wird, geht sie auch schon mal dazwischen, um wieder Frieden zu bekommen. Oft mit so ganz einfachen Worten wie: Kinder, Kinder, lasst doch das Streiten. Als Wilhelm noch lebte, Trude meint damit nicht etwa Kaiser Wilhelm, sondern ihren Mann, da haben auch viele Leute auf der Straße gesessen, ohne Arbeit. Gedanken an die alten Zeiten zu verschwenden, das ist eigentlich so gar nicht Trudes Art. Gelegentlich, wenn es zu den Festtagen geht, egal ob Weihnachten, Ostern oder Geburtstage, denkt sie wieder an die alten Zeiten, in denen ihr Wilhelm noch mit ihr gemeinsam in der Kneipe stand. Damals war alles anders, aber ob es nun wirklich besser war? Darauf hat auch Trude Palm keine Antwort. Kinderlos sind sie geblieben. Versucht hatten es die beiden oft genug, der Arzt konnte damals noch nicht helfen. Alleine vom Beine hoch und noch eine halbe Stunde still liegen hat es dann auch nicht geklappt. Sollte wohl nicht sein, war immer Trudes Erklärung. Geschwister hatte Trude auch keine, lag wohl in der Familie mit den Problemen. Wilhelm hatte vier Brüder, die aber alle nicht aus dem Krieg zurückgekommen sind. Anfangs hoffte die junge Witwe ihr Mann würde wiederkommen, alles sei nur ein großes Missverständnis. Was man eben so denkt, wenn man trauert. Schöne Männer gab es genug, die Trude haben wollten. Eine kinderlose Witwe mit eigener Kneipe. Das war schon was, nach dem Krieg. Geflirtet hat die Wirtin schon, mal hier und da. Mehr war nicht drin. Nicht damals und nicht heute. Weniger Arbeit, das hat doch auch was!

„Ich komme schon ganz gut alleine klar, so habe ich nicht auch noch die Schmutzwäsche von einem Kerl."

Trudes beste Freundin, Erna Kahl, sieht das ganz anders. Immer in Begleitung, wenn auch nicht immer mit demselben Mann. Das zeichnet Ernas Leben aus. Beide Frauen telefonieren regelmäßig miteinander. Oft fällt dann auch ein Männername, den Trude noch nicht kennt.

„Hast du schon wieder einen neuen Kerl?", fragt sie dann entrüstet.

„Trude, das Leben ist so kurz. Man muss genießen, jeden Tag, so gut es geht. Mit Mann lässt es sich besser genießen. Glaub mir. Du hast es nur vergessen. Nach so vielen Jahren alleine."

Erna hat auch so ihr Auskommen, ihr Verstorbener war Beamter. Hamburg lässt seine Witwen nicht verhungern! Keine rauschenden Feste, aber regelmäßige Opernbesuche und ab und zu mal ein Konzert in der Musikhalle, kann sich Erna schon leisten.

„Für alles andere habe ich meine Männer."

Erna wohnt in St. Georg. Nun auch nicht gerade die feine Wohngegend von Hamburg. Ihre Wohnung liegt im ersten Stock in einem kleinen Haus in der Danziger Straße. Klein aber fein. Grüne Bäume vorm Haus, etwas Rasen, nicht unbedingt üblich in St. Georg. In dem kleinen Frisiersalon, der hier auch schon seit Jahrzehnten zu finden ist, war Erna Stammkundin. Die alte Chefin verstarb und Erna übernahm den Laden. Das ist nun auch schon Jahre her.

St. Georg heißt für Hamburg aber auch Hauptbahnhof, Allgemeines Krankenhaus und viele kleine Geschäfte,

Kneipen und die Nähe zur Innenstadt. In fünf Minuten in der Mö, wie die Hamburger zärtlich ihre Mönckebergstraße nennen. Quer durch geht auch die Lange Reihe, durch die ja früher, wenn man Erna glauben darf, die Straßenbahn fuhr, obwohl es so eng dort ist. Parken ist heute verboten, sonst passt der große Linienbus schon gar nicht mehr durch die Lange Reihe, die nicht nur zufällig ihren Namen erhalten hat. Bäcker, Fischladen, Frisör, die alte Konditorei, gleich vorne auf der rechten Seite, in der sich auch heute noch vorwiegend Männer treffen, all das ist so geblieben, von damals. Aber Erna ist es egal, sie lebt hier und ist glücklich. Auch wenn Drogen und Junkies hier in Bahnhofsnähe zu finden sind. Klar, wo Drogen sind, ist die Polizei auch nicht weit. Dennoch, am Abend finden alle, die sich suchen, auch zueinander. Für Geld ist in St. Georg alles zu bekommen. Auch Liebe.

Trude kommt nicht so oft zu ihrer Freundin.

„Ich kann meine Kneipe doch nicht alleine lassen, an Schließen ist gar nicht zu denken."

So bleibt es nicht aus, dass Erna nach St. Pauli kommt, um mit ihrer Freundin mal wieder richtig zu quatschen. Schnattern können Frauen ja nun wirklich. Themen gehen den beiden Frauen auch nicht aus. Dazu gibt es eine Kanne Kaffee oder jetzt, in der kalten Jahreszeit, auch schon mal einen Eiergrog. Das Rezept hat Trude aus ihrer Heimat mitgebracht. Dort, wo immer Wind aber nicht immer Wasser zu finden ist, an der Nordsee! Bei einem Ausflug mit ihren Eltern ist sie damals auf Wilhelm gestoßen. Es war Liebe auf den ersten Blick. Verträumt schaut Trude durch die schmutzigen Fenster runter zum Wasser. Einige

Schlepper tuckern im Wasser, die richtig großen Pötte werden auch immer seltener in den letzten Jahren. Trotzdem finden jeden Tag die lautstark an-gekündigten Hafenrundfahrten statt.

„Ist schon schön hier, nicht Erna?"
Woran Trude Palm gerade denkt, weiß auch Erna nicht, aber sie stimmt ihrer alten Freundin zu.

„Hast schon Recht, Trude, Hamburg ist schön!"

Hein Jensen betritt die Kneipe. Er ist der erste Gast am heutigen Nachmittag. Die beiden Frauen schauen hoch zu ihm, nicken kurz und Trude fragt nur kurz „wie immer?"
Heini nickt.

„Hast ja man früh Feierabend heute!"
Wieder nickt Heini nur. Sehr gesprächig sind die Leute halt nicht auf St. Pauli. Groß und lecker sehen die belegten Käsebrötchen aus, die Trude ihrem Gast über den Tresen schiebt.

„Pils dauert noch, weißt ja selbst!"
Nun nickt Hein Jensen nicht mal mehr, ist eben alles gesagt. Das Gespräch der beiden Freundinnen verebbt mit zunehmenden Gästen in der Kneipe. Irgendwann verabschiedet sich Erna, um sich auf den Weg nach Hause in die Danziger Straße zu machen.

„Nächstes Mal kommst aber zu mir, weißt ja, ist wie jedes Jahr, Adventskaffee!", erklärt Erna noch in der schon offen stehenden Tür, durch die sie die Kneipe ihrer Freundin verlässt.

„Hast das Bündel gesehen, Trude?", fragt nun Hein Jensen die Wirtin.
Sie schüttelt wortlos den Kopf und hebt die Augenbrauen etwas an, das heißt so viel wie: welches Bündel?

„Gestern lag es gegenüber von deiner Kneipe. Ich dachte schon, ich sollte mal reinschauen. Hab ich aber dann doch nicht gemacht."
Trude ist noch immer nicht neugierig geworden. Ihr Blick geht auf die Straße, aber ein Bündel kann sie nicht entdecken.
„Hat wohl jemand mitgenommen. Ich hab es auch nicht mehr gesehen", erklärt Hein.
Damit ist das Thema wieder verebbt, Stille ist eingekehrt. Jeder geht seinen Gedanken nach, bis sich die Tür öffnet und zwei neue Gäste die Pinte betreten. Gesichter, die der Wirtin fremd sind. Neue Gäste sind immer gut fürs Geschäft. Dunkle Anzüge, Hemden und Krawatten. Jeder der schicken Herren trägt dazu noch einen Aktenkoffer, der Sorte, die mit einem Zahlenschloss gesichert sind.
„Was darf's denn sein?", fragt Trude Palm ihre neuen Gäste.
Beide Männer schauen sich an und bestellen dann jeder ein Kännchen Kaffee. Die Stille in der Kneipe ist seit die beiden anwesend sind, anders geworden. Vorher war es eben still, jetzt jedoch könnte man eine Stecknadel fallen hören. Angespannt. Jeder fragt sich, was wohl diese beiden Typen hier bei Trude wollen. Der Kaffee ist blubbernd durchgelaufen und die Tassen, der Zucker und auch die Sahne, bei Trude gibt es richtige Sahne, keine Dosenmilch zum Kaffee, steht auch schon auf der Theke.
„Was treibt die Herren denn in meine gute Stube?", will die Wirtin wissen.
Der größere der beiden Männer, schaut sich suchend um.

„Kann es sein, dass die Wirtin eben mit uns gesprochen hat? Oder siehst du hier noch jemanden?"
Trude Palm stellt die Kännchen mit dem dampfenden Inhalt auf den Schanktisch mit den Worten „ist schon gut, hab verstanden". Das ist eben St. Pauli.

Hamburger Michel

BARMBEK

Keine zwanzig Minuten dauert es, bis die Handwerker bei Claudia Welke eingetroffen sind. „Schlüsselschnelldienst", die Firma macht ihrem Namen alle Ehre. Einen neuen

Zylinder haben die beiden gut aussehenden Handwerker gleich mitgebracht. Der Austausch dauert knapp 15 Minuten, dann bleibt der jungen Frau nur noch die Rechnung von über 300 Euro, die auf ihrem Küchentisch liegt. Claudia denkt sich, für das Geld hätte ich mir aber lieber ein schönes Weihnachtsgeschenk gönnen sollen. Aber es ist passiert, was hilft da noch langes Lamentieren. Claudias Nachbarin Heike ist nur froh, dass das Schloss so schnell ausgetauscht wurde.

„Bei Bekannten haben diese Bösewichte gleich nach dem Einbruch die ganze Wohnung ausgeräumt. Sie waren gemeinsam auf dem Friedhof, bis du von der abgelegenen Kapelle wieder an deinem Auto bist, das dauert. Zuerst haben die beiden gar nicht bemerkt, dass jemand am Auto war. Stell dir vor, meine Bekannte hatte ihre Handtasche einfach auf dem Autositz liegen gelassen. Na ja, jedenfalls, als sie bemerkten, dass der Schlüssel fehlte, war es eigentlich auch schon zu spät", berichtet Heike.

„Aber woher wussten die Diebe denn, wo deine Bekannten wohnten?", wundert sich Claudia, die sich innerlich immer noch über die 300 € der Rechnung ärgert und daher nicht so richtig bei der Sache ist.
Sonst hätte sie sicherlich eine solche Frage nicht gestellt.

„Claudia, die Papiere waren doch alle mit in der Tasche. Personalausweise, Zulassung und Führerschein. Glücklicherweise haben sie die Papiere nicht auch noch gestohlen. Aber, die leere Wohnung war schon wirklich schlimm. Stell dir mal vor, du kommst nach Hause und findest nur noch eine leere Wohnung vor. Freu dich, du hast ja noch Einbauschränke!"

Claudia schaut auf ihre Nachbarin. Dann lachen beide herzlich und laut. Wie kann man in einer solchen Situation an Einbauschränke denken!

„Was hat denn die Polizei gesagt? Gibt es Hoffnung, dass du deinen Wagen wiederbekommst?"
Heike macht sich da so gar keine Vorstellungen. Polizeibeamte machen einem keine Hoffnung. Sachlich hat man Claudia erklärt, dass sie nun mindestens sechs Wochen warten muss. Erst danach würde auch die Versicherung zahlen. Chancen, den Wagen unversehrt wieder aufzufinden, sollte sich Claudia nicht ausrechnen. Entweder die Täter fahren den gestohlenen Wagen, bis der Tank leer ist und setzen ihn dann in einen Graben oder versenken ihn in der Elbe oder Alster.

„Die andere Möglichkeit sei aber wahrscheinlicher, hat der Polizist erklärt. Die Autos gehen ins Ausland. Diebstahl auf Bestellung, nennen sie es. Kaum zu glauben, meinen alten Golf, wer will denn den noch haben? Morgen muss ich mich schlau machen, wenn die Kiste nun nicht wieder auftaucht, wie viel Kohle ich dann von der Versicherung dafür wiederbekomme. Ich kann schließlich nicht ohne einen fahrbaren Untersatz."
Die beiden Frauen reden noch ewig über alle Eventualitäten. Auto wird aufgefunden und ist defekt, Auto taucht wieder auf und ist unversehrt, Auto taucht nicht wieder auf, und so weiter. Zwischenzeitlich hat Claudia auf den Schrecken eine Flasche Rotwein auf den Tisch gestellt, über die sich die beiden Frauen hermachen. Ganz nach dem Motto: Man muss die Feste feiern, wie sie fallen!

Heike hat für den Abend eine hervorragende Idee. Ein neuer Film im Grindel - Kino, der seit einigen Tagen läuft, wollte sie sich ansehen. Alleine mag Heike nicht gehen, einen Freund hat sie zurzeit nicht, da bietet es sich doch an, gemeinsam mit Claudia diesen Abend ausklingen zu lassen.

„Ich weiß nicht. Aufregung hatte ich eigentlich genug für heute. Wie kommen wir in die Stadt? Du vergisst, mein Auto ist weg. Abends fahre ich nicht mehr gerne mit Bus und Bahn. Leider passiert da auch immer genug."
Heike versucht mit Engelszungen ihre Nachbarin zu überreden. Zu guter Letzt spricht sie sogar eine Einladung aus, Eintrittskarten, eine Cola und eine Tüte Chips nach Wunsch!

„Du bist ganz schön hartnäckig! Also gut. Schließlich habe ich ja immer von Spontaneität gesprochen. Sieh zu, dass du die Karten vorbestellst. So wie der heutige Tag begann, kommen wir am Kino an und der Film ist ausverkauft. Wann beginnt die Vorstellung?"
Heike holt aus der Küche das „Hamburger Abendblatt" mit dem Kinoteil und sucht nach ihrem Wunschfilm.

„Wenn wir um halb Sieben losgehen, dürfte es reichen. Dann können wir noch in aller Ruhe etwas vorher trinken. Nebenan in der netten Bar. Vielleicht einen Kaffee?", frotzelt die junge Frau.
Monate zuvor waren die beiden schon einmal gemeinsam im Kino. Auch der Abend begann mit einem Drink in einer Bar. Heike lernte einen tollen Mann kennen, wie sie damals dachte. Den Anfang des Films verpassten die Mädels, der Alkohol bekam Heike auch nicht. Am Ende stellte sich auch noch heraus, dass der nette und so gut aussehende Mann ein Zuhälter auf Frauensuche war. Heute können die

beiden darüber lachen, damals allerdings war ihnen schon ziemlich mulmig gewesen. Auch in Hamburg kommt man als junge Frau unter normalen Umständen nicht so einfach mit einem Zuhälter in Kontakt. Es sei denn, man bewegt sich auf dem Kiez. Eine Gegend, die für unsere beiden Mädels aber nicht in Frage kommt. Schon gar nicht am Abend und schon gar nicht ohne männliche Begleitung.

Der Bus fährt pünktlich zwanzig Minuten vor Sieben ab. Die Linie 173 bringt die Mädels, die sich schick aber bequem angezogen haben, von der Bramfelder Chaussee bis zum Bahnhof Barmbek. Dort steigen sie in die Hochbahn und fahren bis zur Haltestelle Hohe Luft. Nicht direkt am Kino, aber etwas frische Luft schadet den Kinobesuchern auch nicht.

„Für den Rückweg sollten wir uns vielleicht doch eine Taxe nehmen. Was meinst du?", will Claudia wissen, kurz bevor sie das Kino erreichen.

Bequemer ist es mit dem Auto, gar keine Frage. Aber ein Kinobesuch ohne Parkplatzsuche hat auch so seine Vorteile. Heike ist der Meinung, man könne die Entscheidung doch bis nach der Vorstellung vertagen. Man weiß ja nie, welche andere Option sich noch ergibt! Der Film ist nicht ausverkauft, scheinbar wollen heute am Abend kaum Hamburger ins Kino gehen. Ganz lässig können sich die beiden jungen Frauen auf den Klappstühlen ausbreiten. Links die Jacke, rechts die Freundin und umgekehrt. Die versprochene Cola gibt es auch, aber die Tüte Chips möchte Claudia doch nicht mehr annehmen.

„Ich möchte lieber nach Hause. Wer weiß, wie oft die U-Bahn um diese Zeit noch fährt. Ehrlich gesagt, ich bin recht müde. Der Tag war anstrengend. Besser gesagt,

aufregend. Mein Auto ist weg, ich musste 300 € für dieses blöde neue Schloss bezahlen. Ich will jetzt nur noch nach Hause und in mein Bett."
Heike ist zwar enttäuscht, geht aber auf die Forderung oder Bitte ihrer Freundin ein. Mit forschem Schritt gehen die Mädchen auf direktem Weg zur U-Bahnhaltestelle zurück. Kaum ein Mensch ist um diese Zeit Ende November noch auf der Straße. Aus einigen Fenstern der rechts und links stehenden Häuser flimmert es auf die Straße.

„Leute, die in eine Decke eingekuschelt auf dem Sofa sitzen und in den Fernseher schauen", denkt Claudia.
Auch sie würde gerne auf ihre Couch liegen und bei einem Glas Rotwein den Abend genießen. Heike hat für diese Art Gedanken kein Verständnis.

„Du kannst noch auf dem Sofa liegen, wenn du alt und grau geworden bist. Noch sind wir jung und sollten etwas Spannendes erleben! Sei doch nicht immer so ein Trauerkloß!", frotzelt Heike, während sie die Treppen zur U-Bahnstation erklimmen.
Es dauert tatsächlich noch über eine Stunde bis die beiden Kinogänger endlich aus dem Bus steigen und die letzten Meter zu ihrer Wohnung gehen.

„Endlich! Ich kann es kaum erwarten, nur noch ausziehen, duschen und ab in die Falle."
Claudia ist überglücklich, schließt die Haustür auf und die beiden Frauen betreten den Hausflur. Es dauert etwas länger, als üblich, denn die beiden Mädchen sind nun erschöpft und Ihre Wohnungen liegen im zweiten Stock. Die Unterhaltung ist auch erloschen, sie sind froh, endlich

im zweiten Stock angekommen zu sein. Aber, noch wissen sie nicht, was sie gleich erwarten wird!

Alster – Anleger für Alsterdampfer

ST. PAULI

Beide Aktenkoffer liegen auf dem Tresen. Das kommt wahrlich nicht so oft vor in der Kneipe „Zur windigen Ecke". Die beiden Herren, so sollte man sie am besten nennen, sprechen kaum, sie schauen sich an, und ab und zu stecken sie ihre Köpfe ganz dicht zusammen, um einige Worte zu flüstern, damit auch keiner der Umstehenden etwas mitbekommt. Trude kennt diese Art von Leuten. Wichtigtuer. Angeber. Trude sagt manchmal, wenn solche

Zuschauer in ihre Kneipe kommen, dass man kein Spökenkieker sein muss, um zu wissen, was die hier wollen! Die Wirtin ist sich sicher, dass es sich um Reisende aus anderen Städten handelt, die als verkleidete Gäste das wahre Hamburg sehen wollen. Nur ist die Vorstellung, von dem, was sie erwarten, eben nicht so ganz richtig. Daher auch die schnieke Kleidung. St. Pauli ist aber auch etwas ganz Besonderes. Trude lamentiert gerne über ihren Stadtteil. Aber nicht jeder Gast will das hören. Heute ist Trude Palm lieber still. Mit einem versteckten Augenaufschlag beobachtet die Wirtin die beiden skurrilen Männer, die sich an ihrem Kännchen Kaffee nun schon über eine halbe Stunde festhalten. Vielleicht warten die beiden Gesellen ja auf die Flut, denkt Trude und kümmert sich um den neuen Matrosen, der gerade in die gute Stube gekommen ist.

„Sagen Sie, was bekommen Sie denn für den Kaffee? Wir möchten gerne bezahlen", beginnt einer der beiden Sonderbaren das Gespräch.

„Nun, es kommt nicht so oft vor, das Gäste gerne bezahlen möchten. Aber dennoch, der Kaffee kostet vier Euro pro Kännchen. Egal, ob Sie gerne oder nicht gerne bezahlen", erwidert Trude.

Wieder schauen sich die beiden Männer an und legen tatsächlich abgezähltes Geld auf den Tresen. Trude nickt und nimmt das Geld genau unter die Lupe, schließlich gibt es ja so viele Betrüger auf der Welt! Kaum haben die beiden Kreaturen die Kneipe verlassen beginnen die Spekulationen. Einer meint, die beiden sind von der Gewerbeaufsicht. Ein anderer denkt, sie sind bestimmt von der Kripo.

„Kinder, Kinder. Ich glaube, die beiden sind Zeugen Jehovas gewesen. Vielleicht hatten die hier irgendwo ein Treffen, daher die Aktenkoffer."

Hein Jensen schüttelt seinen Kopf ganz langsam. Der Matrose, der neben ihm auf dem Barhocker sitzt, bemerkt es und will wissen, ob Heini von den Elefanten abstammt.

„Nun, hab ich in Hagenbeck gesehen. Wenn die Dickhäuter alleine sind, also ohne Mutter oder ohne Vater, dann schütteln die immer mit ihre dicken Köppe, dass der lange Rüssel immer hin und her wackelt. Gerade so wie du eben."

Heini schüttelt wieder mit seinem Kopf, aber nur ganz kurz. Danach besinnt er sich, vielleicht hat er gerade eben erst verstanden, was der Seemann neben ihm gesagt hat. Ganz so schnell geht es auch nicht, mit dem Verstehen.

„Na ja, Zeugen kann schon sein. Aber ich vermute, die hatten ganz was anderes im Sinn. Vielleicht spionieren die auch was aus. Hat jemand gesehen, ob die mit einem Auto hier waren? Dann hätten wir die Nummer, falls was passiert. Machen die im Krimi doch auch immer", erklärt Hein Jensen.

Trude, die das schmutzige Geschirr zwischenzeitlich in die kleine Spülmaschine gelegt hat, setzt sich wieder auf ihren Spezialhocker, der hinter dem Tresen steht. Eine Extraanfertigung, genau auf ihre Körpergröße ausgerichtet. So kann Trude sitzen, aber hat doch die richtige Größe, um ihren Gästen in die Augen sehen zu können.

„Was soll man denn hier bei mir in der „Windigen Ecke" ausspionieren? Du siehst wahrhaftig zu viele Krimis. Vielleicht mein Kaffeerezept? Ne, ne. Die wollten ganz was anderes. Ich glaub ja, die sind von der MAFIA", erklärt Trude.

Nun ist es still geworden in der „Windigen Ecke". Harte Worte. Mafia. Das spricht keiner freiwillig aus. Auch nicht auf St. Pauli. Erinnerungen an Bandenkriege, an Schutzgelderpresser, alles wird wach. Bestechungen hat es auch gegeben, in die sogar die Zivis von der Davidswache verknüpft waren. Lange her. Alle denken wohl in diesem Moment an all die bösen Geschichten, die jeder schon erlebt hat. Oder zumindest in der Zeitung gelesen hat.

„Hat es Euch die Sprache verschlagen? Nur weil ich Mafia gesagt habe. Kann doch sein. Man hört die dollsten Dinger. Heute kommen die ja nicht mehr vom Stiefel da unten. Heute kommen die alle aus dem Osten. Aus Polen oder der Tschechei. Ich weiß das ja auch nicht so genau. Aber, hab ich gelesen", versucht Trude zu erklären.

„Die sahen aber nicht wie Ausländer aus. Gesprochen haben die auch ganz normal, wie du und ich. Nicht so ein Kauderwelsch. Glaub ich nicht. Vielleicht wollen die dir auch nur Kaffeepulver verkaufen. Von so einem neuen Hersteller. Gibt es doch heute in so Metalldingern, fix und fertig", gibt Hein Jensen nun von sich.

Wieder herrscht einen Moment Stille in der Kneipe. Jede der Anwesenden, Trude eingeschlossen, überdenkt die zuletzt gemachte Aussage. Erst danach wird geantwortet. Ein Außenstehender könnte glatt denken, keiner würde zuhören oder sich am Gespräch beteiligen. Aber so ist es halt hier. Ganz gelassen, ganz langsam. Ein Spruch sagt auch: Immer mit der Ruhe und dann mit einem Satz! Hamburg eben. Weder Trude noch Hein werden heute klären können, was die beiden sonderbaren Gestalten nun wirklich wollten. Vielleicht werden sie es nie erfahren. Denn, vielleicht wollten die fremden Männer wirklich nur einen Kaffee trinken.

Am Fleet

HARVESTEHUDE

Duft zieht durch die Wohnung in der Parkallee. Rotkohl. Gesine hat, bevor ihr die Geldbörse auf dem Isemarkt gestohlen wurde, noch zwei zauberhafte Gänsekeulen gekauft. Klöße, halb und halb, Rotkohl und Gänsekeule, das ist ein Essen für die Vorweihnachtszeit. Ferdinand mag gerne gut und gerne fett essen. Nun, bei seiner Statur kann er es sich auch erlauben. Fast 1,90 m und knapp 80 kg.

Gertenschlank könnte man ihn nennen. Ferdinand hat immer viel Sport getrieben. Ganz früher hat er auf der Alster ein Ruderboot sein Eigen genannt. Aus dem Alter ist Ferdinand nun raus. Vor einigen Jahren hat im Stadtteil Lemsahl – Mellingstedt ein ganz vornehmes Hotel eröffnet. Dort können die Hamburger Golf spielen, aber auch ein sehr exklusives Wellnessangebot nutzen. Klar, Ferdinand hat sich sofort eine Jahreskarte für das Hotel am Treudelberg gekauft. Jede freie Minute fährt der Sportler nun, klar ohne seine Gesine, um sich fit zu halten und um Kontakte zu pflegen in den Norden Hamburgs. Sehr elitäre Gäste sind im Haus Treudelberg anzutreffen, sodass ein Ferdinand von Straaten sich in bester Gesellschaft fast wie zu Hause fühlt. Interessante Menschen waren schon immer eines der Steckenpferde Ferdinands. Hier kommt der gut aussehende Mann voll auf seine Kosten. Anfangs hat Gesine sich gewundert, dass ihr Mann so oft in den Fitnesstempel gefahren ist. Die Vermutung, es könne sich in Wirklichkeit um eine neue Frauenbekanntschaft handeln, lag auf der Hand. Erst nach dem großen Sommerball, zu dem Ferdinand natürlich in Begleitung seiner charmanten Frau Gesine erschien, glätteten sich die Wogen der Eifersucht. Mittlerweile ist Gesine von Straaten fast froh über die neue Laune ihres Mannes, so nennt sie es bei Freunden, wenn sie über seine sportlichen Aktivitäten spricht. Viel mehr Zeit kann sich die Ehefrau so für ihre Hobbys lassen. Seit einem Schnellkurs, den Frau von Straaten in ihrer Wohnung bei einem echten Profis absolvierte, hängt sie jede freie Minute am Bildschirm. Genau genommen am Flat Screen ihres Computers.

Fachliche Kompetenz, jahrelange Erfahrung und eine gute Portion Überredungskraft benötigte der Verkäufer im kleinen Fachgeschäft im Einkaufszentrum in Poppenbüttel. Hier kaufen Leute, die nicht zu allererst nach dem Preis fragen. Sicherlich, Beratung hat auch ihren Preis! So wundert es den stillen Betrachter auch nicht, dass ein Angestellter der Firma eigenhändig den überteuerten PC lieferte und anschloss. Multifunktionsdrucker, 5,1 Lautsprecheranlage, Webcam, kabellose Tastatur und Maus, nur vom Feinsten. Die Einführung durch den Angestellten der Firma dauerte eine Stunde. Viel zu kurz, viel zu kurz, waren Frau von Straatens Worte. Für eine ordentliche Zuzahlung war der Angestellte schnell bereit, während seiner Freizeit der überkandidelten Kundin Nachhilfe zu geben. Beide nannten es eine professionelle Einführung! Gut, das Kind muss einen Namen haben. Das liegt nun fünf Monate zurück. Gesine beherrscht ihren PC, so könnte man esnennen. Ob Word, Works oder Nero, ob Adobe Reader, PC Booster oder den von Windows angebotenen Media Player, Gesine hat zu allen Details genauste Informationen. Ein echter Profi. Wen wundert es da noch, dass sie über die ständige Abwesenheit ihres Mannes, gelinde gesagt, ziemlich froh ist? Ferdinand hingegen liebt es als großer Mann in edlem Designeroutfit den Tennis- oder Golfschläger zu schwingen. Anschließend wird im Nassbereich ausgiebig geduscht. Mindestens drei Saunagänge, wovon ein Gang immer in der großen Blockbohlensauna mit Latschenkieferaufguss zur vollen und halben Stunde sein muss, werden absolviert. Zwischen den einzelnen Gängen ruht der Mann von Welt in einem der unterschiedlichen Ruhezonen. Ob bei leiser Musik, zarter Lichttherapie oder nur in einfach Stille, Ferdinand genießt die Mohairdecken, die auf jeder Relaxliege bereitgestellt werden, und die Entspannung. Bevor man als Gast sich dann wieder der Normalität des Alltags widmet schlürft man genussvoll ein Glas Champagner an der Hotelbar. In feiner Gesellschaft, das versteht sich von alleine.

Vor etwa einer Woche wurde Ferdinand mit einer seht attraktiven Dame bekannt gemacht. Doris Hagedorn war aufgrund einer Einladung ihres ehemaligen Chefs ins Treudelberg gekommen.

„Ich bin zu dieser Einladung fast wie die Jungfrau zum Kind gekommen!", erklärt sie Herrn von Straaten, der genauso vornehm wie genüsslich am Champagner nagt.

„Sicherlich ist es kein Zufall, sehr geehrte gnädige Frau, dass wir uns heute und hier treffen. Ich bin zutiefst beglückt, Sie kennen zu lernen. Wann trifft man schon einmal auf eine so attraktive Frau von Welt."

Man könnte fast den Schleim tropfen sehen, würde es ihn wirklich geben, so wie Ferdinand sich seinem Gegenüber gibt.

„Sind sie hier häufiger anzutreffen? Es wäre doch schade, wenn wir uns nicht wieder sehen würden."

Ferdinand umgarnt mit Ziel sein Opfer. Doris überlegt noch, was und vor allem wie sie diesem galanten Sportler antworten soll.

„Ich sagte ja bereits, die Einladung meines Chefs. Für besondere Dienste, müssen Sie wissen."

Ferdinand lacht verschmitzt. Fast im gleichen Moment könnte er sich dafür ohrfeigen.

„Entschuldigen Sie, Gnädigste, so habe ich das natürlich nicht gemeint", stottert Ferdinand, begleitet von einem hochroten Kopf.

„Wie haben Sie das nicht gemeint? Mein Aufgabengebiet umfasst die Marketingaufgaben meines Konzerns. Ich habe da, so sagt man wohl, einen ziemlich dicken Fisch an der Angel gehabt und ihn auch in den Kescher geholt. Als besondere Belohnung, wissen Sie, Geld, da hat ja nur Vater Staat etwas davon, so eine Einladung für einen ganzen Tag in diesem edlen Ambiente, das ist schon etwas, was mich stolz gemacht hat. Na ja, die Kollegen waren natürlich auch ziemlich neidisch auf mich. Wie das so halt ist, in einem großen Betrieb."

Ferdinand tut so, als würden ihn die Ausführungen dieser Blonden interessieren, was sie aber eigentlich nicht tun. Den gealterten Gentleman interessieren andere Details der Schönen viel mehr!

„Hätten Sie nicht Lust, hier mit mir an einem anderen Tag die Vorzüge mal zu testen?", fragt Ferdinand umständlich, so dass Doris schon wieder Fragezeichen auf ihrer gepuderten Stirn zeigt.

„Ich meine, die Vorzüge des Hotels und des Fitnessbereichs?", folgt die Erklärung.

„Sie sind also der Meinung mir würde ein Aufenthalt im Fitnessbereich fehlen? Sehen Sie mich so? Ich meine, so unattraktiv?"

Ferdinand windet sich wie ein Aal, bevor er in den Rauch kommt. Doch dann lächelt Doris ihn mit einem Augenaufschlag an und Ferdinand weiß, es sollte nur ein charmanter Spaß sein.

„Ich komme sehr gerne auf Ihr Angebot zurück. Wann passt es Ihnen denn?"

„Hoppla, nun geht sie aber ran", denkt Ferdinand, der nun die Neige seines Glases schlürft.

„Vielleicht schon morgen? Sagen wir gegen elf Uhr? Oder ist es Ihnen zu früh?"

Erwartungsvoll schaut Ferdinand von Straaten auf Doris Hagedorn, deren Augen strahlen, bei dem Gedanken schon morgen wieder hier in dieser edlen Umgebung sein zu dürfen. Sie wird es Ferdinand nie erzählen, dass sie in Wirklichkeit nur den zweiten Preis in einem Preisausschreiben gewonnen hatte. Der erste Preis war eine Woche New York. Schade. Aber nun scheint es sich ja doch noch ausgezahlt zu haben, den Preis selbst eingelöst zu haben. Doris hatte schon darüber nachgedacht, den Aufenthalt vielleicht als Weihnachtsgeschenk unter die Nordmanntanne zu legen, bei ihrer Mutter. Leider ließ es sich aber nicht in die Tat umsetzten, da der Gutschein für diesen Tag nur bis zum 15. Dezember gültig war.

„Ich freue mich schon sehr, Sie wieder zu sehen. Also, dann bis morgen. Ich werde pünktlich sein. Mein Chef wird mir es verzeihen, wenn ich so kurzfristig einen Tag frei nehme. Ich habe da ziemlich freie Hand, müssen Sie wissen."

Dann stolziert Doris davon. Etwas zu viel Bewegung im hinteren Bereich, denkt der Kenner, wenn er sie so davon wackeln sieht. Aber, was tut eine Frau von Welt nicht alles, um aufzufallen.

Zu Hause wird Herr von Straaten schon auf dem Hausflur von seiner Frau empfangen.

„Stell dir vor, Ferdinand, die Polizei war hier. Immer wenn mal wirklich etwas Aufregendes los ist, bis du nicht da."

„So? Was wollten die denn? Ging es um den Diebstahl?", fragt der gelangweilte Ehemann.

Für Gesine ist einfach alles aufregend, was nicht aus einem viereckigen Kasten kommt.

„Was wohl sonst? Du hast sicherlich nichts angestellt, oder?"

Bei dieser Frage wird Ferdinand rot. Glücklicherweise ist das Licht im Flur nicht eingeschaltet, so bleibt diese pubertäre Reaktion Ferdinands Geheimnis.

„Sie haben meine Geldbörse wiedergefunden. Stell dir das mal vor!"

Aufgeregt läuft Gesine immer auf und ab, zwischen Flur und Esszimmer. Immer, bevor sie den Rückweg zu Ferdinand antritt, stoppt sie kurz, fährt mit der rechten Hand durch die Haare, die sie mit einer großen Spange am Hinterkopf zusammengefasst hat, um dann weiterzugehen. Am anderen Ende ihres Rundkurses macht sie diese Sondereinlage nicht. Ferdinand fällt das auf, er schaut zu ihr, aber er hört ihr nicht zu.

„Sag mal, Ferdinand, wie findest du das mit der Scheckkarte?", fragt Gesine ihren Mann.

Sie hat ihn klängst durchschaut und macht wieder einen von diesen Tests mit ihm.

„Freu dich doch. So viel Geld war doch nicht im Portemonnaie", kontert Ferdinand kurz.

Jetzt ist seine Frau richtig sauer. Sie wettert los, es sei schon schlimm genug, dass man sie überfallen hätte. Das man ihr auf dem Isemarkt Geld gestohlen hätte, wäre, gelinde gesagt, eine große Sauerei. Aber, dass ihr eigener Mann nicht zuhören könne, wenn seine eigene Frau mit ihm sprechen würde, dass wäre die größte Frechheit. Nun ist Ferdinand aufgewacht. Er schaut gleichgültig auf Gesine, nickt mit dem Kopf und lässt seine Holde einfach im Rahmen der Esszimmertür, die Hand in den Haaren, stehen. Gesine kocht vor Wut, ihre letzten Worte an diesem Abend schreit sie in Richtung des Bades, in das ihr Mann entschwunden ist:

„Männer. Kennst du einen, kennst du alle!"

Typisch Hamburg!

BARMBEK

Claudia Welke und ihre Freundin Heike unterhalten sich, während sie die Treppen nach oben steigen.
 „Heute nehmen die Treppen auch kein Ende. Manchmal denke ich, ich wohne unterm Dach und nicht im zweiten Stock. Treppensteigen fällt müde doppelt so schwer!".
Die lacht laut auf, hält sich dann vor Schreck die Hand vor den Mund und antwortet fast im Flüsterton, da es ja schon so spät ist und die beiden keine Nachbarn verärgern wollen.
 „Den Spruch kenne ich aber eigentlich ganz anders. Hieß das nicht damals: Ente fahren macht besoffen doppelt so viel Spaß? Witzig, dass mir das gerade jetzt einfällt. Sag mal, wieso steht die Haustür eigentlich offen? Wir haben doch abgeschlossen!"
Claudia und Heike sind abrupt stehen geblieben. Sie schauen mit offen stehenden Mündern auf die Tür, die beim zweiten Hinsehen den ersten Schrecken bestätigt. Die Wohnungstür steht offen!
 „Denkst du, was ich denke?"
Heike hält Claudia am Arm fest und versucht so zu verhindern, dass ihre Freundin spontan die Wohnung betritt.
 „Keine Ahnung! Ich weiß schließlich nicht, was du denkst. Ich denke jedenfalls, wir sollten die Polizei holen!"
Claudia versucht die Wohnungstür mit dem Fuß aufzustoßen, aber Heike hält sie immer noch am Arm fest.
 „Lass mich los. Ich gehe da jetzt rein. Immerhin ist es meine Wohnung. Wenn da jemand eingebrochen ist, dann

ist der schon längst über alle Berge. Der wartet doch nicht auf uns."

Claudia reist sich los und stößt die Tür zu ihrer kleinen Wohnung auf. Beide Mädels blicken in ein Chaos. Herausgerissene Schubladen, auf dem Boden verteilte Kleidungsstücke, dazwischen Schuhe und Handtaschen. Vorsichtig geht Claudia weiter. Das Bild wiederholt sich in der Küche und im Wohnzimmer. Vorsichtig öffnet sie die verschlossene Schlafzimmertür. Was sich ihr hier zeigt, toppt das bisher Gesehene. Der gesamt Inhalt ihres Schrankes liegt im Zimmer verteilt auf dem Boden. Auf dem Bett liegen zwischen Decken und Kissen leere Bierflaschen, Reste undefinierbarer Substanzen und Essensreste!

„Ich glaube, mich tritt ein Pferd!", erklärt Claudia, die immer noch nicht einen Schritt weiter gegangen ist, so dass ihre Freundin noch keinen Blick in das Schlafzimmer werfen konnte.

Sie greift sich an den Hals und schluckt, so als wolle sie einfach das Erlebnis hinunter schlucken.

„Jetzt ist es aber wirklich Zeit für die Polizei. Man hört und liest es so oft: Vandalismus, aber wenn es einen dann selbst trifft, ist es etwas ganz anderes. Ich hätte heute Abend doch lieber zu Hause bleiben sollen. Dann wäre das alles nicht passiert."

Claudia steht vor den Resten ihrer Wohnung, so empfindet sie es jedenfalls. Heike hat es übernommen die 110 zu wählen. Nun können die beiden nur noch warten.

„Claudia, stell dir bitte vor, die Einbrecher wären gekommen und wir wären nicht im Kino gewesen. Dann wäre es jetzt vermutlich ein Fall für die Kripo gewesen,

Abteilung Morddezernat. Bin ich froh, dass ich dich überredet habe. Die Bettwäsche mochtest du doch sowieso nie leiden. Da fällt mir was ein. Bist du eigentlich versichert?"
Claudia antwortet nicht. Scheinbar ist sie mit den Gedanken nicht bei der Sache. Aber wen wundert es denn? In dieser Situation, wohl niemanden.

Die Uniformierten der Wache am Wiesendamm kamen nach einer guten halben Stunde. Sie sahen sich um, machten einige Notizen, stellten einige schlaue und einige nicht so schlaue Fragen, ehe sie dann wieder verschwanden. Am nächsten Tag könne Claudia sich auf der Wache eine Bescheinigung mit einem Aktenzeichen abholen. Das müsse sie für die Versicherung haben, erklärten die Beamten noch. Zurück blieben zwei junge Frauen, entsetzt und fix und fertig. An Nachtruhe war nun wirklich nicht zu denken.

„Ob die uns beobachtet haben? Das war doch kein Zufall, gerade heute?", stellt Claudia fest.
Heike hat eine zündende Idee. Sie springt vom Sofa auf, das Wohnzimmer haben die beiden als erstes aufgeräumt, um noch etwas Ruhe zu finden. Den Rest der Wohnung wollen die beiden Frauen am nächsten Tag in den alten Zustand versetzen.

„Mir kommt da gerade etwas in den Sinn. Die Polizei hat doch festgestellt, dass die Tür nicht gewaltsam geöffnet wurde. Nun, wenn man nicht blind ist, kann man das auch sehr schnell selbst erkennen. Es gibt keine Einbruchspuren, so nennen die das im K11 bei Kommissar Naseband auch immer."

„Klar. Der Polizist hat doch erklärt, ein Schloss wie unseres kann jeder, der ein wenig von der Materie versteht, ohne Probleme mit einer Haarnadel knacken."
Claudia versteht nicht, was Heike ihr sagen will. Deshalb schaut sie nun erwartungsvoll auf ihrer Freundin.
„Wenn der Jemand aber einen Schlüssel hatte?"
Es wird still in der Wohnung. Claudia Welke und Heike Mann schauen sich staunend an.
„Du meinst?", beginnt Claudia langsam.
„Du meinst wirklich, jemand hat einen Schlüssel und kann jederzeit in meine Wohnung?"
Heike bestätigt die Aussage ihrer Freundin.
„Aber das würde ja bedeuten, dass der Mann vom Notdienst etwas mit dem Einbruch zu tun hat. Immerhin habe ich seit heute ein neues Schloss!"
Heike nickt. Nun sind die beiden Frauen sehr erschrocken. Sie beschließen die Nacht gemeinsam im Wohnzimmer der Wohnung zu verbringen, auf dem Sofa. Vor die Wohnungstür schieben sie den kleinen Garderobenschrank. Dennoch ist an Schlaf in dieser Nacht nicht zu denken. Beim kleinsten Geräusch, sei es dass der Kühlschrank anspringt oder der Wind ein Blatt an die Fensterscheibe weht, sitzen beide Mädels aufrecht auf dem provisorischen Bett im Wohnzimmer.

Am nächsten Morgen macht sich Claudia auf zur Wache am Wiesendamm. Sie will die Information, auf die sie in der Nacht gestoßen sind, an die Polizei weitergeben. Vielleicht können die Täter so schnell ermittelt werden und dingfest gemacht werden. Sicherlich, für den Schaden kommt die Versicherung auf, aber das Gefühl, dass wird immer bleiben. Das Gefühl, dass Claudia seit gestern immer haben wird, wenn sie die letzten Stufen in den zweiten Stock zu ihrer Wohnung hinaufgeht. Das Gefühl, es waren Fremde in meiner Wohnung, es waren Fremde in meinem Schlafzimmer und in meinem Bett!

Die Polizei nimmt den Hinweis mit Interesse entgegen. Sie werden in diese Richtung ermitteln, bekommt Claudia mitgeteilt. Damit wird sie wieder alleine gelassen und kann zusehen, wie sie mit dieser Situation alleine fertig wird.

Hamburger Innenstadt

ST. PAULI

Dunkle Wolken, dick und übereinander geschichtet, hängen über Hamburg. Herbst. Das Wasser der Elbe steigt und steigt. Hochbetrieb für die Hamburger Verkehrsbetriebe. Schaulustige von überall fahren zum Hafen. Bereits gegen zehn Uhr kam die erste Sturmflutwarnung durchs Radio.

Der Wind aus Nordwest mit Böen der Windstärke 12 ist schuld. Vorsorglich haben die Zuständigen in der Hamburger Behörde dafür gesorgt, dass alle Schutzvorkehrungen getroffen werden, um das Wasser abzuhalten in die Stadt zu laufen. Im Hafen am Fischmarkt werden Spundwände geschlossen, denn der Fischmarkt liegt am tiefsten. Anwohner werden aufgefordert, ihre Fahrzeuge zu entfernen. Eine besondere Stimmung legt sich mit jeder neuen peitschenden Welle auf die Stadt. Hamburg hat genug durchgemacht, die große Sturmflut 1962, an die sich immer noch unzählige Hamburger, die sie hautnah erlebten, erinnern, bleibt unvergessen.

Trotz des starken Regens stehen die Schaulustigen an den Landungsbrücken und erfreuen sich an den Bildern. Unfassbar, für alle, die hier wohnen und denen die Angst ein guter Geselle ist. In Öljacken verpackte Gestalten versuchen sich gegen den Sturm, der immer wieder eine Hand nach ihnen ausstreckt, durch die Straßen zu bewegen. Nur wer auch wirklich raus muss, sollte seine Wohnung an einem solchen Tag verlassen.

Genau genommen sind es die Tage, die Trude hasst und liebt. Hasst deshalb, weil Hamburg bei Sturm eben genauso unangenehm ist, wie Bremen oder Heiligenhafen. Wie jede andere Stadt. Liebt deshalb, weil so viele Gäste zu ihr in die „Windige Ecke" kommen, um sich aufzuwärmen, etwas zu essen und zu trinken und um zu klönen. Trude liebt es, wenn viele Fremde zu ihr kommen.

„Man schaut sich im Fernseher ja auch nicht immer denselben Film an, tagein und tagaus", hört man Trude sagen.

Immer dieselben Gesichter, das wird ja langweilig. Peitscht der blanke Hans in Hamburg, kommen Fremde zu Trude in die Kneipe. Leben, so wie Trude es mag. Donnernd öffnet sich die Tür, so dass der Wind Regen in den kleinen Vorraum peitscht. Zwei Vermummte, sie sind verpackt wie ein für eine Seereise geschnürtes Päckchen, betreten fluchend die verrauchte Spelunke.

„So ein Mistwetter. Sauerei. Verdammter Sturm", hört man den Ersten sagen, während er sich aus seinem Südwester zwängt, der mit einem Band fest um seinen Hals gezurrt war.

Die zweite Person, von der Statur wesentlich kleiner, schüttelt sich wie ein Hund, der gerade in der Alster gebadet hat. Aus dem sich langsam öffnenden Friesennerz kommt eine junge Frau zum Vorschein. Über die rot gefrorene Nase und die Wangen laufen Regentropfen. Die zu einem Pferdeschwanz zusammengebundenen blonden Haare kleben feucht auf der Stirn. Trude schaut erwartungsvoll auf ihre neuen Gäste.

„Was treibt sie denn bei diesem Wetter auf die Straße? Soll´s was zum Aufwärmen sein?"

Der Begleiter der Blondine, sicherlich ihr Freund, hat seine Aufreihung aller ihm bekannten Schimpfwörter beendet. Suchend schauen sich seine weit aufgerissenen Augen in der Kneipe um.

„Die Toiletten sind hinten durch!", erklärt Trude dem jungen Mann, obwohl er noch gar nicht danach gefragt hatte.

„Man kann es an den Augen erkennen, wenn die Blase voll ist. Jahrelange Erfahrung", erklärt Trude immer wieder.

Kopf nickend entfernt sich der Gast und die Blondine bestellt zwei Becher Tee mit Rum.

„Normalerweise trinken wir um diese Zeit keinen Alkohol. Aber bei diesem Sauwetter muss man ja Angst haben, sich zu erkälten."

Ein freundliches „Ist schon recht" kommt als Antwort und die Flasche mit dem blauen Etikett und der 40 in der Mitte steht schon auf dem Tresen. Wasserdampf steigt aus dem Kessel empor, noch bevor der junge Mann gelöst und mit einem Lächeln aus der hinteren Ecke wieder auftaucht.

„Wir haben gar nicht damit gerechnet, dass der Wind so stark wird. Eigentlich wollten wir an der Elbe spazieren gehen. Gegen den Regen hatten wir uns geschützt, aber gegen diesen Sturm ist man ja machtlos. Wie halten Sie das bloß aus? Hier könnte ich nicht leben."

Trude Palms Blick ist fest auf den Dampf sprühenden Kessel gerichtet, während sie ihre Schultern kurz zu einem Zucken anhebt und senkt.

„Wenn man ein waschechter Hamburger ist, gehört es dazu. Der Sturm macht den Kopf wieder klar. Trübsinn wird einfach weggeblasen."

Mit dem letzten Wort stellt die Wirtin die zwei Gläser Tee mit Rum auf den Tresen vor ihre neuen Gäste.

„Dann lassen Sie sich mal das gute Tüüch schmecken. Wird Ihnen sicherlich gut tun."

Erneut dringt tobend Regen in die Kneipe, die Tür öffnet sich und neue Gäste kehren ein. Den einzigen Unterschied zu den bereits Anwesenden, den man erkennen kann, bildet die Kleidung. Hellrote Lackstiefel, die auf hohen waffenähnlichen Absätzen thronen, enden unterhalb eines schillernden Mantels, der durch einen Gürtel, natürlich in rosa mit goldenen Verzierungen, zusammengehalten wird. Den oberen Abschluss des Wesens bildet ein Wuschelkopf aus viel Strohblond. Im Schlepp dieser jungen Frau, über deren berufliche Aktivitäten niemand der Anwesenden zweifelt, befindet sich ein Mann, der scheinbar nicht von hier kommt. Hornknöpfe an einer Trachtenjacke, ein Edelweiß im Knopfloch, Büschel von Haaren an einem Hut, der Pate zum Schlager: „Ich wünsch mir lieber einen Tirolerhut" gewesen sein könnte, derbe Lederschuhe mit einer hochgezogenen Lasche und bunten Blumen an der Spitze. Vermutlich ein Bayer.

„Schau an, Babette, bei dem Wetter geschäftlich unterwegs? Ich würde an deiner Stelle lieber im Bett bleiben", bemerkt Trude und vollendet ihren Satz mit den Worten:

„Wie immer? Bisschen Suuswater?"

Die Bügelschwalbe, wie man im Volksmund Damen dieses Berufsstandes nennt, die diesen als Zweitberuf neben ihrer Hausarbeit ausüben, winkt ab.

„Der junge Mann hier hätte lieber ein Beer. Für mich einen Rumgrog, möglichst ohne Wasser."

Babette versucht die Schnalle ihres Gürtels zu öffnen, die langen lachsroten Fingernägel machen es ihr nicht leichter. Endlich öffnet sich der Mantel und alle anwesenden Männeraugen sind auf den Inhalt gerichtet. Aus der Ecke vom Tresen kommt ein leiser Pfiff, der den Eindruck ziemlich gut wiedergibt, den Hannes gerade erfährt. 110-60-90. Nein, das ist nicht die Durchwahlnummer der Polizei, sondern es sind die Maßangaben der Prostituierten, die sich schwarz auf weiß auf dem knappen T-Shirt lesen lassen. Unterhalb des Shirts blickt ein zartes, durchlöchertes Etwas auf nackter Haut hervor. Einzelheiten dazu sollen hier unerwähnt bleiben. Babette, sicherlich heißt sie im wirklichen Leben Erna, Hilde oder Elke, positioniert sich neben ihrem Freier am Tresen, sodass jeder Interessierte und jeder Hungrige sich die nötige Dosis dessen, was er für sich benötigt, unentgeltlich sichern kann. Einfach so, gratis.

„Na? Auf Urlaub von der Alten?", will ein Gast wissen, der sich schon die ganze Zeit das etwas fremd wirkende männliche Wesen betrachtet hat.
Der Bayer reagiert nicht, sicherlich hat er die Sprache nicht verstanden. Trude versucht zu vermitteln und spricht nicht nur langsam sondern auch laut zu ihrem Gast. Sie wiederholt die Frage, die Hannes in Platt gestellt hatte.

„Moanst mi? Na. I mach koan Urlaub, i muaß in Hamburg arban. Aufa Versammlung fom Wurschverband."
Hannes schaut fasziniert zu dem Wesen in der Lederhose und wundert sich über die Fremdsprache. Die anregende Unterhaltung wird abrupt unterbrochen als zwei Uniformierte die „Windige Ecke" betreten. Die beiden Polizisten sind Stammkunden bei Trude. Daher nickt sie ihren „Helfersfreunden", wie sie die beiden Kollegen der Davidswache zärtlich nennt, nur zu und kümmert sich um den Kaffee, den die beiden immer bestellen, wenn sie während ihrer Dienstzeit in Uniform die Kneipe betreten.

„Viel los heute?", fragt Trude beiläufig.
Die Udels, wie sie liebevoll in Hamburg genannt werden, winken ab.

„Bei dem Wetter traut sich ja kein Schwanz vor die Tür. Wir haben den Fischmarkt abgesperrt. Steht ja schon wieder unter Wasser. Der Wind wird sich bald legen, keine Angst, es wird nicht schlimmer heute Nacht."
Und an Trude gerichtet bedankt sich der Gesetzeshüter für den jetzt vor ihm stehenden Kaffee und die Kleinigkeit, die Trude Palm „ihren Beamten" immer gratis dazu reicht.

„Vor ein paar Tagen lag hier so ein Bündel vor der Tür, auf der anderen Straßenseite. Hat das zufällig jemand gesehen? Es wird doch viel geredet bei dir, Trude."
Die Wirtin schaut hoch zu ihren Gästen und wartet still ab, ob einer der Anwesenden sich dazu äußern will. Es bleibt jedoch still. Durch einen Blickkontakt verständigen sich die Wirtin und der Polizist. Es hätte die beiden auch gewundert, wenn es auf diese Frage eine Antwort gegeben hätte.

„Ich habe es liegen sehen. Ist aber verschwunden. Hat wohl die Stadtreinigung mitgenommen. Am Montag bei der großen Reinigung."
Trude berichtet den beiden Uniformierten, die langsam an den Keksen knabbern, wie es aussah und warum es ihrer Meinung nach da gelegen hatte. Warum sie es nicht auf ihren Inhalt untersucht habe, will der Schupo wissen. Trude erklärt, sie sei schon zu alt und nicht mehr neugierig genug um solche Wagnisse zu versuchen.

„Nun, immerhin hätte ja auch ne Liek im Paket sein können. Das muss ich mir auf meine alten Tage nun wirklich nicht mehr antun. Meint Ihr nicht auch?"
Hans Rückert, der freundliche Polizist, erklärt Trude, es sei keine Leiche darin gewesen.

„Bei der Größe des Pakets hätte man den Körper vorher fachgerecht zerteilen müssen. So groß war das

Bündel doch nicht. Aber glaub mir, es war nichts Dergleichen darin. Ich habe das Bündel geöffnet. Auf der Wache. Ein besorgter Anwohner hat uns informiert. Hast du denn gesehen, wie es dort hingekommen ist? Und wann?"
Trude verneint. Die beiden Polizisten bedanken sich, bezahlen ihren Kaffee, für die beiden macht Trude immer einen Sonderpreis, und verlassen die Kneipe wieder in Richtung Sturm. Jetzt, nachdem sich die Tür wieder geschlossen hat, beginnt die Diskussion über das Bündel. Jeder der Anwesen, außer dem Bayern und der Nutte, haben es gesehen. Keiner hatte den Mut, es zu berühren oder gar zu öffnen. Aber alle Beteiligten sagen auch, sie hätten die Bullen nicht geholt, schon gar nicht wegen so eines blöden Bündels am Boden. Damit ist das Thema beendet. Jeder geht wieder seinen Gedanken nach, auch die Männer am Tresen, die nicht nur vom Bier und Korn einen feuchten Mund haben.

Hamburgs Rathaus

HARVESTEHUDE

Schlechtes Wetter gibt es nicht, nur schlechte Kleidung. Ein alt bekannter Ausspruch. Wenn man aber das herbstliche Wetter nutzen kann um den Tag in einer Atmosphäre zu verbringen, die alle Herzen höher schlagen lassen würde, dann kann man Petrus nur dankbar sein. So jedenfalls empfinden es Doris Hagedorn und Ferdinand von Straaten, die sich heute zum zweiten Mal wieder sehen. Jeder der beiden ist unsicher, ob der jeweils andere wohl zur vereinbarten Zeit am vereinbarten Ort auftauchen wird. Ferdinand erhofft sich ein schnelles Abenteuer mit dieser attraktiven Frau, die seine Tochter sein könnte. Doris denkt bei dem bevorstehenden Treffen im Hotel Treudelberg hauptsächlich ans Geld. Gedanken, die sie oft hat, weil das nötige Geld eben nicht vorhanden ist. Ferdinand, so ihre Vermutung, wird genügend davon besitzen und es sicherlich auch noch gerne mit ihr ausgeben. Den neuesten Badeanzug, wobei ehrlich gesagt, er stammt aus dem letzten Jahrhundert, was im Jahr 2006 eigentlich nur bedeutet, dass er so um die sechs Jahre alt sein muss, noch ältere Badeschuhe und ausreichend Handtücher landen in der Sporttasche, ein Geschenk des Buchverlages „Weltbild", bei dem sich Doris ab und zu einen Liebesroman bestellt. Ihre wahre Leidenschaft gehört ja eigentlich dem Kriminalroman, aber als allein stehende Frau, die Abend für Abend vor dem Fernseher sitzt und wartet und hofft, macht sich eine Liebesschnulze auch nicht schlecht. Den Einfall, in dieses teure Hotel zu gehen um einen Mann aufzureißen, hat Doris genau aus einem dieser Kitschromane. Es scheint zu funktionieren, denkt sie sich, während sie gelangweilt über den Parkplatz des Hotels schlendert. Unzählige Fahrzeuge parken bereits auf dem Schotterplatz, sicherlich sind all diese Fahrzeughalter bereits im Sportbereich des Hotels mit Schwitzen und anderen körperlichen Ertüchtigungen beschäftigt. In der letzten Woche, bevor Doris ihren ersten Auftritt an der Bar des Treudelberg hatte, war sie schon einmal hier. Vorplanen, informieren und auskundschaften hieß ihr Auftrag. So kann man unbemerkt von der nur wenige Minuten entfernten Bushaltestelle auf den Parkplatz gelangen, wenn man ganz dicht an der Hecke der Grundstücksgrenze entlang geht. Wenn sich nun kein anderer Autofahrer auf dem Abstellplatz für die edlen Karossen befindet, hat es doch den Anschein, Doris hätte ihren Wagen eben am hinteren Ende abgestellt und würde nun langsam zum Hotel gehen. Ferdinand wartet bereits in der Lobby auf seine neue Flamme. Sein Hormonspiegel ist auch ohne Einnahme einer blauen „Pille" nach oben geschnellt. Alleine der Gedanke an das Verbotene reicht Ferdinand aus um auf Hochtouren zu gelangen. Doris betritt die Eingangshalle und schaut sich suchend um. Etwas zu schnell eilt Herr von Straaten zu ihr, fast wäre er über den roten Teppich am Eingang gestolpert. Mit einem nicht gekonnten Straucheln gelangt es ihm gerade noch aufrecht zu bleiben.

„Nicht so stürmisch, auch wenn wir bereits Ende November haben", kontert Doris und reicht ihm ihre rechte Hand zum Gruß.

„Ich freue mich, Sie zu sehen. Ich habe mich schon den ganzen Morgen auf unser Wiedersehen gefreut. Doris, ich bin entzückt. Sie sehen wieder ganz bezaubernd aus."

Glücklicherweise steht keine weitere Person in ihrer Nähe, denn es besteht erhöhte Rutschgefahr, so viel Schleim befindet sich am Boden.

„Wo geht es denn zum Wellnessbereich? Ich bin schon sehr gespannt. Ich hatte ja sicherlich erwähnt, hier im Treudelberg bin ich noch nicht gewesen. Bisher nutze ich das Saunaangebot in Volksdorf. Sicherlich, werden Sie denken, nach Volksdorf geht doch jeder. Sie haben natürlich Recht."

Ferdinand zeigt seiner Flamme die Sportstätte. Ruhebereich, Sauna, Tauchbecken, die großzügigen Duschen und die kleine Erfrischungs-Bar mit ihrem vitaminreichen Angebot. Nachdem sich die beiden umgezogen und ausgiebig geduscht haben, treffen sie, diskret in große Badelaken gehüllt, vor der Feuchtsauna, aufeinander. Sie bietet 60% Luft-feuchtigkeit bei 60 Grad, die richtige Wahl für einen ersten Saunagang, da sich die Hautporen hier besonders gut öffnen und der Körper, ob er will oder nicht, schonungslos zu schwitzen beginnt. Die große rahmenlose Glastür der Hemmlocksauna gewährt ihnen schon einen ersten Einblick in den Innenraum. Lediglich eine Person, vermutlich männlich, man kann es nicht so genau erkennen, zum einen, da die besagte Person auf der oberen Bank auf dem Bauch liegt, zum anderen, weil es sehr schummrig im Inneren ist. Ferdinand betritt als erster die Kabine, Doris folgt ihm etwas unsicher. Rasch legt der trotz seines Alters immer noch attraktive Ferdinand sein Handtuch, nachdem er es von seinem Körper gezogen hat, auf eine der oberen Bänke. Schwupp und auch seine intimsten Teile liegen durch seinen Körper verdeckt im Geheimen. Nun ist Doris an der Reihe. Noch etwas unsicher, wie sie es anstellen soll, setzt sie sich zuerst auf die untere Bank.

„Haben Sie es mit dem Kreislauf? Ich meine, wegen der unteren Reihe? Ich gehe immer gleich nach oben. Für mich kann es gar nicht heiß genug sein", erklärt der saunaerprobte Ferdinand mit einem starken Lächeln.

„Nein. Wie kommen Sie denn darauf? Ich bin kerngesund. Aber, ich lasse es gerne langsam angehen. Wir haben doch Zeit. Oder?"

In Wirklichkeit weiß Doris gar nicht, wovon sie spricht. Es ist heute ihr erster Besuch in einer Sauna. Bisher hatte sie weder Lust, Interesse, noch Geld für ein solches Hobby. Ganz vorsichtig verhält sie sich deshalb in diesem unbekannten Terrain, damit Ferdinand es nicht bemerkt. Die Zeit vergeht wie im Fluge. Nach dem dritten Gang, Ferdinand hat die ganz heiße finnische Blockbohlensauna gewählt, gönnen sich die beiden eine Pause mit frisch gepresstem Orangensaft, dazu einen fruchtigen Müsliriegel und leise Entspannungsmusik. Anschließend sucht Ferdinand zwei dicht beieinander stehende Relaxliegen, in deren Nähe sich nach Möglichkeit keine anderen Gäste befinden. Warum, muss wohl nicht näher erklärt werden.

An dieser Stelle sei jedoch erwähnt, dass sich die Testosteronproduktion bei Ferdinand von Straaten weiter fortgesetzt hat.

„Das Hotel, das sich, wie ich finde, erst im Sommer in seiner ganzen Schönheit präsentiert, bietet einen hervorragenden Service. Nicht nur die Küche, immer wechselnde Speisekarten und ein hervorragendes Kuchenbuffet, nein,

auch in den Zimmern erwartet den Gast ein ausgezeichnetes Ambiente. Hatten Sie schon mal das Vergnügen?"
Ferdinand versucht durch die Hintertür zu seinem ganz persönlichen Ziel zu gelangen. Doris ist ein wenig „einfach gestrickt", dennoch hat sie sehr wohl erkannt, dass es sich bei diesen Erklärungen keinesfalls um die Vorstellung des Hotels geht, sondern vielmehr um eine gut verpackte Anmache! Bevor sie heute zu diesem Treffen gegangen war, besser gesagt, mit dem Bus gefahren war, hatte sich Doris eine Art Schlachtplan überlegt. Es sei sicherlich nicht von Vorteil, wenn sie gleich bei der ersten Verabredung seinem Drängen, sie ging bereits vor dem Wiedersehen davon aus, dass es dazu kommen würde, nachgeben würde. Schließlich geht eine Frau von Welt nicht gleich mit jedem Mann ins Bett. Es sei denn, er bezahlt dafür. Da nun Doris keines dieser leichten Mädchen von St. Pauli und Ferdinand von Straaten auch kein Freier der üblichen Art ist, spielt Geld zwar eine Rolle, aber eine gut verpackte. Der Verführer soll sich ruhig etwas anstrengen, soll die Kosten für den Tag im Treudelberg bezahlen, soll Doris in die Stadt, nicht nach Hause, fahren. Nach Hause deshalb nicht, da ihr neuer Freund natürlich nie erfahren soll, wie Doris wirklich lebt. Obwohl es das erste Mal ist, dass Doris sich einen „reichen Knacker" sucht, um ihn auszunehmen, sie hat sich einen genauen Schlachtplan bereit gelegt. Langsam ernährt sich das Eichhörnchen, ist ihr Wahlspruch. Und genauso will sie es auch mit Ferdinand halten.

Etwas enttäuscht ist der feine Herr schon, als seine Angebetete nicht auf sei Werben reagiert. Aber ein Mann von Welt würde natürlich nie drängen. Geschickt versucht Ferdinand eine neue Terminvereinbarung mit seiner Doris zu treffen. Auf seine Anfrage, ob sie sich ein weiteres Treffen mit ihm vorstellen könne, antwortet sie ein bisschen zu schnell, für sein Dafürhalten. Dennoch wird eine Verabredung getroffen, Zeit und Ort werden festgelegt.

„Sie sollten mir, nur für alle Fälle, Ihre Handynummer geben. Es könnte immer mal etwas dazwischen kommen. Ich möchte Sie auf keinen Fall warten lassen oder gar versetzten."

Doris schaut ein wenig ratlos zu Ferdinand. Sie hat kein Handy. Also auch keine Handynummer. Die wenigen Gehirnzellen arbeiten auf Hochtouren, eine plausible Erklärung aber stellt sich nicht so schnell ein.

„Ich habe seit einigen Tagen eine neue Nummer und die habe ich mir einfach noch nicht gemerkt. Vielleicht geben Sie mir Ihre Nummer? Es scheint einfacher zu sein."

Nun hat Doris den schwarzen Peter einfach an Ferdinand weitergespielt. Ein erfahrener und langjähriger Ehemann hat aber weder Scheu noch Skrupel, sondern eine zweite Handynummer, von der seine Angetraute so gar keine Ahnung hat. So kommt es gar nicht erst zu der angenommenen Peinlichkeit zwischen den beiden. Ferdinand ist klar, dass Doris ihm ihre Handynummer nicht geben will. Sicherlich gibt es da auch einen Ehemann. Sollte sich etwas Ernstes aus diesen Treffen ergeben, so wäre es doch eine tolle Idee, Doris ein so genanntes konspiratives – Treffen – Telefon zu schenken. Aber das hat noch Zeit. Viel Zeit, wie sich herausstellen wird.

Im Hafen

MÖNCKEBERGSTRABE

Verräterisch zieht der Duft nach gebrannten Mandeln durch die Straßen der Hamburger Innenstadt. Dazwischen mischen sich die unterschiedlichsten Aromen, die eigentlich alle auf nur eines hindeuten: Weihnachten steht vor der Tür. Die Fenster der großen Kaufhäuser erstrahlen in ihren Dekorationen genauso wie die Auslagen der kleinen Geschäfte. Weihnachtsmänner mit langen und weißen Wattebärten, die neben goldenen Engeln, die zart blinkende Flügel ihr Eigen nennen, treffen hier überall aufeinander. Rentiere, die mit einer knubbeligen und roten Nase an den weltweit bekannten „Rudolph" erinnern, ziehen wunderschön geschmückte Schlitten, auf denen in großen Säcken zahlreiche Überraschungen verborgen bleiben. Aus Lebkuchen geformte Häuschen und rot lasierte Liebesäpfel, ein mit Sternen übersäter Himmel, leise Musik und die Hoffnung auf eine so lange entbehrte „weiße Weihnacht" spukt nicht nur in den Köpfen der Passanten, sondern legt ihre Schatten über die gesamte Innenstadt.

Erna Kahl schlendert durch die Mö. Mit dem Bus ist sie die wenigen Stationen von der Langen Reihe bis zur Haltestelle vor „Onkel Rudolfs" Kaufhaus gefahren. Früher konnte man von hier aus über den Rathausplatz bis zum Börsenkeller schauen. Neuerdings hat sich ein großer und gewaltiger Komplex mit viel Glas und Konsum davor gestellt. Zielstrebig steuert Erna zuerst Karstadt an. Wie schon seit Jahren erwirbt sie hier ihre Feinstrumpfhosen, im Erdgeschoss, gleich neben den süßen Leckereien, wie Pralinen, Trüffel und nicht zu vergessen, die Lakritz- und Weingummi - Bar. Nur ein halbes Geschoss höher, auf einer Art Empore, mit Blick auf das Wuseln und die Hektik, warten Hunderte von Karten auf ihre Erlösung. Dicht gedrängt und in Folie gepfercht stehen oder liegen sie in kleinen Schlitzen und Regalen, auf Ständern oder Drehgestellen, sortiert nach den unterschiedlichsten Anlässen. Ob Hochzeit, Geburtstag, Geburt oder Tod, ob Jubiläum oder zur bestandenen Führerscheinprüfung, ob zur Verlobung oder zur Genesung, ob zum Umzug oder zur bevorstehenden Fete, für alle gibt es die richtige Klappkarte, natürlich immer mit dem passenden Briefumschlag. Einige Verpackungen weisen auf ein Überporto hin, sie haben mehr als das Normmaß oder wiegen mehr als die üblichen 20 g. Auf einer extra bereitgestellten Fläche präsentieren sich nun aber die Weihnachtskarten. Mit Glitter oder ohne, mit Musik oder mit Gesang, mit bunten Ornamenten, mit und ohne

Text, alles was das Herz der Kauflustigen erfreut, alles, was man sich nur vorstellen kann, oder auch nicht, gibt es hier zu kaufen. Erna schaut sich suchend um, die Menge erschlägt die Frisörin. Karte für Karte wird untersucht, für gut oder schlecht, für langweilig oder für zu teuer befunden. Am Ende hat Erna zehn Grußkarten für ihre Lieben gekauft, für die sie an der Kasse, vor der sich eine endlose Schlange gebildet hat, über 20 Euro löhnen darf. Nicht gerade wenig, wenn man bedenkt, dass es immerhin über 40 DM sind, außerdem kommt das Porto ja auch noch hinzu. Weihnachten, denkt Erna, das Fest der Liebe und der Geschenke. Im Inneren ihrer Tasche werden die Karten, die zum besseren Transport und zum Leidwesen der Umwelt auch noch in eine zusätzliche Plastiktüte, die das große K des Kaufhauses schmückt, verstaut. Weiter geht der Bummel durch die Stadt. Zur Entspannung möchte die dem weihnachtlichen Zauber verfallene Kundin eine Erfrischung zu sich nehmen. Erna hat sich fest vorgenommen, heute wo ihr Salon geschlossen bleibt, das neue Europa - Center zu erkunden. In den fünf Etagen bieten unzählige Cafés, Restaurants und Bistros zum Verweilen ein. Die Qual der Wahl, denkt Erna Kahl, und sie entscheidet sich für eine heiße Tasse feinsten Kaffees der Gattung „Vienna Roast", ein aus vorwiegend Arabicasorten dunkler Filterkaffee. Serviert wird der dampfende Hochgenuss in einer Kaffeeschale, die mit einem goldenen Rand und den Initialen des Geschäftes versehen ist. Verfeinert wird der dampfende Inhalt noch mit einem Schuss karibischem Rum, sehr zur Freude der bereits sehr erschöpften Erna. Speichel sammelt sich im Inneren ihres Mundes beim Anblick der zahlreichen Leckereien, die angestrahlt durch eine schillernde Lampe im arabischen Stil, angeboten werden. Glühwein - Gugelhupf auf Amaretti – Keks – Unterlage. Köstlich. Dezent setzt sich, während Erna ihren Kuchen genießt, ein älterer Herr an den Nebentisch. Erna hat es gar nicht bemerkt, sie ist in ihre Gedanken vertieft und zählt im Geiste nach, ob nicht doch noch eine Weihnachtskarte für den netten Zulieferer des Frisörbedarfs, der fast wöchentlich zu ihr in den Salon kommt, fehlt.

„Herrlich hier, nicht?"
Erna bemerkt erst jetzt, dass die Ansprache ihr gilt. Sie fragt nach, da sie den genauen Wortlaut der kurzen Frage nicht verstanden zu haben glaubt.

„Ich sagte, es sei herrlich hier, in diesem neuen Café. Ich komme oft in die Stadt um mir hier eine Köstlichkeit zu gönnen. Das Angebot ist ja überwältigend geworden, hier im neuen Einkaufsparadies. Ja, Hamburg ist eben eine Weltstadt."

„Ich weiß ja nicht, was Sie so gewohnt sind, da wo Sie herkommen, aber eigentlich sagt man ja schon lange nicht mehr, dass Hamburg eine „Weltstadt" und schon gar nicht mehr „das Tor zur Welt" sei, es ist Ihnen vielleicht entgangen, neuerdings heißt es, „Hamburg habe Pfeffer im Sack".
Erna blickt erwartungsvoll auf den Fremden. Nicht aus Neugier, sondern viel mehr in der Hoffnung, er möge verstummen. Genau das Gegenteil ist allerdings seine Reaktion, die damit beginnt, dass er sich erhebt um noch einige Schritte näher an Ernas Tisch zu gelangen.

„Sie erlauben?"
Gleichzeitig zieht der Unbekannte den kleinen Bistrotisch von seinem Standort und nimmt Anlauf um sich darauf

niederzulassen. Erna Kahl erwidert nichts. Sie schaut nur auf den Eindringling, als einen solchen empfindet sie den fremden Mann an ihrem Tisch. Obwohl auch ihm klar sein muss, dass die Dame am Tisch gerne alleine bleiben würde, nimmt er wortlos Platz.

„Ich heiße Ernst Fürchtenicht Großgart. Ich freue mich Ihre Bekanntschaft zu machen."

Erna schluckt kurz, hebt ihre Augenbrauen ein Stückchen höher, er kann es einfach gar nicht übersehen, schüttelt nur ein klein wenig ihren Kopf von links nach rechts und wieder zurück zur Mitte und schweigt.

„Sie kommen sicherlich aus Hamburg, Sie sehen so merkantil aus."

Erna blickt langsam und bedächtig an sich herab um festzustellen, es ist alles wie immer und so, wie es auch sein soll. Kurz und kühl antwortet sie dem Herrn an ihrem Tisch nur zwei Worte:

„Erna Kahl".

Gleichzeit taxieren ihre Blicke ihr Gegenüber. Der Fremde scheint ein Endsechziger zu sein, mit grauen, aber vollen, naturgewellten Haaren, dafür hat die Frisörin einen Blick. Er trägt sportliche Kleidung, sehr chic und scheinbar auch sehr teuer. Erna kennt sich nicht so aus mit den teuren Marken, ob nun Armani oder Boss, Hauptsache sauber und gepflegt muss ein Mann aussehen, ist ihre Meinung. Dezent wirft die Hamburgerin auch noch einen Blick auf seine Schuhe und kommt zu dem Ergebnis, der Mann hat Stil und Geschmack. Erna achtet, vielleicht auch berufsbedingt, auf die Gesamterscheinung einer Person, erst dann kann sie sich ein Urteil erlauben, mit dem sie dann auch in der Regel richtig liegt.

„Hat es Ihnen die Sprache verschlagen? Oh entschuldigen Sie, wenn ich Ihnen zu nah gekommen sein sollte, können Sie wohlmöglich gar nicht sprechen? Oder verstehen meine Sprache nicht? You speak english? Ich glaube, es heißt so, oder so ähnlich."
Erna ist wirklich fast sprachlos. Den zufällig vorbeigehenden Kellner winkt sie diskret an den Tisch und bittet mit freundlicher Stimme und in typischem hamburgischem Dialekt um die Rechnung.

„Sie kann sprechen, bin ich glücklich. Ich bin zutiefst betrübt, sollte ich Sie gestört haben. Es war ganz und gar nicht meine Absicht. Ich würde Sie gerne näher kennen lernen. Darf ich Sie auf ein Glas Champagner einladen? Nicht hier, ich habe da eine viel bessere Idee."

„Was wollen Sie von mir?"
Erna legt einen 20 Euro-Schein auf den kleinen Silberteller, den der Kellner ihr mit der Rechnung gereicht hat.

„Wie ich schon sagte, Sie sind mir sofort aufgefallen. Ich würde Sie gerne, Ihr Einverständnis vorausgesetzt, näher kennen lernen und dazu auf ein Glas Champagner einladen. Nichts weiter, aber das soll erst der Anfang sein. Ich glaube, wir haben den gleichen Weg in eine Zukunft, die sich mir ganz zauberhaft präsentiert."

„Sagen Sie mal, wo kommen Sie eigentlich her? Sie sprechen nicht gerade so, als kämen sie aus Hamburg. Genau genommen bin ich mir eigentlich sicher, dass Sie nicht aus dem Norden kommen. Bei uns spricht man nämlich keine fremden Frauen an, noch dazu so einfach von der Seite!"

„Es tut mir auch leid, wirklich. Sie haben Recht, ich komme aus Stuttgart. Allerdings lebe ich schon seit einigen Jahren in Schleswig Holstein. Dort verbringe ich in gehobener Umgebung meinen Lebensabend, wobei ich gerade denke, es sei der zweite Frühling."

„Alles, außer Hochdeutsch! Wo wohnen sie denn? In Kiel?"

Interesse hat Erna nicht, sie gibt sich halt nur ein bisschen freundlich und spielt Fürchtenicht mit diesen Fragen ihren Wissensdurst vor.

„Nein, nein. Ich lebe in Ratzeburg. Eine kleine, aber feine Eigentumswohnung direkt am See gehört mir schon seit einigen Jahren. Früher wollten wir dort gemeinsam leben, meine Frau Gisela und ich. Leider hat sie aber viel zu früh unsere Mutter Erde und damit auch mich verlassen. Nun lebe ich dort und hoffte immer noch, wieder auf einen reizenden Menschen wie sie zu treffen. Es ist nicht gerade das, was ich mir für meine letzten Jahre erträumt habe, alleine auf meiner Terrasse zu sitzen, den Ruderern zuzusehen und darauf zu warten, dass das Licht für immer erlischt. Aber, vielleicht hat das Schicksal es ja heute gut mit mir gemeint."

Ernst Fürchtenicht Großgart strahlt Erna an und versucht ihr so richtig Honig um den zum Glück nicht vorhandenen Bart zu schmieren.

Alles für die Touristen

ST. PAULI

Das Wasser der Elbe hat den befestigten Teil des Hafens, der eigentlich den Menschen vorbehalten sein sollte, wieder in Richtung Hafenbecken verlassen, dorthin gehört es schließlich auch. Diese Tatsache bleibt unerwähnt, in der Presse und auch in den Nachrichten. Es ist normal und wird daher von keinem wirklich bemerkt. Das Hauptaugenmerk in diesen Tagen, Ende November ´06, liegt bei einem Ereignis, das nicht nur die Gemüter in Hamburg bewegt. Allerorts wird berichtet, in London genauso wie in Paris oder New York. Er ist da. Lange wurde spekuliert, ob er es wohl mit seinem Vorgänger aufnehmen könne. Wurde er doch als eine Art Warmduscher bezeichnet. Blond und eher weich, nicht so, wie sich Millionen von Fans ihn sich vorgestellt hätten, als adäquaten Nachfolger. Nun ist es passiert. Selbst die Queen, über die berichtet wurde, war nach dem ersten Kontakt gerührt und nicht geschüttelt von Daniel Craig, er wird sogar „Der Harte" genannt. Auch Hamburg hat das 007 - Fieber gepackt. Dennoch darf nicht unerwähnt bleiben, dass es noch ein weiteres Ereignis, das den Kiez etwas mehr interessiert als den Rest der Stadt, für Hamburg gibt. Den Austragungsort haben die, die das große Geld damit machen, fern von der Stadt Hamburg gewählt. Obwohl Platz wäre genug gewesen, selbst für diese Art von Auftritt. Immerhin gibt es diese neue und so tolle Halle, gleich neben dem alten Volksparkstadion, das nun seit einigen Jahren auch nicht mehr so heißt, sondern AOL-Arena. Nein, ihn zieht es nach Halle/Westfalen, es gibt dort noch nicht einmal eine eigene Autobahnanbindung, oder ist sie doch schon fertig gestellt? Die Interessierten aus dem „Hamburger Stall" werden es trotzdem ganz genau beäugen, was sich Axel Schulz da leisten wird.

„Nach so vielen Jahren wieder anzufangen, ganz schön mutig. Wenn es da man nicht nur um die Penunse geht, wie so oft im Leben", erklärt der in Orange gekleidete Gast, der seit einer guten halben Stunde am Tresen der „Windigen Ecke" sitzt und sich lang und breit über das Boxen auslässt.

Horst Krüger, seine Freunde nennen ihn kurz Horsti, weiß wovon er spricht. Hat er doch selber viele Jahre auf dem Kiez geboxt, dort wo der Rauch der unzähligen Zigaretten die Decke über dem Ring hat schwarz werden lassen und der Schweiß von so mancher Koryphäe noch in der Luft der Umkleidekabinen hängt. In Hamburg verbindet man das Universum eben nicht nur mit dem Himmel, den Sternen und der Raumfahrt, sondern auch mit Klaus Peter Kohl und mit Max Schmeling. Horsti weiß, wenn er über die alten Zeiten spricht, über dicke Handschuhe, Vaseline, blutverschmierte Handtücher, über Kämpfe und seine alten Freunde, die hier jeder kennt, dann sind alle Anwesenden ganz still und lauschen nur ihm. Anders als tagsüber, wenn der Vierundvierziger mit seinen beiden Kollegen auf dem Bock sitzt und durch Hamburgs Straßen kutschiert. „Bei uns kommt fast alles hinten rein", ist sein Wahlspruch, der sich aber wirklich nur auf seinen Dicken bezieht. Seinen Dicken, nennt Horsti zärtlich den gewaltigen Müllwagen, mit dem er Tag für Tag durch die Stadt fährt und die Hinterlassenschaften der Hamburger beseitigt, Sack für Sack und Tonne für Tonne, bis auch nichts mehr hineinpasst und der Wagen in Stapelfeld wieder entladen wird, in der Müllverbrennungsanlage, gleich gegenüber der Autobahnausfahrt.

„Seinen letzten Kampf, ich sehe es noch wie heute vor mir, damals, ich glaube, es war ´99, hat er gegen den Klitschko verloren. Ich hätte auch gerne mal im Schwergewicht geboxt, aber dazu haben meine knapp 80 kg Lebensgewicht eben nie gereicht."

Die Wirtin Trude Palm kennt diese Gespräche ihrer Gäste, sie gehen immer in dieselbe Richtung.

„Zum Glück hat uns der liebe Gott ja zwei Ohren gegeben."

Mit der rechten Hand deutet sie an, dass das Gehörte zum einen Ohr rein und zum anderen wieder hinaus kann. Trude interessiert sich nicht für Sport, fürs Boxen schon gar nicht. Viel zu brutal, sagt sie, wenn sie jemand nach ihrer Meinung fragt.

„Hast du auch von dem Bündel gehört, was auf der anderen Seite vor meinem Laden lag?", fragt Trude ihr momentanes Gegenüber und versucht damit, das leidige Thema Boxen zu beenden.
Horst Krüger, alias Horsti der Müllmann, schaut fragend auf.
„Was für´n Bündel denn?"
Nur wenn es um seinen Sport geht, ist Horsti gesprächig, sonst könnte man ihn eher als mundfaul bezeichnen. Hein Jensen, der heute aufgrund des noch herrschenden Sturms sogar ohne sein Fahrrad in die „Windige Ecke" gekommen ist, erklärt lautstark und mit Händen und Füßen, wie es aussah, wie groß es war und stellt zu allem Übel auch noch Spekulationen über seinen Inhalt an.
„Bestimmt Diebesgut. Oder Leichenteile. Ich hab mich nicht getraut, ich meine, nachzuschauen. Am nächsten Tag war es weg. Einfach so."
Horst stimmt ein und erklärt, eigentlich sei es wohl seine Aufgabe gewesen, es zu beseitigen.
„Mich hat keiner informiert. Ich habe es nicht gesehen und auch nicht genommen, wenn du das meinst."
„Keiner sagt das. Zwei Schupos waren hier und haben danach gefragt. Keine Ahnung. Jedenfalls, die haben das unheimliche Bündel mitgenommen. Mehr weiß ich auch nicht", beendet Trude ihren Versuch, das Gespräch endlich in eine neue Richtung zu bringen.
Es hat geklappt.
„Wenn hier schon mal was los ist, ich bin garantiert nicht dabei. Stand was in der Zeitung?"
Alle schütteln bloß ihren Kopf, keiner antwortet und alle stellen sich den eventuellen Inhalt in Gedanken vor.

„Vielleicht hat ja ein Janmaat seinen Seesack verloren. Oder es war bloß ein Tornister mit der Lesefibel aus der ersten Klasse. Stand da nicht letzte Woche was in der Zeitung, Unbekannte haben wieder eine Filiale der Sparkasse überfallen?", sprudelt es plötzlich aus Eddie heraus, der auch, wie immer, in der Kaschemme bei einem Bier sitzt um sich aufzuwärmen. Fragende Blicke, ratlose Grimassen und Aufgeregtheit durchzieht die Kneipe.

„Ist doch in der Vorweihnachtszeit nichts Neues. Woher soll bei einigen denn auch der Knaster für die Geschenke kommen. Die Lieben zu Hause wollen doch nicht aufs Altvertraute verzichten, Harz Vier hin oder her. Ganz ehrlich, bei der Sparkasse möchte ich auch nicht arbeiten", gibt der Müllmann von sich.

„Was heißt denn: auch nicht? Wo denn noch nicht?", stellt Heini fest.

Horst Krüger ist zum Glück ein sehr friedfertiger Geselle, dennoch lässt sein Blick das Blut in Heinis Adern gefrieren.

„Über mich macht sich keiner, aber auch wirklich keiner, lustig. Hast du mich verstanden? Ich meinte, bei den Bullen wollte ich auch nicht malochen. Viel zu gefährlich. Wenn du erst 'ne Wumme hast, benutzt du sie auch. Da bleib ich lieber bei meinem Müll, der ist friedlich, wenn es auch manchmal ganz schön stinkt."

Das Gespräch verebbt wieder. Die vorhandenen Informationen über das spektakuläre Bündel sind ausgetauscht, mehr ist dazu nicht mehr zu berichten. Konzentriert schauen die Männer wieder auf ihre Gläser und gehen ihren ganz eigenen Gedanken nach. Nach einem kurzen Moment verebbt auch das Klappern der leeren Gläser, die

Trude spült. Bis sich die Tür öffnet und eine junge Frau die „Windige Ecke" betritt. Heini, der gerade sein Glas zum Trinken angesetzt hatte, vergisst zu Schlucken und das Gerstengesöff läuft ihm übers Kinn bis auf die Jacke hinab. Trude Palm ist mindestens genauso erstaunt wie ihre Gäste, sie hat sich aber etwas besser unter Kontrolle und begrüßt die „Dame", die ja immerhin ihre Kundin ist, mit einigen freundlichen Worten.

„Immer rein in die gute Stube. Hier ist es warm und trocken. Ja und außerdem auch noch windstill. Kann ich Ihnen helfen?", fragt Trude mit ihrem so freundlichen Lächeln und deutet auf einen freien Platz am Tresen.

Die männlichen Gäste schauen immer noch, teils wirklich mit offenen Mündern, auf die Schönheit, die nun langsam und sehr eindrucksvoll, was nicht nur an den hohen waffenscheinpflichtigen Stilettos liegt, gebannt zum Eingang der Kneipe. Mit einem Knall fällt die Tür ins Schloss und gleichzeitig zieht ein Impuls durch die Mannsbilder, der schon für eine Aufführung im St. Pauli - Theater ausreichen würde. Sie sieht aber auch wirklich prickelnd aus. Schwarze Lackstiefel, in Fachkreisen Stilettos genannt, die seitlich mit einzelnen Strass-Steinchen verziert sind, enden kurz unterhalb eines Mantels, der in der Taille durch einen Gürtel, der aus dem gleichen Material und sicherlich auch von demselben Hersteller der Stiefel zu sein scheint. Seitlich erkennen wir eine Lackledertasche, sie hängt an einem Glitzerriemen über der Schulter, die ebenfalls mit kleinen Strass-Steinchen in Herzform verziert ist. Den oberen Abschluss des engelhaften Wesens bildet ein, wie nicht anders zu erwarten, schwarzer Hut, mit einer Riesenkrempe, die wiederum mit kleinen Steinchen geschmückt ist. Schwarze, volle und lockige Haare treten darunter hervor und umrahmen das etwas zu volle Gesicht, in einer Art, die an eine geraffte Übergardine erinnert. Mit gekonnten Schritten erreicht die sich noch immer im Blick alles anwesenden Kerle befindliche Unbekannte den Hocker vor der Bar, den sie skeptisch beäugt. Langsam zieht sie den Stuhl hervor und legt darauf ihre lacklederne Umhängetasche.

„Was für ein Wetter!", ertönt es.

Trude Palm fehlen die Worte, eine Tatsache, die sich nicht wirklich oft ereignet. Der Grund für diese Besonderheit liegt eindeutig an der Frau, besser gesagt, an ihrer Stimme. Die Wirtin fängt sich wieder und fragt den Gast erneut nach den Wünschen.

„Kaffee, Tee oder gar einen Grog? Was darf's sein? Ich kann Ihnen auch etwas Festes zubereiten, falls Sie Hunger haben."

Mit der gleichen festen Stimme, die allerdings eher an eine Basslage als an eine Sopranlage erinnert, folgt die Bestellung der besonderen Art:

„Lütt und Lütt. Und, kann man hier mal für kleine Jungs?"

Trude nickt und zeigt ihrem Gast den Weg mit einem kurzen Handzeichen, während sie zwinkernd zu Heini schaut, dem immer noch Reste des Biers auf die Jacke tropfen.

„Hat es euch die Sprache verschlagen? Noch nie eine junge und charmante Frau gesehen? Mit euch kann man aber auch wirklich nirgends hingehen!", ulkt Trude Palm und kümmert sich um Bier und Korn für die Bestellung.

„Das will ich sehen", erklärt der Müllmann und springt vom Tresen auf, um der unbekannten Lady auf die Toiletten zu folgen.

Die Türen, die eine ziert ein roter Mund mit einer Zigarettenspitze, die zwischen weißen Zähnen hervorblitzt, die andere wird durch einen von einigen Stoppeln umgebenem Mund, in deren Mitte sich in einer klar zu erkennenden Zahnlücke eine dicke Zigarre zeigt, werden durch einen dicken, dunklen Vorhang verdeckt. Horst Krüger öffnet die Tür, hinter der sich die Männer stehend erleichtern, in der Hoffnung hier auf die Schönheit zu treffen. Er bleibt jedoch alleine. Leise lauscht er der Wasserspülung, um dann genau im richtigen Moment, die Tür der Herrentoilette zu öffnen, um einen Blick auf die charmante Dame mit der tiefen Stimme werfen zu können. Leider klappt es nicht. Alleine kehrt er an den Tresen zurück und schaut in erwartungsvolle Augen, die ihn förmlich aussaugen. Horsti schüttelt stumm seinen Kopf und legt wortlos einen Schein auf den Tresen und verlässt, noch immer kopfschüttelnd, die „Windige Ecke". Fast zehn Minuten später erscheint erst die Frau aus der Toilette wieder am Tresen, sie hat sich, besser gesagt, sie hat ihr Äußeres aufgefrischt, mit Lippenstift und Lidschatten. Vielleicht etwas zu viel des Guten, aber Geschmäcker sind bekanntlich verschieden. Heini hat das Interesse an der Namenlosen verloren und widmet sich wieder seinen ganz eigenen Gedanken, die sich vielleicht ja wieder um den Kampf des Axel Schulz drehen, den er auf gar keinen Fall am Abend verpassen will.

Am Hafen

BARMBEK

Längst hat Claudia den ersten Schock des Einbruchs in ihre Wohnung überwunden. Dass es so schnell ging, hat sie nicht zuletzt auch ihrer Freundin Heike zu verdanken, die wirklich mit allen Mitteln daran gearbeitet hat. Gemeinsame Unternehmungen gehörten genauso dazu, wie gut geplante, aber für Claudia spontan inszenierte, Einladungen zu Freunden und Bekannten. Sicherlich, Claudia ist ihrer Freundin auf die Schliche gekommen, aber schließlich hat es ihr selbst geholfen und für einen guten Zweck ist etwas Swinneln zunächst auch erlaubt. Besonders glücklich sind die beiden Freundinnen und Nachbarinnen dann aber über einen Anruf der Polizei. Ein Beamter der Wache am Wiesendamm informiert Claudia, dass ihr Hinweis auf das Schlüsselnotdienstunternehmen und die darauf eingeleiteten Ermittlungen von Erfolg gekrönt waren. Tatsächlich war der junge Mann, der nach dem Einbruch die Schlösser ausgetauscht hatte, in den Einbruch verwickelt. Er hatte einer Bande von Jugendlichen, nachdem er den Austausch vorgenommen hatte, einen zusätzlich angefertigten Ersatzschlüssel zukommen lassen. So war der Einbruch wirklich ein Kinderspiel gewesen. Zufall bei dieser ganzen Angelegenheit war also der Einbruch in ihren Wagen, Glück im Unglück für Claudia, denn nun kann sie wieder ruhig schlafen.

„Ich bin froh, dass es sich so schnell aufgeklärt hat. Du solltest auch glücklich und entspannt auf die nächsten Wochen schauen. Na ja, immerhin bedarf es keiner geplanten Sponti-Überraschungen mehr. Keine Freunde, die rein zufällig auf der Matte stehen, kein inszenierter Anruf, der ganz zufällig einen bevorstehen Besuch einer lange nicht mehr gesehenen Freundin ankündigt. Danke! Du hast deine Sache wirklich gut gemacht."

„Ich habe es wirklich gerne getan, außerdem, du kennst mich, ich bin halt gerne auf der Piste unterwegs. So konnte ich meine Bedürfnisse mit deinen, wenn auch kleinen Problemen gut verknüpfen. Was machen wir morgen?", fragt Heike mit einem Augenzwinkern, aber dennoch ernst gemeint ihre Nachbarin Claudia, die es kaum glauben kann.

Nach all diesen Unternehmungen, Ausflügen und spontan inszenierten Partys in den letzten Tagen denkt sie doch tatsächlich schon wieder an eine neues Unternehmen in Sachen: Raus ins volle Leben.

„Ich glaube, ich werde mich nun erst einmal erholen. Stell dir vor, ein arbeitender Mensch hat auch einen Anspruch auf Ruhe, Erholung und etwas Intimität in seinen eigenen Wänden."

Heike schaut so, als wäre sie nicht nur enttäuscht, sondern auch ein wenig betroffen, wenn nicht sogar gekränkt. Es scheint zu klappen, ihr Ziel, Claudia diese Enttäuschung vorzuspielen. Betroffen schauen sich die beiden Mädels an und, als wäre es abgesprochen gewesen, beginnen beide genau zur gleichen Zeit lauthals an zu lachen.

„Du hast gewonnen. Ich weiß genau, was jetzt kommt. Wir sind noch jung, im Sessel können wir noch im Alter sitzen, zu Hause kennt uns schon jeder, du hast es ja oft genug rezitiert, denn so wirkt es immer auf mich. Also, sag, was hat du vor mit meiner Zeit?"

Heike erklärt, sie wäre schon so lange nicht mehr auf dem Fischmarkt gewesen. Ihre Augen leuchten und sie stellt sich die Gerüche und die Geräusche in den kleinsten Einzelheiten vor und packt in Gedanken die erworbenen Pflanzen und das Obst, das sie sich in jedem Fall kaufen will, in ihren Marktkorb. Claudia ist nicht gerade begeistert. Immerhin bedeutet der Besuch des Hamburger Fischmarkts nicht nur günstiges Einkaufen, tolle Erlebnisse, sondern vor allem frühes Aufstehen! Viele der Besucher haben die Nacht zum Tag werden lassen, haben „durchgemacht", egal ob auf St. Pauli oder auf einer anderen Fete. Statt gegen Morgen ins Bett, zieht es dann Unzählige auf den Fischmarkt. Bereits um fünf Uhr, also fast noch in der Nacht, streifen die ersten Besucher über das Gelände am Hafen. Claudia versucht mit allen ihr zur Verfügung stehenden Mitteln, wie zum Beispiel ein Wimmern in der Stimme, hängenden Schultern, Zetern und Betteln, Heike von dieser aus ihrer Sicht so absurden Idee abzubringen. Heike jedoch bleibt hart und besteht auf diesen Ausflug am Sonntagmorgen.

„Dafür lasse ich dich dann auch, wenn du willst, eine ganze Woche in Ruhe. Du kannst in deinen vier Wänden alleine grübeln und ich werde dich nicht stören, versprochen. Aber ich möchte so gerne auf den Fischmarkt. Sei ehrlich, dir würde eine neue Pflanze auch gut zu Gesicht stehen. Dein alter Baum hat schon reichlich Blätter gelassen."

Genau genommen hat Heike schon längst gewonnen, die Argumente die gegen einen Besuch des Fischmarktes in den frühen Morgenstunden des morgigen Sonntags sprechen, sind verebbt.

„Wir müssen uns aber richtig dick anziehen. Es ist um die Zeit so dicht am Wasser schweinekalt.".

Der vermutlich letzte Versuch, ihre Freundin umzustimmen. Genau das Gegenteil passiert jedoch.

„Gegen Kälte", erklärt Heike lautstark, „hilft immer Glühwein, oder ein Grog. Möglichkeiten finden wir dort genug. Wie heißt es noch?"

Claudia schaut fragend. Heike beginnt zu singen, ganz schwach, denn so genau kennt sie die Melodie und den Text auch nicht.

„In der Haifischbar, in der Haifischbar, da lass dich ruhig nieder."

Klar, der Text und auch die Melodie stimmen so nicht, aber sie hat auch dieses Mal wieder ihr Ziel erreicht, Claudia lacht aus vollem Herzen. Nun steht dem Besuch nichts mehr im Wege. Für den nächsten Morgen verabreden sich die beiden Freundinnen für sechs Uhr. Gemeinsam soll es dann mit Bus und Bahn losgehen, denn das Auto lässt man für einen solchen Besuch lieber stehen.

U-Bahn oder S-Bahn

ST. PAULI

Eine fast nicht enden wollenden Autokarawane fährt in Richtung Hafengelände. Große Lastwagen, kleine Autos, mit und ohne Anhänger und Kleinbusse nähern sich unaufhaltsam als würden sie sich auf der Flucht vor einer unbekannten Macht befinden. Das Gegenteil ist der Fall, denn ihr gemeinsames Ziel an diesem trüben Novembermorgen, eigentlich ist es noch mitten in der Nacht (Fischmarkt ist zwischen 4.30 Uhr und 9.30 Uhr), ist der Hamburger Fischmarkt. Sie alle sind Marktbeschicker, so nennt man die Inhaber der Buden und Stände, ich glaube nicht nur in Hamburg. Die Fahrzeuge stehen dicht an dicht gedrängt, die aus ihnen hervorkommenden Menschen kennen sich, sie begrüßen sich auf eine ganz besondere Art, die ein Außenstehender wohl als rau und schroff bezeichnen würde. Das ist aber auf keinen Fall so, es ist eben der hier so typische Ton, der all diese Aussteller verbindet. Man hört ein kurzes Moin, moin, oder ein ganz kurzes Dach, was so viel wie „Tag" bedeuten soll. Aus dem Inneren der Fahrzeuge werden die Waren ans Licht gebracht, das genau genommen um diese Tageszeit noch so gar nicht vorhanden ist. Deshalb haben die meisten der Aussteller große Lampen an ihren Ständen befestigt. Neben Blumen, die meist aus Holland kommen und in großen LKWs lagern, finden wir fast alles was das Herz begehrt, oder auch nicht. Obst, Gemüse, Bekleidung, Fisch und Fleisch, Uhren, Küchengeräte, Heizöfen und Ventilatoren, aber auch lebende Mäuse, Hühner, Vögel, Schlangen und Ratten. Die ersten Besucher laufen, teils singend und teils schwankend durch die Reihen, alle sind auf der Suche nach dem ultimativen Fund dieses Morgens. Nicht ganz einfach, wenn man, wie einige der frierenden Gäste, mehr als 1 0/00 Alkohol im Blut hat. Auch in der „Windigen Ecke" ist am Sonntagmorgen noch immer Betrieb. Normalerweise, das heißt in der Woche, hat Trude Palm ihren Laden erst ab 11 Uhr geöffnet. Die Ausnahme bestätigt bekanntlich die Regel, das Geschäft am Sonntag will die Wirtin mitnehmen. So bleibt in der Nacht von Sonnabend auf Sonntag ihr Laden durchgehend geöffnet, denn am Fischmarkttag ist immer etwas los, eine ganz besondere Atmosphäre, besondere Gäste und ein hoher Umsatz zeichnen den Sonntag aus. Einige Übriggebliebene sitzen bei Trude und nehmen ihr vermutlich letztes Bier vor dem Frühstück des Tages zu sich. Aber auch bekannte Gesichter treffen pünktlich wieder ein. Da ist Horsti, der noch am gestrigen Abend nach seiner Schicht bei der Hamburger Müllabfuhr, mit einem alten Bekannten, Heini, der immer in der „Windigen Ecke" zu finden ist, über den Kampf lamentiert hatte.

„Teufel, wie kann man sich nur so gehen lassen. So ein Dösbattel, so ein Doschkopp. Was macht man nur alles, wenn es ums Geld geht? Wie viel Zaster der Axel wohl für den Auftritt bekommen hat?"

Heini lässt sich lautstark über den wohl traurigsten Kampf des Jahres aus. Horsti antwortet nicht auf die Ausführungen seines Tresennachbars. Sein Zustand würde man wohl als äußerst sauer titulieren. Ganz sicher war Horsti, dass Axel diesen Kampf gewinnen würde, nur deshalb hat er einen nicht unerheblichen Betrag auf ihn im Wettbüro gesetzt.

„Für den Zaster hätte ich mir lieber bei MC Frikadelle den Bauch voll schlagen sollen. Ich hätte euch alle einen Abend aushalten können, wäre als Held in die Geschichte eingegangen, als großzügigster Kummerwagenfahrer aller Zeiten. Aber nein, dieser Brandenburger muss ja den Kampf vergeigen. Der soll bloß aufpassen, dass der mir nicht mal vor die Fäuste kommt!"

Horst Krüger holt Luft und das nutzt Hein Jensen für seinen Auftritt.

„Ich mag gar nicht daran denken, dass uns noch ein weiterer Kampf ins Haus steht. Henry Maske will doch auch noch mal bei den Großen mitmischen. Schade, der boxt ja nur Halbschwergewicht, sonst hätte ich da mal einen Vorschlag zu machen. Man sollte die beiden Boxer gegeneinander in den Ring schicken. Dann wäre jedenfalls keiner enttäuscht. Und Henry Maske hätte eine ehrliche Chance, gegen diesen Axel, der ja nicht mal ein Gegner ist."

Auf dem Fischmarkt füllen sich die Gänge. Heerscharen von Besuchern drängen sich und vor Dieters Wagen ist kein Fleckchen mehr frei. Aal - Dieter, das Synonym für den Hamburger Fischmarkt. Er gehört dazu, wie das Wasser in der Elbe. Geräucherte Aale, Makrelen, Schillerlocken und seitenweise Lachs werden nicht nur zu Dumpingpreisen verkauft, sondern werden auch gratis zum Probieren angeboten. Seine Stimme ist kratzig und laut, dennoch schafft er es immer wieder die Besucher in seinen Bann zu ziehen.

„Alles für 20 Euro! Und noch ein Biest dazu."
Dieter schreit in die Menge und legt noch ein Bündel Schillerlocken auf die linke Hand, in der er die Ware, die es für den blauen Schein geben soll, sammelt. Hinter ihm auf dem Wagen stapeln sich Kisten über Kisten, aus denen Aal- Dieter nacheinander die vakuumierten Pakete entnimmt. Am Ende wird der Wagen leer sein, genauso wie bei seinem Gegenüber, wo als die Attraktion des Hamburger Fischmarktes Kongo-Lutscher in die Menge fliegen. Sie haben ihm auch seinen Namen gegeben, Bananen – Rudi! Neben den gelben und schmackhaften Früchten werden auch exotische Ananas und Melonen feilgeboten. Vorsichtig drängen sich die Interessierten, die alle auf einen Fang hoffen. Denn nicht nur Bananen sondern auch Melonen

werden durch die Luft in die Masse geworfen. Mancher fremde Besucher, der das erste Mal dem Spektakel beiwohnt, hat ihn nicht nur mit einem total verschmutzten Mantel sondern auch mit einer Beule am Kopf den Fischmarkt wieder verlassen.

Überglücklich steigen gegen halb sieben an diesem Morgen auch Claudia und Heike aus der U-Bahn. Dick vermummt machen sie sich auf ins Getümmel. Claudia will sich neue Pflanzen kaufen und Heike benötigt unbedingt jede Menge Obst, da sich scheinbar eine Erkältung bei ihr einschleicht. Gang für Gang durchforsten die beiden Mädels den Markt nach Brauchbarem, ein nicht ganz leichtes Unter-fangen, nehmen doch die Stände immer mehr zu, die an einen Trödelmarkt oder gar an ein Volksfest erinnern.

Eine gefühlte Ewigkeit später, die mit Blick auf eine Uhr sich als schlappe 100 Minuten zeigt, beladen mit Tüten und Grünzeug verlassen Claudia und Heike den Markt wieder Richtung U-Bahn, ziemlich entnervt und erledigt.

„So bald kriegen mich hier keine zehn Pferde mehr hin, damit wir uns ganz klar verstanden haben. Ich bin richtig d´addeldu, will nur noch nach Hause und ab in die Wanne. Davon kannst auch du mich nicht mehr abbringen", erklärt Claudia ihrer Freundin, die Kopf nickend zustimmt.
Auch sie ist sichtlich erschöpft und sehnt sich nach einer warmen Stube und einer Kanne Tee.

Im Hafen

BRAMFELD

Die Kollegen besprechen gemeinsam die bevorstehende Weihnachtsfeier.

„So langsam gehen mir die Argumente aus. Ich dachte, es wäre ganz so, wie Ihr es haben wolltet. Essen gehen, etwas plaudern und das eine oder andere Glas eines leckeren Getränks dazu. Nun diskutieren wir schon seit zwei Wochen und kommen auf keinen Konsens. Ich gebe mich geschlagen und suche einen Nachfolger, der sich um die Planung kümmert."

Das hat gesessen. Nur noch verdutzte Gesichter, bis auf eines, das ein ganz klein wenig schmunzelt und aus dessen Augen ein gewisses Strahlen hervortritt.

„Ich mach's. Alle einverstanden?"

Eine kurze Ansage, die an alle in der Runde gerichtet ist. Keiner widerspricht, alle sind zufrieden, wenn sie es auch nicht so wirklich zeigen wollen.

„Ich mach mich gleich vom Acker, habe keinen Kunden mehr. Und tschüss!"

Der in eine mittelbraune Stoffhose gepackte Mitarbeiter, in der Pause hat er sein Jackett, er trägt es nicht wirklich gerne, gleich auf der Lehne seines Schreibtischstuhles gelassen, verlässt panikartig die Küche, in der sich die Kollegen jeden Mittag treffen. Gemeinsames Mittagessen wird ganz groß geschrieben, bei den Mitarbeitern des Hamburger Kreditinstitutes, das genauso mit der Hansestadt verbunden ist, wie der HSV oder der Hamburger Michel. Es wird Zeit, die Restaurants und Lokalitäten, die für die geplante Weihnachtsfeier in die engere Wahl kamen, sind meist ausgebucht. Jeder Verein, jeder Betrieb, jede noch so kleine Gruppe, sei es handarbeitende Hausfrauen oder Skat spielende Rentner, jeder will an einem dem Fest angepassten Ort, in entsprechender Atmosphäre, zu einer Zeit seiner Wahl, für möglichst wenig Geld eine unvergessliche Feier erleben. Jedes Jahr wieder. Auch bei den Bankern dauert die Planung schon viel zu lange. Grund dafür ist allerdings der Chef der kleinen, in einem Neubau untergebrachten, Niederlassung, die speziell für gut situierte Kunden geschaffen wurde. Keinem konnte er es Recht machen, zu weit weg, zu bekannt, zu vornehm, zu teuer, zu einfach, um nur einige der gefallenen Gegenargumente zu nennen. Jetzt hat er die Nase gestrichen voll, das Handtuch geschmissen. Die Kollegen sind am Ziel, sie alle wollten ihren Boss nicht in der

Planung wissen, wollten „ihren Kuchen alleine backen". Geschafft haben sie es, obwohl es da wirklich nicht die kleinste Absprache gegeben hatte. Es sollte doch wohl möglich sein, die sieben Nasen unter einen Hut zu bekommen? Kollege Jürgen hat sich da schon so seine Gedanken gemacht, immer in der Hoffnung sein Vorgesetzter würde nun endlich aufgeben. Eigentlich ist Jürgen so gar nicht der Typ, der sich in den Vordergrund spielt, geschweige sich zusätzliche Arbeit aufbürdet. Alleine die, sagen wir mal, an der Peripherie befindliche Abneigung, hat ihn dazu getrieben und er kann mal wieder Punkte machen, die er dringend benötigt, als im Team als swirich und dammelich bekannter Kollege, den dennoch alle schätzen. Schon am nächsten Tag berichtet Jürgen seinen Mitstreitern wann und wo sich nun alle treffen werden.

„Anständiges Getüdel, wir gehen aber nicht in die Oper, guten Schluck vorneweg besorge ich, treffen wir uns am Bahnhof Barmbek um 19 Uhr. Scheckkarten zu Hause lassen, sicher ist sicher. Beten Lüttgeld kann ook nich schaden."

Seine Kollegen sind erstaunt, denn über so einen raschen Ausgang der erneuten Suche hatte sie alle nicht gerechnet. Überraschung heißt das Zauberwort, fachmännisch würde der Jürgen jetzt erklären: Rest - Reiz lassen, was genauso viel sagen soll wie, nicht gleich alle Trümpfe auszuspielen.

Auf dem kleinen Wochenmarkt in Bramfeld, längst nicht so opulent wie in Harvestehude, drängeln sich die Kunden durch die engen Gänge. Frische Puten, Leckereien vom Griechen oder Italiener, Obst aus der näheren Umgebung, Fisch aus der Nord- und Ostsee, Fleisch aus biologischem Anbau, Eier von wirklich freilaufenden Hühnern, (ich habe noch kein Huhn an der Leine gesehen), finden wir hier genauso, wie einen aus dem TV bekannten Zwiebelschneider mit auswechselbarer Klinge und leichter Pflegeeigenschaft, Tannengrün, Baumschmuck und den ultimativen Tannenbaumfuß mit Wassertank und Spieldose, für nur 45 €, ein Schnäppchen. Unter ihnen ist auch Erna Struwe, eine Persönlichkeit die in der Öffentlichkeit steht und normalerweise unter einem Pseudonym bekannt ist, dass hier allerdings verschwiegen wird. Ja, man trifft hier und da schon Prominenz, aus Theater, Film und der Szene, die in Hamburg ansässig ist. Erna hat sich Honig gekauft, von glücklichen Bienen, die Gesundheit versprechen, nicht nur wenn man den Nektar in ein Glas aromatischen Tees einrührt, sondern auch bei reinem Genus vom Löffel.

„Montag, und die Woche nimmt kein Ende!", erklingt es vom Stand mit der duftenden Tanne.

Eine Kundin, vielleicht so um die 69 Jahre, gekleidet in hohe Pumps, schwarze Nylons mit Naht und einem kleinen, aber sehr feinen Chanel - Kostüm, sie hat es sicherlich zur Taufe ihres Erstgeborenen getragen, erwidert dem Verkäufer belehrend, aber freundlich:

„Junger Mann, heute ist bereits Dienstag."

„Gnädige Frau, wie Recht Sie haben. Was darf´s sein? Blaufichte? Oder gar Mistelzweige, für den ersten Kuss?"

Thea, so heißt die vornehme Dame aus Bramfeld, geht weiter. Für heute hat sie alle Einkäufe erledigt und möchte nur noch zurück in ihre Villa in der Seehofallee mit direktem Blick auf den Bramfelder See, in seiner ganzen Schönheit. Ihre Kinder, die mit dem oolten Hüüschen so gar nichts anzufangen wissen, außer es später einmal zu verkaufen, unken immer zu der alten Dame:

„So hast du es später mal nicht mehr soweit..."

Damit spielen sie auf den nahe gelegenen Hauptfriedhof Ohlsdorf an, der nur einen Steinwurf entfernt vom Eingang ihrer Villa liegt. Thea hingegen liebt ihr Haus, in dem schon ihre Eltern gelebt haben, sie aufwuchs und auch ihre Kinder zur Welt kamen. Sie selbst, erblickte das Licht der Welt in der Finkenau, wie unzählige andere Hamburger Bürger und Bürgerinnen auch. Thea, längst zu Hause angekommen, verstaut ihren Einkauf vom Wochenmarkt und begibt sich in den kleinen Salon, wo auf einem barocken Sekretär das mit einem Überzug aus Brokat veraltete Telefon steht. Sie möchte gerne noch am Nachmittag einen Termin mit ihrem Kundenberater vereinbaren. Die junge Stimme am anderen Ende der Leitung kennt Thea, sie weiß um die Eigenheiten der alten Dame.

„Es tut mir wirklich leid, gnädige Frau, aber Ihr ganz persönlicher Kundenberater Jürgen ist heute am Nachmittag zu einem Termin in Volksdorf außer Haus. Leider, wir sollten für einen der nächsten Tage einen Termin vereinbaren. Oder möchten Sie mit seiner Vertretung vorliebnehmen?"

Thea verneint, sie möchte nur mit Jürgen sprechen. Nun, man kann es verstehen, immerhin ist Geld ja eine ganz intime Sache und es gehört eine Menge Vertrauen dazu, sich mit einem anderen Menschen über so intime Dinge auszutauschen. Thea notiert sich den Termin für den nächsten Vormittag und verabschiedet sich von der freundlichen Stimme im Hörer.

St. Gertrud-Kirche an der Uhlandstraße

MÖNCKEBERGSTRAßE

Erna Kahl hat nun wirklich die Nase voll von diesem Fremden, der sie mit allen Mitteln der männlichen Kunst versucht, auf einen Champagner einzuladen.

„Guter Mann, ich mag dieses Schlabberwasser nicht so gerne. Lassen Sie es gut sein. Schönen Tag noch."
Damit hat sie, ihrer Meinung nach, genug gesagt und steht auf um den Raum wieder in Richtung Freiheit zu verlassen. Fürchtenicht gibt aber so schnell nicht auf, nicht umsonst hat ihm seine Mutter diesen Namen gegeben.

„Wir könnten uns doch, wenn es Ihnen heute so gar nicht passt, an einem anderen Tag treffen. Was halten Sie von Freitag?"
Erna Kahl erwidert nichts. Sie ist schon fast am Ausgang, dreht sich dann doch noch einmal um und erklärt lautstark durch das Café, dass sie bisher immer sehr gut alleine zurechtgekommen wäre.

„Eine Frau, die mit einem Mann im Schlepp geht, nennt man hier auch Frau mit laufendem Träger, so etwas brauch ich nicht. Trotzdem vielen Dank."
Schnell hat die Bedienung bei Fürchtenicht abkassiert, er springt auf, der kleine Stuhl, auf dem er bis eben noch gesessen hat, fällt lautstark zu Boden.

„So warten sie doch. Ich ...", weiter kommt der nach Bestätigung lechzende Fremde nicht.
Erna Kahl ist um die Ecke verschwunden. Für heute hat sie von Männern genug, sie will nur noch ihren Einkauf beenden und wieder nach Hause, in die Kerl-Frei-Zone. Ihr Weg führt nun wieder raus aus dem neuen Kauftempel und über die Mö zum Hauptbahnhof. An der Ecke gibt es auch schon seit Jahrhunderten, so kommt es Erna jedenfalls vor, ein sehr exquisites Lederwarenfachgeschäft. Ziel ihres Besuches ist der Kauf einer neuen Geldbörse, die sie ihrer Freundin Trude Palm zu Weihnachten schenken will.

„Es soll schon was Gutes aus Ledder sein!", erklärt sie der Verkäuferin, die vermutlich von der Möglichkeit, ihre Rente durch einen Job aufzubessern, Gebrauch macht.
Das Angebot überwältigt, mehr als fünfzig Geldbörsen liegen bereits auf der Tonbank vor ihr ausgebreitet.

„Das fällt es einem schon schwer, sich zu entscheiden. Aber, wenn ich so ganz ehrlich bin, diese hier, die

dunkel-braune, die begeistert mich schon. Was soll die kosten?"
Die Verkäuferin öffnet die circa zwanzig Zentimeter lange Geldbörse, sie erinnert an ein Kellner - Portemonnaie, und entnimmt dem einen, durch einen Reißverschluss zu verschließenden Fach, ein kleines Etikett, auf dem der Preis noch handgeschrieben vermerkt ist.

„Ja, gutes Leder hat halt seinen Preis und für 117 € damit haben Sie aber auch etwas ganz Feines. Soll es ein Geschenk sein?", lenkt die Oolsch ab.

Erna nickt, es ist ja für ihre beste Freundin und die gönnt sich sowieso nie etwas Gutes. Nachdem das Präsent eingepackt und mit einer goldenen Schleife versehen ist, wird das Päckchen in einer Plastiktüte, die mit der Werbung des Althamburger Geschäftes versehen ist, verstaut. Ja, und Erna Kahl macht sich auf den Weg nach Hause. Vorbei am Schauspielhaus, durch die Lange Reihe, bis zur Danziger Straße und in ihre kleine, aber feine Wohnung. Umgeschaut hat sich die Frau nicht mehr, auf ihrem Weg nach Hause. So bemerkt sie auch nicht, dass ihr ein Mann gefolgt ist, von der Innenstadt bis nach Hause.

Müllentsorgung in Hamburg

HARVESTEHUDE UND ST. PAULI

Bisher ist Gesine von Straaten das geheime Handy ihres Mannes verborgen geblieben. Er ist ja man auch ein ganz cleverer Buttje, denn das Telefon klingelt nicht, es vibriert nur. Tagsüber trägt es Ferdinand immer in der linken Tasche seiner Hose, was mit Details zu tun hat, die hier besser unerläutert bleiben sollen. Die Vibration, die sich gegen elf Uhr des Vormittags genau dort ausbreitet, wo Ferdinand es gern hat, lässt ihn hoffen. Gesine, die gerade im Wintergarten ihre Heide gießt, bekommt von diesem Anruf nichts mit. Überglücklich verabredet sich Ferdinand mit seiner neuen Flamme Doris Hagedorn für den späten Nachmittag. Treffpunkt soll heute nicht das Treudelberg, sondern die U-Bahn Station St. Pauli sein. Den eigentlichen

Grund hat Ferdinand von Straaten nicht verstanden. Es soll eine Überraschung werden, hat die attraktive Blondine angekündigt, die Aufregung ist ihm nun ins Gesicht geschrieben. Noch ist der Ehemann auf der Suche nach einer plausiblen Entschuldigung, um das Haus alleine, noch dazu um diese Uhrzeit, zu verlassen. Aber, die Jahreszeit und das bevorstehende Weihnachtsfest kommen ihm dann klar zu Hilfe.

„Liebe Gesine, ich werde dich heute Nachmittag alleine lassen. Sei nicht traurig, mein Engel, aber es gibt da einen Grund, der auch etwas mit Weihnachten zu tun hat, der mich dazu treibt. Du wirst verstehen, solche Dinge kann ein Mann nur alleine erledigen. Ich weiß noch nicht, wann ich wieder da bin. Mach es dir komm `ood, bis ich wiederkomme."

Seine Erklärungen erinnern im Text ein wenig an das Märchen, „sei brav, bis ich wiederkomme".

Während Ferdinand seinen besten Antoch antüdelt, kommt Gesine ins Schlafzimmer, nicht ohne staunend stehen zu bleiben.

„So chic in Schale, nur um einzukaufen? Ferdinand, Ferdinand, wenn da man nicht ne junge Deern hinter steckt?"

Ferdinand lässt sich auf keinerlei Diskussion mit seiner Frau ein, er tut sehr geheimnisvoll und erinnert immer nur an das bevorstehende Fest. Dann endlich, langsam kann es der jung gebliebene Schönling nicht mehr abwarten, steigt er in seinen Wagen und verlässt Harvestehude. Sicherlich wird er nicht mit der U-Bahn in die Stadt fahren, wer ist er denn? In der rund um die Uhr geöffneten

Tiefgarage auf der Reeperbahn stellt Ferdinand von Straaten seinen Schlitten ab und geht langsam, er ist natürlich wieder viel zu früh, in Richtung U-Bahn Haltestelle St. Pauli. Es ist schon dunkel, die ersten schrägen Typen kreuzen seinen Weg, als Herr von Straaten nicht ohne Aufregung das große Gewusel, es scheint gerade eine U-Bahn angekommen zu sein, und damit die Haltestelle erreicht. Vergeblich suchen seine Augen die Umgebung nach Doris Hagedorn ab. Plötzlich legt sich eine Hand auf seine Schulter, er dreht sich um und sieht in ihr strahlendes Gesicht.

„Doris, wie schön, ich habe mich so sehr auf unser Wiedersehen gefreut. Was machen wir denn hier?"

„Mein lieber Ferdinand, es ist eine Überraschung. Kommen Sie mit. Aber zuerst möchte ich Ihnen nun endlich das Du anbieten, wir kennen uns schon so gut, ich würde mich freuen."

Klar, auch Ferdinand ist erfreut, er ist seinem Ziel, über das man natürlich nicht laut spricht, der Anstand verbietet es, einen Schritt näher gekommen. Doris, sie hat sich bei ihm eingehakt, schnattert wie eine junge Gössel, den ganzen Weg lang. Die beiden überqueren die große Kreuzung und biegen in die Reeperbahn ein. Am Spielbudenplatz, direkt beim Schmitts Tivoli, es ist ein großer Markt aufgebaut, hält die Blondine inne.

„Schau mal, ist das nicht aufregend?", sie deutet auf die großen und beleuchteten Reklamebuchstaben hin, auf denen „SANTA PAULI" zu lesen ist

Herr von Straaten kann nichts damit anfangen und ist sichtlich erregt, als sie die ersten Buden bestaunen. In rote Plastikherzen verpackte Kondome mit den unterschiedlichsten Geschmacksrichtungen wie Vanille, Erdbeere oder Lakritze! Phantasievolle Spielzeuge, die Ferdinand in seinem ganzen Leben noch nicht gesehen hat und, er muss es leider zugeben, mit denen er teilweise auch gar nichts anfangen könnte, weil er sich ihren Einsatz leider nicht vorstellen kann. Am nächsten Stand wird Unterwäsche angeboten, besser gesagt ganz raffinierte Dessous. Zarte Spitze in Rot, Schwarz oder Lila, mit vier Öffnungen. Doris, die es zuerst gar nicht bemerkt, versteht die offensichtliche Empörung ihres Begleiters nicht sofort, bis der Verkäufer, der eine ziemliche Oberweite hat, Doris auf die Feinheiten hinweist. Sie gehen weiter zum nächsten Stand. Hier kommt Doris voll auf ihre Kosten, es wird Weingummi verkauft. Nicht wie bei Karstadt oder im Kaufhof, 100g weise für x €, nein, hier gibt es Einzelteile, die in Zellophan - Tüten mit roten Schleifen verpackt sind. Dicke Herzen, männliche, fleischfarbene Geschlechtsorgane, zartrosa Brüste, um nur einige Objekte zu beschreiben. Doris möchte sich gerne ein besonders schönes und großes Präsent erwerben, Ferdinand ist jedoch total überfordert und lässt seine Blondine einfach stehen. Zum Glück hat er am nächsten Stand ganz normalen Glühwein entdeckt, den er für zwei Personen ordert, um sich zu beruhigen und um aus dieser peinlichen Situation zu entkommen. Die Becher, in denen das heiße Gesöff gereicht wird, lässt allerdings erneut die Röte in sein Gesicht steigen. Hätte er sich bloß vorher über das Ziel dieser Überraschung erkundigt, geht es durch seinen Kopf, aber es ist zu spät. Doris kommt an den Glühweinstand, sie winkt mit diesem Wabbelpenis in der Hand!

Glücklicherweise ist der „Santa Pauli" Weihnachtsmarkt nicht so groß, wie der Markt an der Petri Kirche, Ferdinand hält es für ein gutes Zeichen.

„Ich hoffe, den Verlauf des weiteren Abends darf ich nun wieder bestimmen?", erklärt Ferdinand seiner Doris, ohne eigentlich auf eine Antwort zu warten.

Da hat er sich aber getäuscht. Doris schüttelt ihren Blondschopf und erklärt, aufgrund der Temperaturen wäre es doch sehr schön, in einen geheizten Raum zu gehen.

„Wir könnten zu dir fahren und es uns etwas gemütlich machen. Was meinst du?", haucht Doris in Ferdinands Ohr. Sicherlich wird Doris seine Reaktion bemerkt haben, ein richtiger Schreck ist durch seinen Körper gejagt.

„Nein, nein, das geht auf keinen Fall. Ich habe Handwerker im Haus. Es ist alles staubig und die Heizungen sind auch ausgestellt. Wir könnten doch zu dir fahren, oder?"

Nun ist Doris in Schwierigkeiten. In ihr kleines Zimmer, nein, da kann sie auf keinen Fall Ferdinand von Straaten hinführen.

„Leider, ich habe Besuch von einer Kusine aus Hannover. Damit habe ich ja nicht gerechnet, dann ..., aber nein, so geht es nicht", druckst Doris herum.

Beide wissen sicherlich den Grund, der Ausrede, des Anderen. Blieben also nur ein Hotel oder der getrennte Rückzug, für den sich die beiden am heutigen Abend entscheiden. Ferdinand möchte nicht länger, als unbedingt nötig, in der Öffentlichkeit mit einer Blondine und einem Wabbelpenis aus Weingummi gesehen werden.

Auf St. Pauli

ST. GEORG

Der Ausflug in die Hamburger Innenstadt war anstrengend, immerhin ist Erna Kahl den Weg von Karstadt bis hin zu ihrer Wohnung in der Danziger Straße ganz zu Fuß gegangen. Geiz, wie es der Volksmund sagt, ist zwar geil, war aber hier nicht der Grund. Erna Kahl wollte die Luft, die an diesem Nachmittag besonders angenehm war, nicht zu kalt, nicht zu feucht, einfach gut, genießen. Erschöpft hat sie sich nun eine Kanne Wasser aufgesetzt um sich eine Kanne Tee zu kochen. Dazu vielleicht ein gutes Buch oder gar den Fernsehen, auf alle Fälle aber, die Beine hoch. Erna ist noch im Bad, um sich ein wenig frisch zu machen, als der Teekessel schon pfeift. Gleichzeit klingelt es auch noch an der Haustür, dafür hat Erna so gar kein Verständnis, sie will nun ihre Ruhe haben. Mit letzter Kraft, so empfindet es die Rentnerin, geht sie zur Haustür und öffnet sie einen Spalt. Was sie jetzt sieht, kann sie überhaupt nicht begreifen. Vor ihrer Wohnungstür steht tatsächlich Ernst Fürchtenicht Großgart und lächelt sie hinter einem Strauß dunkelroter Rosen an.

„Sie? Wo kommen Sie denn her?", stottert Erna Kahl fassungslos.

„Gnädige Frau, aus der Stadt, genau wie Sie. Ich habe Ihnen eine kleine Aufmerksamkeit mitgebracht, extra aus Athen für sie eingeflogen."

„Weiß, die Rosen aus Athen waren weiß! Was soll das?", fragt Erna, die noch immer ziemlich reaktionsunfähig in ihrer geöffneten Haustür steht.

„Darf ich reinkommen? Ich glaube, es riecht hier ganz lecker nach frischem Tee?"
Ernst Fürchtenicht drängt Erna zur Seite und steht nun mitten in ihrem Flur.

„Was soll das? Was wollen Sie?", folgt es stotternd.
Mit einer solchen Situation kann Erna Kahl nicht umgehen, wie auch, sie hat eine solche Situation noch nie erleben müssen. Kopfschüttelnd steht sie immer noch in der Tür und erwartet eigentlich, dass der fremde Mann ihre Wohnung wieder verlässt. Ernst Fürchtenicht jedoch macht seinem Namen alle Ehre, er versucht Erna Kahl davon zu überzeugen, dass es nichts Besseres geben könne, als mit ihm jetzt eine Tasse des duftenden Tees zu genießen.

„Schauen Sie, ich bin extra Ihrethalben nach St. Georg gekommen. Ich habe extra für Sie diese zauberhaften Rosen gekauft. Ich verehre Sie und bitte doch nur um eine gemeinsame Tasse Tee. Nicht mehr, noch nicht. Sie werden sicherlich bemerken, dass ich der wohl letzte edle

Mann auf diesem Planeten bin. Bitte, ich habe mich so sehr auf diese Momente gefreut."
Erna ist noch immer fassungslos, gibt sich aber geschlagen. Bei Tee, den Erna absichtlich in der Küche am Tisch serviert, sie möchte dem Mann nicht auch noch den Rest ihrer Wohnung zeigen, berichtet Ernst Fürchtenicht in allen Einzelheiten über sein Leben. Ganz zufällig befinden sich auch einige Fotos seiner Altersresidenz in der nappaledernen Brieftasche. Ein Anwesen, das keine Wünsche übrig lässt, erklärt der scheinbar gut situierte Herr aus Ratzeburg.

„Sie müssen mich unbedingt zu Hause besuchen. Ratzeburg ist sowieso eine Reise wert. Der See, die Enten und Schwäne, ein zart schmelzendes Eis von der Firma Pelz, im Sonnenschein genossen, wo könnte es schöner sein? Im Anschluss an einen Spaziergang, dann bei mir im Appartement eine Tasse frisch gebrühten Kaffee mit einem Stück Torte. Wenn sie es lieben, ich würde dafür zu Niederegger nach Travemünde oder Lübeck fahren, um ihnen ein Stück Nusstorte zu offerieren. Sie befehlen, ich springe. Für eine solche charmante Dame würde ich alles tun", lamentiert Ernst Fürchtenicht.

Erna Kahl trinkt den letzten Schluck Tee aus ihrer Tasse und schaut hoch, abschätzend und fragend, dann beginnt sie klar und bestimmend zu sprechen.

„Der Tee ist aus, sie gehen jetzt nach Haus. Fahren Sie in Ihr wunderschönes Ratzeburg und genießen Sie Enten und Eis. Auf Wiedersehen. Ich begleite Sie zur Tür."
Mit diesen Worten steht Erna auf und weist ihrem Gast den Weg hinaus. Herr Großgart ist erschrocken, jedenfalls tut er so, als wäre er es.

„Ich wollte Sie nicht belästigen, auf keinen Fall. Gnädige Frau, ich verehre Sie, ich hoffe wirklich, wir sehen uns wieder. Ich melde mich bei Ihnen. Darf ich Ihnen, falls Sie sich schneller dazu entschließen, mich zu kontaktieren, meine Visitenkarte übergeben? Bitte."
Mit einer tiefen Verbeugung überreicht Fürchtenicht die laminierte Karte, auf der auch ein Foto des Ratzeburger Sees zu erkennen ist. Dann verabschiedet er sich und verlässt die Wohnung und das Haus. Erna atmet tief durch. So etwas ist ihr in ihrem ganzen Leben noch nicht passiert. Zurück in der Küche räumt sie zuerst das Teegeschirr in die Maschine, um sich dann anschließend um den Strauß Rosen zu kümmern. Die armen Rosen, denkt Erna, können schließlich nichts dafür. Es ist aber auch ein wirklich schöner Strauß von mindestens 25 dunkelroten Rosen, die alle eine Länge von etwa 30 cm haben, er muss ein Heidengeld gekostet haben. Kopfschüttelnd bringt Erna die Vase ins Wohnzimmer, wo sie nun auf einem Beistelltisch ihren Platz finden. Erna allerdings freut sich, nun endlich die Beine hochlegen zu können. Während sie noch über diesen sonderbaren Ernst Fürchtenicht nachdenkt, schlummert sie erschöpft auf dem Sofa ein.

Landungsbrücken

ST. PAULI

Das alte Lied: „Kalender, Kalender, jetzt bist du schön so dünn, jetzt ist es bis Weihnachten nicht mehr lange hin", dringt aus dem Lautsprecher des kleinen Transistorradios, das Trude Palm hinter dem Tresen der „Windigen Ecke" eigentlich nur für sich stehen hat.
Es sind heute noch nicht so viele Gäste bei ihr, daher hat sie es lauter als üblich gestellt, immerhin der NDR bringt weihnachtliche Musik zum Nachmittagskaffee. Heini, der wie immer sein Fahrrad neben der Tür abgestellt hat, sitzt am Tresen, gleich am Eingang uns singt leise mit. Die Stimmung des bevorstehenden Festes erreicht auf St. Pauli jede Seele, vielleicht sogar noch intensiver, als an anderen Orten. Hier ist noch der Mensch im Mittelpunkt, manchmal allerdings auch das Geld, wenn es um Wünsche und Befriedigung geht. Die Tür öffnet sich und ein allein

stehender Herr betritt die Kneipe. Trude, für die alle Menschen gleich sind, begrüßt ihn und fragt sofort nach seinen Wünschen.

„Kaffee mit Schuss wäre gut", erwidert der Gast kurz. Trude nickt wortlos und stellt schon mal eine Flasche Weinbrand auf den Tresen. Der Gast ist vielleicht so Anfang Fünfzig, seine dunklen und krausen Haare sind frisch frisiert und er scheint passendes Duschgel und Rasierwasser zu benutzen, woher sollte sonst diese Intensität des Aromas kommen? Der Zwirn, in der Gast verpackt ist, scheint eine Menge Kohle gekostet zu haben, einen Beweis dafür scheint Trude nicht zuletzt am Handgelenk entdeckt zu haben, dort prunkt eine dieser dicken, goldenen Uhren, deren Firmenname mit einem R beginnt. Der Gast bedankt sich freundlich für den frisch gebrühten Kaffee und darf selbst seine Tasse mit der gewünschten Menge des Alkohols ergänzen. Eine besondere Leistung, die es schon lange nicht mehr überall in Hamburg gibt.

„Schmeckt gut, der Kaffee, gute Frau. Ist überhaupt nett hier, warum war ich bloß noch hier?", versucht der Fremde ein Gespräch zu beginnen.

Heini schaut hoch, schweigt aber. Trude kennt ihre Pappenheimer, die nicht nur zum Trinken in ihre Kneipe kommen. Es wird von einer Wirtin viel mehr verlangt, Menschenkenntnis und ein Herz am richtigen Fleck.

„Kommen Sie denn aus der Gegend?", erwidert die Wirtin.

„Klar. Ich bin Hamburger. Lebe und arbeite hier, so lange ich auf der Welt bin und das ist schon eine ganze Zeit lang so."

Der Fremde hat den Hamburger Slang drauf, das kann man hören, er hat es nicht nötig sich lange zu erklären.

„Ich habe Ihren Laden schon oft gesehen, aber irgendwie bin ich noch nie hier rein gekommen, schade. Es wird sich jetzt ändern", erwartungsvoll schaut der Kaffeetrinker zu Trude.

„Ich bin immer hier, nicht durchgehend, aber fast. Wenn viel los ist, so am Wochenende, dann auch schon mal bis zum Fischmarkt. Schicke Uhr haben sie da."
Trude bemerkt es nebenbei, ohne es an eine Frage zu knüpfen, das ist wichtig, denn ausfragen lassen mögen sich die Gäste nicht gerne. Der Fremde schaut sich um in der Kneipe, erblickt neben Heini noch zwei weitere Männer, die sich scheinbar nach Dienstschluss im Hafen noch einen Feierabendschluck genehmigen. Die beiden, die an einem der kleinen Tische sitzen und leise reden, sind ganz in Schwarz gekleidet. Sie schauen finster aus, dazu kommt auch noch, dass die Männer schon eine stattliche Erscheinung haben. Der Zeiger der Waage dürfte locker die 120 kg überschreiten, bei einer Kontrolle. Der Kaffeetrinker schaut fragend zur Wirtin, die sofort weiß, was er will.

„Was sind das denn für Typen?", steht in seinem Gesicht geschrieben. Trude rückt näher an den Fremden heran, damit niemand mithören kann.

„Die gehören zur schwarzen Gang. Haben wohl Feierabend", erklärt Trude kurz.
Als hätten die beiden am Tisch es gehört, was absolut nicht sein kann, erheben sie sich und unter dem Tisch kommt ein Hund hervor.

„Max, komm!", folgt ein kurzer Befehl und der Cockerspaniel steht seitlich neben dem Befehlsgeber.

Trude Palm, die sich für alles und jeden interessiert, erkundigt sich sofort nach dem Hund, den sie beim Betreten ihrer Gäste gar nicht bemerkt hatte.

„Der gehorcht ja aufs Wort. Gut erzogen."

Die beiden Männer der schwarzen Gang nicken und erklären, allen die es wissen möchten, immer gerne, dass Max ihr Drogenspürhund ist und eben kein normaler Hund, sondern auch ein Beamter der Hamburger Zollfahndung, der im Hamburger Hafen seinen Dienst tut. Die Gäste und auch Trude Palm sind schwer beeindruckt.

„Wenn ich das früher gewusst hätte, sicherlich hätte ich noch ein Würstchen für den Max aufgetrieben. Meine Beamte bekommen hier immer Sonderbehandlung, das gilt ab sofort auch für Max, ist doch klar."

Die beiden schwarz gekleideten Zollfahnder lehnen es ab, aber bedanken sich, zahlen ihre Getränke und verschwinden genauso leise, wie sie gekommen sind. Heini, der tatsächlich kurz hoch geschaut hatte, richtet seine Aufmerksamkeit wieder seinem Glas zu. Zu viel Aufregung mag er nicht. Der Fremde allerdings scheint einen guten Anlass für ein Gespräch gefunden zu haben.

„Kommen denn hier viele Beamte zu ihnen?", will er wissen.

Trude erklärt, ihre Kneipe sei fast so alt wie der Kiez, da bliebe es nicht aus, dass auch Polizei und Zoll bei ihr verkehren würden. Außerdem erklärt sie dem Gast, hätte sie den besten Kaffee und die frischesten belegten Brötchen in der ganzen Gegend. Der Fremde mit der dicken Uhr nickt und scheint zu überlegen, wie er die nächste Frage formulieren soll.

„Schon mal Probleme gehabt, hier?"

Trude schüttelt wortlos ihren Kopf und fragt stattdessen, ob sie noch einen frischen Kaffee aufbrühen solle. Der Fremde stimmt ein wenig zu begeistert zu und antwortet vielleicht, ohne genau zu überlegen.

„Na klar, ich kann es mir leisten, noch einen Kaffee mit Schuss zu trinken."

Nun ist auch Heini aufmerksam geworden. Diese Sorte Mensch, die behaupten genügend Geld zu haben, leben auf St. Pauli gefährlich. Es sei denn, sie selbst sind ein Teil dieser drohenden Gefahr, was leider nicht immer von außen zu erkennen ist.

„Wie schön. Was machen Sie denn beruflich, dass Sie so erfolgreich sind?", fragt Trude, die sich nicht so schnell unterbuttern lässt.

Der Fremde schaut auf, zwar etwas irritiert, antwortet aber dann, kurz und bündig.

„Ich bin selbständig."

Er verstummt und lächelt ein wenig. Trude will es genauer wissen, und legt nach.

„In welcher Branche denn?"

„In der Lichtbranche", erwidert der Fremde lächelnd und schaut in das fragende Gesicht der Wirtin.

Darauf ergänzt er seine soeben gemachte Aussage um nur ein Wort:

„Rotlicht!"

Ein genussvolles Grinsen legt sich über sein Gesicht, Trude hat verstanden.

Die sich öffnende Tür des Lokals unterbricht dieses Gespräch, worüber die Wirtin nicht gerade traurig ist. Zwei Hafenarbeiter betreten die „Windige Ecke".

„Moin, moin. Tim, na hast du Feierabend?", fragt Heini, der aus seiner Lethargie erwacht ist, er erkennt ein bekanntes Gesicht.

„Für heute ist Schluss. Du weißt doch, „ohne Falten und Pusteln, Heinrich Ludwig", er hat sich seinen Feierabend auch verdient, ist ja nicht mehr der Jüngste."
Trude lacht, sie weiß wovon der Gast spricht. Heinrich Ludwig ist seine große Liebe, aber nicht etwa, weil Tim ein Homo ist, nee, nee. Tim ist Ewerführer auf der Elbe und Heinrich Ludwig ist sein Kahn. Genau genommen ist es Hamburgs ältester Schlepper, der mit seinen über 600 PS noch aus einem ganz anderen Jahrhundert stammt, er ist über 100 Jahre alt und noch immer taufrisch. Das liegt vielleicht ja nicht nur an Tim, aber einen Großteil hat er bestimmt dazu beigetragen. Sein Kollege, der ihn heute auf ein Glas Köm begleitet, ist mindestens so stolz wie Tim, aber er redet nicht so offen darüber.

„Lütt un Lütt? Wie immer?", fragt Trude und erhält lauthals Zustimmung. Das kleine Radio hinterm Tresen hat Trude Palm längst ausgeschaltet, jetzt bestimmt das Gespräch der Männer vom Hafen, von St. Pauli und von Hamburg wieder die Kneipe. So, wie es eigentlich auch sien süll.

Etwas weiter entfernt, in der unmittelbaren Nähe der Fischhallen, hat Chris ihren Wagen wieder in Position gebracht. Darüber, dass sie schon zum sechsten Mal genullt hat, macht sie kein Aufhebens. Sie ist bekannt, hat ihre Stammfreier, die immer zu ihr kommen. Chris wird

auch die Engelsnutte genannt, sicherlich hat es nun nichts mit ihrem engelhaften Wesen zu tun, sondern vielmehr mit ihrer Einstellung zu diesen Himmelswesen. Als leichtes Mädchen, für eine Nummer muss man so um die 35 € hinlegen, lebt man immer zwischen Angst und Hoffen.
Wer da ohne Luden klarkommt, hat Glück, sonst muss man schon für seine Sicherheit einen Teil der schwerverdienten Kohle abdrücken. Christ gehört zu den Glücklichen, wohl dem Freier, dem sie dieses dann auch vermitteln kann.

Auf seinem Heimweg schiebt auch Heini sein Rad bei Chris vorbei. Die beiden kennen sich, die meisten auf St. Pauli, die hier leben und schaffen, kennen sich. Heini wünscht der Horizontalen einen erfolgreichen Abend und eine ertragreiche Nacht und macht sich auf nach Hause. Es ist eisig in Hamburg geworden, wohl dem, der ein Dach über dem Kopf sein Eigen nennt.

Im Hafen

BARMBEK UND ST. PAULI

Jürgen ist rechtzeitig von zu Hause losgefahren, er möchte schon als Erster am Barmbeker Bahnhof sein, wenn seine Kollegen dann dort eintrudeln, immerhin ist er der Chef des heutigen Abends. Die Weihnachtsfeier der Kollegen, das Ziel ist allen ja noch nicht bekannt, findet zum ersten Mal nicht in den eigenen Räumen der Bank statt. Immer Wichteln oder Fondue, fand Jürgen, ist langweilig. Nach und nach trudeln die Kollegen ein, die Stimmung ist gelöst, die Erwartungen sind groß und der Appetit ist noch größer. Jürgen versorgt seine Mitstreiter zuerst mit einem kleinen Flachmann, den er am Vortag schon besorgt hat. Eine kleine Buddel Aufgesetzten, genau richtig um den Beginn des Ausfluges anzuheizen. Dann steigen alle in die U-Bahn ein, bekanntlich führen ja viele Wege nach Rom, so hat auch Jürgen, um seine Kollegen noch etwas länger auf die Folter zu spannen, die Linie U 2 gewählt. Im Wagon der U-Bahn erhält jeder einen Zettel, Jürgens Worte sagten, wer das Ziel errät, erhält eine Überraschung. Die Reise führt die Banker nun von Barmbek über Mundsburg, Lübecker Straße um am Berliner Tor die Bahn wieder zu verlassen. Die Kollegen schauen erstaunt, sind sich unsicher geworden, ob das Ziel auf ihrem Zettel wohl richtig gewählt ist. „Keine Angst, wir sind noch nicht da. Wir wechseln hier nur die Seite, es geht gleich weiter", erklärt Jürgen lachend.
Der dann einfahrende Zug der Linie U 3 befördert die Kollegen weiter.

„Wenn wir nun das nächste Mal anhalten, sammele ich die Zettel wieder ein. Also Kollegen, gut überlegen."

Jürgen ist heute zu seiner persönlichen Höchstform aufgelaufen, das kennt man sonst gar nicht von ihm. Die Ansage in der U-Bahn erklärt lautstark: „nächster Halt: Hauptbahnhof".

Jürgen bittet seine Kollegen erneut aus der U-Bahn, sammelt die Zettel ein, nicht ohne zu kontrollieren, ob auch alle ihren Namen darauf notiert haben, dann folgt ein großes Grinsen und eine kurze Ansprache.

„Ihr Lieben, keiner hat das Ziel richtig erraten. Wir fahren weiter, mit der nächsten Bahn."

Zum Ende der Reise steigen alle an der Haltestelle St. Pauli aus. Die Kollegen meutern, das Endziel hätte man in der Hälfte der Zeit erreichen können, erklären alle lautstark. Jürgen erwidert kurz und knapp:

„Kollegen, leben bedeutet unterwegs zu sein und nicht anzukommen! Merkt Euch das."

Zu Fuß geht es nun weiter auf die Reeperbahn. In einem Lokal, das überwiegend totes Rindfleisch serviert, hat Jürgen für seine Bagage einen Tisch reserviert. Aber danach, darauf freut sich der Filou, geht es weiter zur Reeperbahn Hausnummer 147. Hier soll am heutigen Abend Zarah Leander auftreten. Klar, die lebt schon lange nicht mehr, werden Sie sagen. Aber hier im „Pulverfass" ist sie unsterblich, nicht zuletzt dank des hoch gewachsenen Mitarbeiters des Ensembles, der sich so richtig in die Rolle verliebt hat. Im Pulverfass kehren an diesem Abend viel Gruppen ein, sicherlich steht bei allen das Wort Weihnachtsfeier im Vordergrund. Lautes Kreischen erwartet die Gäste, die zahlreich eintreffen. Damen, in edlen Fummeln, Herren, in Anzügen, aufreizende Mädchen, flippige Gören, hier trifft sich alles, was in Hamburg lebt oder Urlaub macht. Wer das „Pulverfass" zum ersten Mal besucht, ist oft überrascht über die unterschiedlichen Gäste. Wie immer im Leben, drängt es die meisten Gäste in die Nähe der Bühne, jeder will ganz dicht am Geschehen sein. Es wird sich noch als Fehler herausstellen, das weiß Jürgen, der nicht das erste Mal in dieses typische Hamburgische Etablissement einkehrt. Für seine Kollegen hat der Banker daher zwei Tische in der zweiten Reihe, seitlich der Bühne reserviert. Die Kollegen sind aufgeregt, besonders Angela, sie ist immer für eine Neuheit zu haben, freut sich auf die Aufführung. Die Akteure des „Pulverfass" sind alle Männer, gut, wenn man darüber informiert ist. Zu erkennen ist es in den meisten Fällen nicht auf den ersten Blick, aber, wer schaut schon genau an der einen Stelle so genau hin? Zahlreiche Vorführungen der Crew verlangen nach Mitarbeit, die Besucher des Varietés sind gefordert. Jetzt bedauern einige der Neugierigen, die in der ersten Reihe sitzen, sich diesen und nicht einen anderen Tisch reserviert zu haben. Ein Gast, er mag so Mitte Fünfzig sein, gekleidet in einen dunklen Anzug und ein weißes Hemd mit Krawatte, krabbelt mit einem Baby-Schnuller im Gesicht auf dem Boden herum. Der Akteur wedelt mit einem Teddy in der Hand, weitere Einzelheiten will ich hier lieber nicht erwähnen. Zarah Leander hat erst am Ende der Show ihren Auftritt. In ein langes fliederfarbenes Kleid verpackt, mit einer riesigen Federboa geschmückt, die richtige Perücke auf dem Haupt, so betritt der Darsteller die Bühne. Die Gäste kreischen vor Freude und Erwartung. Der Gesang kommt, wie sollte es auch sonst sein, vom Band. Jürgen hat an diesem Abend gepunktet, die Kollegen sind zufrieden und glücklich. Nachdem sie das „Pulverfass" wieder verlassen führt ihr Weg noch weiter über die Reeperbahn. Es gibt hier und da noch etwas Interessantes und Skurriles zu entdecken. Der bisher konsumierte Alkohol hat dazu beigetragen, dass die Stimmung gelöst und fröhlich ist. Eine Weihnachtsfeier, über die man auch noch in einigen Jahren sprechen wird.

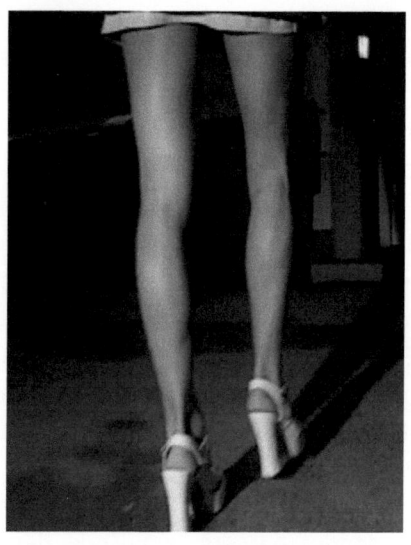

Auf St. Pauli

HARVESTEHUDE

Ferdinand von Straaten ist sichtlich angeschlagen, am Morgen nach dem Besuch des auf ihn so obszön wirkenden Weihnachtsmarktes auf St. Pauli. Während er noch im Bad steht, Gesine hat schon das Frühstück vorbereitet, sucht er immer noch nach einer plausiblen Erklärung für das späte Nachhause kommen am gestrigen Abend. Die Sache mit dem Weihnachtsgeschenk wird seine Frau ihm niemals glauben, so lange hat kein Geschäft in Hamburg geöffnet. Es kommt aber anders, als sich der untreue Ehemann das in seinen kühnsten Träumen hat vorgestellt. Gesine hat den Tisch gedeckt, darauf liegen einige Rosenblätter, es duftet nach frisch gebrühtem Kaffee und neben leckeren Rundstücken entdeckt Ferdinand sogar frische Croissants. Aus der schweineteuren Stereoanlage, Ferdinand erwarb sie erst im letzten Frühjahr von einer Firma, die einen sehr kurzen mit B beginnenden Name hat, vernimmt man zärtliche, weihnachtliche Weisen, natürlich mit einem aus fünf Lautsprechern erzeugten Klangerlebnis.

„Hast du gut geschlafen, mein Hase?", fragt Gesine ihren Ferdinand.

Der erschrockene Mann nickt, bleibt aber stumm.

„Nimm doch Platz, ich hole nur noch schnell die Spiegeleier aus der Küche. Die magst du doch so gerne, mit etwas Speck und überbackenem Käse!"

Ferdinand ist total erschrocken. Er stellt sich insgeheim die Frage, ob seine Frau wohl etwas gemerkt hat? Aber, wie sollte sie dahinter gekommen sein? Gesine von Straaten, das fällt Ferdinand erst jetzt auf, sieht hinreißend aus.

„Hast du dir etwas Neues gekauft? Sieht gut aus", stellt Ferdinand fest.

„Aber nein, Ferdinand, da ist doch schon alt", erwidert die Ehefrau mit einem Augenzwinkern.

„Warst du erfolgreich? Ich meine, gestern?"

„Wie meinst du das? Womit?", fragt Ferdinand erschrocken.

„Du wolltest doch etwas besorgen, hattest du gesagt. Ich will ja nicht neugierig sein, es interessiert mich halt nur."

„Abwarten und Tee trinken. Mehr sage ich nicht dazu", kontert Ferdinand.

Das Frühstück verläuft in entspannter Atmosphäre, bis ein Vibrieren in Ferdinands Hose seine Aufmerksamkeit verlangt.

„Ich muss mal eben wohin, du entschuldigst mich", erklärt Ferdinand, ohne es auch nur im Geringsten als Frage gemeint zu haben.

Er muss dieses Telefonat annehmen, es wird seine blonde Schönheit sein. Am besten, denkt sich der Untreue, gehe ich aufs Örtchen, das fällt jetzt bestimmt nicht auf. Doris erkundigt sich fürsorglich nach Ferdinands Befinden. Klar, sie will nicht wirklich wissen, wie es ihm geht. Sie will nur wissen, wann sich die beiden wieder sehen.

„Ich habe hier wirklich eine ganz schlechte Verbindung. Können wir uns treffen? Heute gegen 15 Uhr? Im Treudelberg."

Doris ist begeistert, hocherfreut stimmt sie zu, nachdem sie umständlich erklärt, am heutigen Tage sowieso frei zu haben. Die Überstunden!

Zurück in der Küche.

„Ferdinand, ich möchte heute unbedingt mal mit dir in die Sauna gehen. Frau Schlüter, du weißt, die Frau vom Abgeordneten Schlüter, geht auch einmal in der Woche in die Sauna. Nun muss ich es auch mal probieren. Mit dir als

Lehrmeister sollte es doch kein Problem werden! Ich freue mich schon."
Alles entweicht Ferdinand in diesem Moment aus dem Gesicht. Nicht nur die Farbe, sondern auch die Vorfreude auf Doris und das, was er sich heute bei seiner neuen Freundin als Ziel gesetzt hatte.

„Gesine, meine Liebe, das ist aber heute ganz schlecht. Heute ist doch nur Herrentag. Schau, wir müssen es auf einen anderen Tag verschieben. Ich sage dir rechtzeitig, wann ich es einrichten kann, mit dir in die Sauna zu gehen. Schau, ich benötige dafür ja Zeit, um mich dir ganz zu widmen."

„Ich dachte, es gibt nur einen Damentag in der Sauna? Von einem Herrentag hast du noch nie etwas erzählt", erklärt Gesine von Straaten enttäuscht.

„Ich habe sicherlich nicht daran gedacht. Entschuldige, meine Liebe. Vielleicht klappt es ja in der nächsten Woche, ich freue mich auch sehr darauf. Es wäre wirklich sehr nett, wenn du mich auch zu diesen Terminen begleiten könntest!"
Ferdinand dreht sich um, damit seine Frau nicht sein verbittertes Gesicht erkennt. Immerhin, seine Frau mit ihm im Treudelberg? Das wäre wohl das schlimmste, was ihm passieren könnte. Er muss es auf jeden Fall verhindern. Nur wie? Wie soll er es anstellen, dass seine Frau keinen Gefallen am Saunieren findet?

Doris Hagedorn erwartet ihren Ferdinand schon sehnsüchtig. Da sie am letzten gemeinsamen Abend nicht zu ihrem sich selbst auferlegtem Ziel gelangt ist, soll es nun heute endlich zu dem, na Sie wissen schon, kommen.

„Ich freue mich, dich zu sehen. Ferdinand, du schaust so betrübt aus. Geht es dir nicht gut?", begrüßt sie ihren Galan.

„Ich bin etwas abgespannt, der Vormittag war sehr anstrengend. Du weißt doch, ich habe die Handwerker im Haus. Diese Unordnung, dieser Dreck und dazu kommt noch, dass die Putzfrau heute ihren freien Tag hat", erklärt Ferdinand ganz aufgeregt.

„Du hättest etwas sagen sollen, ich hätte dir gerne geholfen."

„Aber nein, meine Liebe, niemals. Du sollst doch nicht die Arbeit der Putze machen."

Die beiden Turteltauben begeben sich in den Servicebereich und bestellen Kaffee und Kuchen, heute auf dem Plan: Sachertorte. Wie bloß ans Ziel kommen? Wie Doris klar machen, was Ferdinand sich vorgenommen hat?

„Hast du schon mal hier übernachtet?", fragt die Blondine plötzlich mit einem Lächeln im Gesicht.

„Nein, noch nie. Schau, ich wohne so in der Nähe, das …", weiter kommt Ferdinand nicht.

Er hat an dem Gesichtsausdruck seiner Partnerin erkannt, wie sie es gemeint hat und ist, das muss er sich zugeben, sehr erstaunt und erfreut gleichzeitig. Ob es aber der richtige Ort für eine solche Aktion ist, darüber ist sich der untreue Ehemann nicht sicher. Wenn Gesine in der nächsten Zeit hier wirklich in der Sauna ihre Freude suchen würde, wäre es viel zu gefährlich, sich hier gleichzeitig, wenn auch zu einer anderen Zeit, mit Doris zu treffen.

„Ich finde, wir sollten uns da lieber ein anderes Quartier suchen. Zugeben, es ist hier sehr schön, aber, man kennt

mich und ich mag es nicht, wenn das Personal redet. Du wirst es verstehen. Ich habe da an eine andere Möglichkeit gedacht. Ich bin motorisiert, es gibt also keine Grenzen."
Ferdinand von Straaten versucht indem er genüsslich seine Sachertorte genießt, sie schmeckt ihm wirklich hervorragend, die zündende Idee zu bekommen. Es sollte doch mit dem Teufel zugehen, wenn ihm nicht eine Adresse für eine angemessene Absteige einfallen würde, in der man die Sippe der von Straaten nicht kennt. Er wechselt zu einem Schluck des inzwischen gar nicht mehr heißen Kaffees. Dann endlich, die rettende Idee.

„Ich weiß, wohin wir fahren. Es ist ganz in der Nähe, wunderschön, sehr intim, denn es ist eine sehr kleine, aber sehr feine Pension, die direkt an der Alster liegt. Du entschuldigst mich, ich will schnell telefonieren, wir wollen es doch nicht dem Zufall überlassen, mit unserem Zimmer?"

Doris lächelt ihren zukünftigen Liebhaber an und kann es kaum erwarten, mit ihm in ein gemütliches Bettchen zu huschen. Ferdinand kennt den Inhaber dieser Pension an der Alster schon seit Jahren. Er schuldet Ferdinand noch einen Gefallen, den will sich der Erwartungsvolle jetzt abfordern.

Die Fahrt zur Straße „An der Alster" hat nur wenige Minuten gedauert, es gab kaum Verkehr um diese Zeit. Ferdinand denkt gerade darüber nach und muss schmunzeln, dass mit dem Verkehr, das soll sich ja nun bald ändern! Der Inhaber der Herberge, ein für sein Alter immer noch sehr attraktiver Endsechziger, er steht da eher auf Männer als auf Frauen, überreicht Herrn von Straaten diskret mit nur einem kurzen Nicken den Zimmerschlüssel.

„Es ist so, wie bestellt. Ich wünsche einen angenehmen Aufenthalt in unserem Hotel. Sollten sie noch Wünsche haben, ich bin jederzeit übers Haustelefon zu erreichen."

Ferdinand bedankt sich mit einem Augenzwinkern und wendet sich seiner charmanten und erwartungsvollen Begleiterin zu. Schweigend begeben sich beide auf das Zimmer, im ersten Stock mit Blick auf die Außenalster. Auf dem kleinen Glastisch stehen eine Flasche Champagner, Hausmarke, eine Schale mit frischen Erdbeeren und einige Leckereien aus Schokolade. Der Hausherr weiß, was seine Gäste lieben, in jeder Situation. Doris ist fasziniert, so schön hatte sie es sich hier nicht vorgestellt.

„Es ist traumhaft. Ich dachte schon, du bringst mich in eine kleine Absteige. Aber es ist hier ganz bezaubernd. Alleine die Einrichtung, man kommt sich vor, wie ins andere Jahrtausend verzaubert."

„Nun übertreibe mal nicht, der Hotelier wird nicht begeistert sein, wenn er hört, du würdest dich wie in ein anderes Jahrtausend versetzt fühlen. So alt ist das Inventar nun auch nicht. Aber, geh du mal schon ins Bad, ich gehe danach."

Doris erschrickt, denn dafür hat sie nun gar kein Verständnis. Sie bleibt stehen, schaut zu Ferdinand und beginnt etwas zu sagen, was sie lieber hätte bleiben lassen sollen.

„Ins Bad? Bin ich schmutzig? Warum soll ich ins Bad?"

Ferdinand überlegt nicht, genau das wird ihm zum Verhängnis.

„Ich halte es bei Gesine auch immer so."

Nun ist es still geworden. Doris schaut zu Ferdinand, er schaut zu ihr. Aber, er hat es immer noch nicht verstanden, was er da gerade gesagt hat.

„Gesine? Wer ist denn Gesine?", empört sich Doris.
Herr von Straaten hat seine Fassung verloren. Er schluckt und versucht dabei, die Champagnerflasche gekonnt zu entkorken. Ohne Erfolg. Der Korken flutscht aus der Flasche, trifft die Wand und ein Strahl von Champagner folgt ihm, landet auf dem Bett, vor dem sich Ferdinand befindet.

„Entschuldige, bitte. Ich wollte es dir schon lange sagen. Es hat nichts mit uns zu tun. Bitte entschuldige."

„Du bist verheiratet? Warum hast du das nicht schon längst gesagt. Es stört mich nicht. Ehrlich, Ferdinand, wenn du es gleich gesagt hättest, dann hätte ich dich nicht einfach so angerufen. Du musst dich nicht entschuldigen. Immerhin bin ich jetzt mit dir hier und nicht deine Gesine. Alleine der Name, da kann einem ja die Lust am Sex vergehen. Los, mein Alter, zieh dich aus. Wir sind doch nicht zum Reden hergekommen."
Ferdinand verschlägt es die Sprache. Da hat er sich ja einen schönen Fang an Land gezogen. Aber, wenn die Gelegenheit schon so günstig ist, das Zimmer kostet immerhin 180 €, dann soll es auch nicht umsonst gewesen sein. Ferdinand streift seine Weste, seine Hose und zuletzt den Rest ab und springt mit einem Satz unter die Bettdecke. Besser, Doris sieht nicht gleich die lüttje Püttjerkram, die ein Herr von Straaten so zu bieten hat.

Barkasse im Hafen

ST. PAULI

Heute ist nun wieder mal der Bär los in der „Windigen Ecke". Nicht nur schlechtes Wetter, wie Sturmflut und Hochwasser, lassen zahlreiche Touristen an den Hafen und die Elbe strömen, nein, auch gutes Wetter schafft Besucher herbei. Die Sonne scheint vom Himmel, als hätte sie eine sehr gute und erholsame Nacht verbracht. Trude Palm hat es kommen sehen, schon am Vormittag und sich daher für diesen erwartungsgemäß besucherstarken Nachmittag etwas Neues überlegt. Sie hat ein Plakat, es stand schon seit Jahren unbenutzt im Abstellraum, mit ihrer besten Sonntagsschrift, obwohl die Schrift eher nach Freitag aussieht, verziert.

Heute frischer Apfelkuchen mit Sahne! Das ist mal etwas ganz anderes, als bisher. Gelegenheit macht erfinderisch, denkt Trude und backt den leckeren Kuchen, nach einem

Rezept ihrer Mutter. Drei Bleche sollten reichen, fürs erste, denn mehr Gäste erwartet die Wirtin nicht. In der Kneipe riecht es berauschend nach Äpfeln und Zimt, den Trude abschließend auf den Blechkuchen streut. Vielleicht sollte sie ja ihre Freundin anrufen und auf eine Tasse Kaffee oder einen Punsch einladen, bei dem herrlichen Wetter? Erna Kahl verspricht, gleich nachdem ihr Salon geschlossen hat, mit Bus und Bahn zu ihr an den Hafen zu kommen. Für ein gutes Stück selbstgebackenen Kuchen lohnt sich der Weg nach St. Pauli allemal.

„Sag bloß, Trude, „Windige Ecke" und Kuchen, passt denn das toh´oop?", fragt Hein Jensen, dessen Rad wieder einmal an der Ecke der Kneipe abgestellt wartet.

„Klar, Heini, das passt zur „Windigen Ecke" wie die Schwäne zur Alster, oder wie die Nutten zu St. Pauli. Willst du ein Stück?", kontert Trude und lächelt ihren Gast erwartungsvoll an.

„Nee. Lass man. Um diese Zeit kann ich noch keen Snabbelkraam vertragen. Lieber een Helles."
Trude Palm nickt und hält das Glas unter den Zapfhahn. Die Tür öffnet sich und neue Gäste betreten die Kneipe. Mit einem Blick schätzt Trude die neuen Besucher ab und erkennt, die wollen ganz bestimmt keinen Kuchen essen.

„Moin!", erklingt kurz der Gruß des Mannes, der als erster am Tresen steht.

„Zwei Kaffee, bitte", erklärt der zweite Mann, der etwas jünger als der erste zu sein scheint.
Genau betrachtet handelt es sich um schwer einzuschätzende Gäste. Sie sind leger gekleidet, Freizeithose, Polohemd, keine Krawatten, Sportjacken, aber man sieht genau, die Fummel haben schon eine Stange Geld

gekostet. Eigentlich passen die zwei Gestalten so gar nicht in die Kneipe, und genau genommen, passen die Klamotten auch gar nicht zu den Typen. Trude stellt die Tassen mit dem frisch gebrühten Kaffee, sie verwendet immer eine Marke, die wohl aromatisiert und gut bekömmlich ist, nicht diesen Brennerigen, den die Werbung als die Krönung der Kaffeetafel anbietet, auf den Tresen vor ihre Gäste.

„Hab´ heute frischen Apfelkuchen, darf´s ein Stück sein?", versucht die Wirtin ihren Umsatz zu forcieren.

Ihre Gäste winken stumm ab und schlürfen ihren Kaffee. Trude hat so ein komisches Gefühl in der Blase, das hat sie immer, wenn irgendetwas nicht so ist, wie es sein soll. Was aber, dieses Unbehagen auslöst, kann sich die Wirtin nicht erklären. Ein neuer Gast, der die Bierpinte betritt, sorgt zuerst einmal für Ablenkung, die Trude bereitwillig entgegennimmt. Dann kommt es, ganz plötzlich und ohne Vorwarnung.

„Ich habe gehört, hier soll so ein komisches Bündel vor der Kneipe gelegen haben? Wissen Sie was davon?", fragt der ältere der beiden Kaffeetrinker.

„Ich?", fragt Trude kurz nach.

„Ja, Sie. Haben Sie das Paket vielleicht gesehen?", informiert sich der Jüngere, fast könnte man sagen, gelangweilt.

Trude schüttelt den Kopf und räumt die mittlerweile geleerten Tassen vom Tresen.

„Soll es noch etwas sein?", fragt sie stattdessen.

Die beiden Männer scheinen mit der stummen Antwort der Wirtin nicht recht zufrieden zu sein, denn sie versuchen weiter in sie zu dringen. Jedoch ohne Erfolg. Allerdings wird

Heini aufmerksam und spitz die Ohren um dann, ganz nebenbei, ohne Aufsehen zu erregen, eine Bemerkung in den Raum geben.

„Das Ding lag gegenüber, bis es abgeholt wurde."

Nun ist es still. Heini tut so, als wenn er nichts gesagt hätte und auch gar nicht verstehen würde, warum ihn alle in der Kneipe plötzlich ansehen. Die beiden Unbekannten gehen langsam, Fuß vor Fuß, in Heinis Richtung.

„Und? Wer hat es abgeholt?"

Heini zuckt mit den Schultern, so als würde er keinerlei Ahnung haben.

„Sagen Sie schon, wer hat das Bündel abgeholt?"

Während der Ältere mit fester Stimme spricht, schiebt er mit der rechten Hand die Sportjacke ein wenig zur Seite und lässt einen Blick auf die im Gürtel steckende Waffe frei werden. Diesen Blick kann aber nur Heini erhaschen, die Wirtin bekommt von all diesem nichts mit. Erwartet hatten die beiden unbekannten Männer sicherlich, dass Heini nun zu plaudern beginnt, aber da haben sie sich getäuscht. Hein Jensen dreht sich um, schaut dem bewaffneten Kerl mitten ins Gesicht und sagt ganz trocken:

„Glaub bloß nicht, nur weil du ne Wumme hast, erzähl ich dir, was du wissen willst. Mach dich lieber vom Acker, eh ich die Bullen rufe."

Wau. Das hat gesessen. Trude Palm dreht sich ganz langsam um und ihre rechte Hand nähert sich, wie im Zeitlupentempo, dem Telefon, das auf einer Ablage hinter der Kasse steht. Den Hörer hat sie bereits, unbemerkt von den zwei schrägen Typen, abgenommen, als sich plötzlich die Tür öffnet und ihre Freundin Erna Kahl die Kneipe betritt.

„Hallo, meine liebe Trude!", begrüßt die Eintretende lautstark ihre Freundin.

„Was ist denn hier los? Alle sind so still? Störe ich?", wundert sich Erna.

„Nein, du störst nicht. Ganz im Gegenteil, dich schickt der Himmel. Komm her, nimm Platz. Ich muss noch mal eben den Kaffee bei den beiden Gästen abkassieren, die wollen nämlich gehen!", erklärt die Wirtin und wendet sich den Gruseltypen zu.

„Macht zehn Euro, ohne Trinkgeld."
Tatsächlich legen die beiden einen zehn Euroschein auf den Tresen und verlassen ohne ein weiteres Wort die Kneipe.

„Ich glaube, ich sollte die Kollegen der Wache informieren. Heini, das hast du gut gemacht. Ich bin schwer beeindruckt", erklärt Trude Palm und zapft ein frisches Bier, das sie dem ewigen Radfahrer auf den Tresen stellt.

„Hier, mein lieber, geht aufs Haus!"
Verständlich, jetzt möchte die Freundin erst einmal in allen Einzelheiten wissen, was sich in der „Windigen Ecke" ereignet hat. Trude ist sich aber sicher, der Anruf bei der Polizei muss sofort erfolgen, erst danach berichtet sie, während der leckere Apfelkuchen aufgeschnitten wird, ihrer Freundin den Ablauf der letzten halben Stunde.

„Trude, gib mir man doch so ein Stück vom Apfelkuchen, aber mit Sahne, wenn schon", ruft Hein Jensen durch die Kneipe, in seinem zweites Glas hat sich längst die Luft breit gemacht.

Forsch öffnet sich die Kneipentür und durch den dicken Vorhang, der den Wind abhalten soll, betreten zwei Uniformierte die „Windige Ecke".

„Moin! Moin!", begrüßen die Udels die Gäste und auch die Wirtin.

„Mögt Ihr einen Kaffee, Jungs?", will Trude Palm wissen.

„Wir sind dienstlich hier, aber für einen Kaffee und ein Stückchen Kuchen reicht die Zeit immer. Na, was liegt an?", fragt Hans Rückert, der POM, Polizeiobermeister, von der Davidwache.

„Jungs, hier waren vorhin zwei so schräge Typen, die haben sich bei mir nach dem Bündel, Ihr wisst, wir haben doch schon mal darüber gesprochen, erkundigt."
Hein Jensen, der immer noch ganz aufrecht, weil so stolz, auf dem Barhocker sitzt, mischt sich gleich in das Gespräch ein.

„Ich habe den Kerlen gesagt, sie sollen den Abflug machen. Der eine hatte sogar eine Wumme dabei!", fügt Hein nach schnell dazu.

„Waren die Typen schon mal hier?"

„Nein, noch nie, Ich kannte die beiden Männer nicht."
Hans will nun noch eine Beschreibung der beiden Männer haben, möglichst genau, sehr genau.

„Sag mal, warum willst du das denn so klein - klein wissen? Was war denn eigentlich mit dem Bündel?", hakt nun die Wirtin nach.

„Na ja, wir wüssten halt gerne, wer sich so für dieses Paket interessiert. Der Inhalt, nun darüber kann ich nicht sprechen. Diese Typen wussten aber wohl, was drin war, sonst würden sie es wohl nicht suchen."

Im Mittelpunkt der Untersuchungen, denen sich die beiden Polizisten nun zuwenden, liegt aber eindeutig die Apfelsahnetorte. Genussvoll und voller Gier wird der Kuchen verschlungen.

„Mann, Trude, da hast du aber was wirklich Leckeres auf den Markt geschmissen. Da könnte ich glatt noch ein Stück von vertragen", erklärt der Uniformierte.
Trude ist stolz und freut sich, dass es ihren Gästen so gut schmeckt.

„Jungs, wenn Ihr Schluss habt, Schichtende, dann kommt doch noch mal vorbei, vielleicht ist ja noch was übrig, dann können wir gerne darüber reden!"
Mit den Aussagen der beiden, Heini konnte etwas mehr sagen als Trude, machen sich die Udels wieder auf den Weg zur Wache zurück. Die Wirtin hat noch eine Bemerkung für ihren Heini parat, der sich schmatzend mit dem Apfelkuchen beschäftigt.

„Heini, du hast ein Benehmen wie ein Teebeutel!"
Hein Jensen schaut hoch und schluckt.

„Was habe ich? Was heißt das?"

„Ganz einfach, Hein Jensen, du hängst dich einfach überall rein. Das kann ganz schön ungesund sein, wenn man Pech hat."
Besonders überrascht ist der Radfahrer nicht, er macht sich wieder über seinen Kuchen her, nur Erna Kahl lacht, besser gesagt, sie prustet in ihrer Hand, damit Hein Jensen nichts davon mitbekommt. Die beiden Frauen unterhalten sich angeregt, als sich die Tür erneut öffnet.

„Ein Kännchen Kaffee und ein Stück von Ihrem Kuchen, mit Sahne, wenn es möglich ist."

Alle Anwesenden, außer Erna Kahl, schauen zur Tür. Was für eine Stimme? Hochdeutsch, bestimmt von der Theaterschule, so rein und gestochen.

„Gerne. Nehmen Sie Platz. Vielleicht hinten am Tisch?" Trude zeigt dem stattlichen Herrn, mit der Hand am ausgestreckten rechten Arm, wohin sie ihn am liebsten setzten würde. Allerdings klappt das nicht so einfach.

„Nein, meine Dame, ich würde lieber hier an der Tonbank bleiben. Hier sind so zauberhaften Damen anwesend, da können Sie mich doch nicht hinten in die Ecke verfrachten."

Jetzt ist auch Erna Kahl aufmerksam geworden. Sie sitzt ja noch immer am Ende des Tresens auf einem Barhocker. Langsam dreht sie ihren frisch frisierten Kopf um und blickt in das Gesicht von Ernst Fürchtenicht Großgart.

„Ich glaub´ es nicht. Sie schon wieder? Verfolgen Sie mich?", fragt sie und ist fassungslos.

Die Wirtin ist überrascht und erkundigt sich, woher ihre Freundin denn ihren neuen Gast kennen würde. Die selbständige Frisörin verdreht die Augen und hebt die Brauen hoch, ohne auch nur ein Wort zu erwidern.

„Sie müssen wissen, ich habe die gnädige Frau in der Mönckebergstraße kennengelernt. Natürlich nicht zufällig, so etwas ist Bestimmung, von ganz oben", erklärt Ernst Fürchtenicht und deutet mit seiner Hand an die Decke der Wirtschaft.

„Wie von ganz oben? Die Merkel hat das beschlossen?", gibt Erna von sich.

„Nun, wenn Sie es so wollen. Ich freue mich jedenfalls, Sie hier so zufrieden und charmant anzutreffen. Ich habe mich schon gefragt, was macht eine Dame Ihres Standes hier auf St. Pauli?"

„Nun werden Sie mal nicht ausverschämt, junger Mann. Vorsichtig, mit dem, was Sie sagen. Man ist hier schneller wieder draußen, als man rein gekommen ist. Das können Sie mir glauben, ich weiß wovon ich spreche, ich lebe hier schon mein ganzes Leben lang!"
Jetzt hat Trude Palm sich Luft gemacht und mit einem Augenzwinkern an ihre Freundin gerichtet, die Arme seitlich in die Hüften gestemmt, um Eindruck zu erzeugen.

„Sie müssen entschuldigen, ich habe es auf keinen Fall persönlich gemeint. Aber, Sie müssen doch zugeben, es gibt hier viele Kreaturen, denen man lieber nicht im Dunklen begegnen möchte!", erwähnt Ernst Fürchtenicht.

„Wenn Sie es so sehen, dann sollten Sie sich mal schnell entfernen, es wird gleich dunkel, die Abenddämmerung bricht schon herein."
Trude lacht und Erna kann sich kaum mehr halten, die Tränen laufen ihr über die Wangen.

„Bekomme ich nun einen Kaffee und meinen Kuchen?", bemerkt der galante Herr.
Tuschelnd rücken die beide Frauen zusammen und Trude erklärt ihrer Freundin, sie könnte später durch den Ausgang im Treppenhaus die Kneipe verlassen, ohne das ihr Macker etwas davon mitbekommen würde.
Ernst Fürchtenicht ist bemüht mit den beiden Frauen ins Gespräch zu kommen und seine Liebe, die so echt und unverfälscht zu sein scheint, zu erklären. Lachend und in eine sehr tiefe Unterhaltung verstrickt versuchen Erna und Trude den auf sie so fremdländisch wirkenden Mann nicht

zu Wort kommen zu lassen. Immer mehr Gäste besuchen heute die „Windige Ecke", die Idee mit dem Apfelkuchen – Plakat stellt sich als die Sache heraus. Am Abend sind wirklich nur noch drei kleine Stücke übrig, die Trude als Abendbrot dienen werden. Die Frisörin konnte unbemerkt entkommen, während der schmachtende Ernst Fürchtenicht sich auf dem stillen Örtchen die Hände gewaschen hat. Er war erstaunt, aber hat seine Gefühle nicht in die Öffentlichkeit getragen. Was soll es auch, er kennt ja die Adresse seiner Schönen. Und, wie sagten schon die alten Wikinger, denkt Herr Großgart, der ja immer so angibt weit gereist zu sein, morgen ist auch noch ein Tag!

Im Hafen am Kai

HARVESTEHUDE

So kurz vor dem Weihnachtsfest gibt es überall viel zu erledigen. Ehemänner werden auf den Boden oder in den Keller geschickt um den im Januar verstauten Tannenbaumfuß zu suchen und zu einem neuen Leben zu erwecken. Die Entscheidung, ob in diesem Jahr silberfarbenes, goldfarbenes oder gar kein Lametta den teureren Weihnachtsbaum schmücken wird, trifft in der Regel die Hausfrau, so auch bei der Familie von Straaten. Gesine ist sich sicher, wie eigentlich in jedem Jahr, es muss etwas ganz Ausgefallenes sein. Immerhin, so einen langweiligen Baum, wie bei Familie Schmidt, Müller oder Meier, ob nun mit E -I oder mit A - I, spielt dabei keine wesentliche Rolle, soll es im Hause von Straaten nicht geben. Die Kugeln, Gesine hat sich in diesem Jahr extra von ihrer Freundin, sie wohnt in einer stattlichen Villa in Blankenese, zum großen und über alle Grenzen hinweg bekannten Gartencenter, ursprünglich kommt die Firma ja aus Holland, vielleicht nicht nur wegen der Tulpen, fahren lassen. Ein Paradies, wer es mag und liebt, der findet hier in der großen Halle alles was glänzt, leuchtet, duftet, Geräusche macht und an Weihnachten erinnert. Gesine hat, während die beiden Frauen interessiert durch die Ausstellung gehen, die ultimative Farbe für den diesjährigen Weihnachtsschmuck gefunden: dunkellila. In einen Einkaufswagen, ein Korb würde für den Einkauf von Frau von Straaten nicht genügen, landen nun kleine, runde Kugeln, große, ovale Kugeln, Zapfen und Küken, Glocken und Häuser, alles natürlich mundgeblasen und in dunkellila. Dazu gehören einfach echte Wachskerzen, richtig, in dunkellila. Speziell, damit auch kein Wachs auf das edle Parkett tropft, eine Unterdecke für den Baum, in helllila. Im Eingangsbereich, besser gesagt, an die Wohnungstür, wird Gesine einen Weihnachtsmannkopf mit langem Rauschebart befestigen, der, sobald sich jemand nähert, abwechselnd aus seinem Repertoire von 24 Weihnachtsliedern, zu singen beginnt. Traditionell ist er allerdings in rot und weiß gehalten. Die altehrwürdige Weihnachtspyramide, es ist ein Erbstück ihrer Großmutter, handgefertigt im Erzgebirge, steht wie in jedem Jahr auf der Anrichte im Esszimmer. Hier und da werden noch Duftkerzen arrangiert und entsprechende Deckchen aufgelegt, die auch in jedem Jahr aus einer großen Plastikkiste hervorgezaubert werden. Ferdinand, er sagt zu alldem nichts mehr, obwohl er es nicht nur total übertrieben sondern auch absolut überflüssig findet, hat sich damit abgefunden. Seine Hoffnung in diesem Jahr ist, dass bei all den Vorbereitungen der Wunsch nach einem Saunabesuch auf der Strecke bleiben wird. Aber da hat sich der untreue Ehemann zu früh gefreut. Schon am Nachmittag, der Tannenbaum, eine nicht nadelnde Blaufichte für 89 €, wartet schon auf dem Balkon, erkundigt sich die erwartungsvolle Gesine bei ihrem Mann, wann es denn losginge.

„Was meinst du, Gesine? Der Baum, aber haben wir den nicht immer erst am Heiligen Abend nach dem Mittagessen ins Zimmer geholt?", fragt Ferdinand zurück und kratzt sich dabei verlegen hinter dem Ohr.

„Ich meine doch nicht den Baum, Häschen", sagt Gesine und beginnt lautstark an zu lachen.

„Was ist denn nun schon wieder?"

„Ich finde es nicht angemessen, in der Vorweihnachtszeit Häschen zu dir zu sagen. Aber, wenn ich dich als Weihnachtsmann tituliere, dann gehst du bestimmt nicht mehr mit mir in die Sauna."

„Gesine! Ich glaube kaum, dass es sinnvoll ist am Tag vor dem großen Fest in die Sauna zu gehen?! Da könnte dir aber auch etwas Besseres einfallen", kontert Ferdinand und verlässt mit einem Türenknallen das Zimmer.
Gesine bleibt sprachlos und mit offenem Mund zurück, das eine zieht vermutlich das andere nach sich. Sie vernimmt nur noch einen weiteren Knall und ist sich nun bewusst, dass ihr Göttergatte gerade in diesem Moment die Wohnung verlassen hat. Allerdings irrt man sich, wenn man glaubt, Gesine würde nun in einen Art Schockzustand verfallen, ganz im Gegenteil. Vorbereitungen für das Fest gibt es noch genügend. Der Einkaufswunschzettel, immerhin es gibt 6 Hauptmahlzeiten auszurichten. An jedem Tag, sowohl mittags als auch am Abend wird es eine Vorsuppe, ein Hauptgericht und einen weihnachtlichen Nachtisch geben. Die passenden Weine, man hat die Frau VON natürlich ausreichend beraten, warten bereits auf die Zustellung, gemeinsam mit Lachs, Hummer, Gans und den dazu gehörenden Beilagen. Das Feinkostgeschäft, in Harvestehude weit bekannt, wird den kompletten Einkauf am 24.12. in den späten Vormittagsstunden anliefern, so wie Frau von Stand es erwartet. Jeder kann nun auch verstehen, warum Ferdinand das Weite gesucht hat. Männer stören an solchen Tagen nur, hört man Gesine oft lamentieren.
Grund seiner plötzlichen Flucht aus der gemeinsamen Wohnung war aber eigentlich ein ganz anderer, das Weihnachtsgeschenk! Gesine geht schließlich davon aus, die lange Abwesenheit ihres Gatten, weit bis in die Abendstunden hinein, hatten nur den einen Grund, ein

extravagantes Geschenk zu suchen oder zu ordern. Jetzt steht Ferdinand auf dem Schlauch, was soll er seiner Holden schenken? Schmuck, wie in den vergangenen Jahren? Sicher, eine Frau freut sich immer über Schmuck, aber, sehr einfallsreich ist es nun auch nicht gerade. Es sollte etwas sein, das herausfällt aus dem Üblichen. Aber was? Während Ferdinand in seinem Auto sitzt und noch immer überlegt, hört er im eingeschalteten Autoradio, mehr zufällig, eine Werbesendung, kurz vor den Nachrichten. Warum auch immer, jetzt hat er die zündende Idee. Ferdinand schließt das Auto ab, er hatte die hauseigene Garage ja noch nicht einmal verlassen und macht sich nun zu Fuß auf den Weg. Nur eine Querstraße weiter endet seine Reise in einem kleinen Reisebüro.

„Herr von Straaten, welch eine Freude Sie hier zu sehen. Ich hoffe, es geht Ihnen und Ihrer Gattin gut?", begrüßt der Inhaber den guten Kunden.

„Danke, ich kann nicht klagen. Ich benötige noch eine Überraschung für meine Gesine."

Der Reisekaufmann und Inhaber des kleinen und altangesehenen Reisebüros bietet Herrn von Straaten den bequemsten Stuhl an, den es in seinem Laden gibt.

„Darf ich Ihnen einen Kaffee oder einen Tee anbieten?", folgt die Frage, die nur Stammkunden gestellt wird.

„Nein, vielen Dank. Lassen Sie uns gleich zur Sache kommen. Ich möchte gerne eine Wellnessreise für meine Frau buchen. Möglichst ein sehr gutes Hotel, alle Angebote sollten vorhanden sein, auch Saunabenutzung. Und dann habe ich noch eine Bitte, das Hotel sollte nicht in der unmittelbaren Nähe liegen, besser etwas außerhalb."

„Herr von Straaten, dachten Sie an eine Flugreise?",
kommt die Gegenfrage.
Ferdinand verneint, so weit weg muss es nun ja auch nicht sein.

„Ich dachte, vielleicht in Schleswig Holstein?"
Der ihm gegenübersitzenden Chef der Reiseagentur wirft einen Blick in einen der zahlreichen Reisekataloge, dann stellt er einige Ziele, die ein komplettes Angebot beinhalten, vor. Ein Vertrag kommt zustande und Ferdinand ist froh und glücklich und verlässt das Reisebüro wieder in Richtung Heimat, nicht ohne noch einmal glücklich durch die Scheibe zu winken und zu hoffen, dass der gewählte Zeitpunkt auch für Doris der richtige sein wird. Nicht ohne einen Hintergedanken hat Ferdinand von Straaten diese Tour ausgesucht, denn er wird seine Frau nicht auf diese Schönheitsreise begleiten. Seine Ansprüche sind da schon etwas diffiziler und richten sich eher dem schönen Geschlecht zu als einem Aufenthalt in einem Verwöhn - Hotel.

Fleetbrücke

St. Georg

Im kleinen Frisörsalon in der Danziger Straße herrscht heute Morgen ein reger Betrieb. Neben den angemeldeten Kundinnen, Stammkundinnen, sind auch noch weitere Frauen erscheinen, die sich für den Abend hübsch machen lassen wollen. In der kleinen Warteecke liegen ausreichend Zeitschriften, ein Teller mit Pfeffernüssen und Dominosteinen steht auch breit, alles soll das Warten etwas angenehmer gestalten. Erna Kahl hat heute Unterstützung, drei junge Frauen, die als Aushilfe sonst stundenweise aushelfen, wirbeln neben ihrer Chefin im Laden herum. Die Stimmung ist locker und der Heilige Abend verspricht für alle Anwesenden, der beste aller Zeiten zu werden. Das Telefon in dem kleinen Salon klingelt fast ununterbrochen, die Frage, ob man wohl noch unangemeldet kommen könne, wird allerdings in den meisten Fällen verneint.

„Irgendwann haben schließlich auch wir mal Feierabend!", erklärt die Chefin des Salons.

Als erneut das Plärren eines eingehenden Anrufes durch den Modesalon, laut ist es hier allemal, Trockenhauben, Wasserrauschen und Föhne sorgen schon dafür, dröhnt, ahnt Erna Kahl noch nicht, welche Überraschung sich dahinter verbirgt.

„Erna, kann's mal kommen, ist für dich."

Nichts Außergewöhnliches, die meisten Kunden wollen direkt und nur von der Chefin bedient werden, wobei es nicht zu verstehen ist, denn auf dem neuesten Stand ist Erna Kahl nun wirklich nicht mehr, dazulernen, meint die Chefin, ist nur was für die jungen Deerns.

„Kahl", meldet sich Erna kurz und knapp.

Dann ist es still. Es achtet keiner der Anwesenden darauf, es fällt niemandem auf, das Erna abwechseln rot und grün im Gesicht wird. Dann legt sie stumm auf und schüttelt ihren frisch frisierten Kopf. Zurück bei ihrer Kundin, Frau Suhrbier aus der Langen Reihe, sie kommt auch schon seit über 60 Jahren in den kleinen Salon, hat geduldig gewartet. Die wenigen, silberblau gefärbten Haare sind fast von alleine getrocknet. Kurzerhand besprüht Erna den Kopf mit einer Flüssigkeit aus einer Pumpflasche, ohne auch nur ein Wort darüber zu verlieren, sie ist mit ihren Gedanken noch bei dem Telefonat. Simone, eine ihrer Aushilfen, bemerkt die geistige Abwesenheit ihrer Chefin und erkundigt sich besorgt nach der Ursache.

„Kann ich dir jetzt nicht erzählen. Später, wenn wir alleine sind", dazu kneift sie die Augen zu, als wolle sie sagen, nicht vor den Kunden.

Kurz nach fünfzehn Uhr an diesem Mittag, die letzte Kundin hat den Salon glücklich verlassen, steht noch aufräumen und saubermachen auf dem Tagesplan. Dann setzen sich die Frauen mit ihrer Chefin in den kleinen Aufenthaltsraum um gemeinsam eine Flasche Sekt zu trinken. Zwischen Regalen mit Färbemitteln, Haarspray und Wicklern steht ein altes Sofa vor einem klapperigen Tisch, um den sich jetzt die Mädels setzen. Erna Kahl hat für ihre Angestellten eine kleine Weihnachtstüte vorbereite, die sie ihnen jetzt überreicht. Darin verbirgt sich ein Marzipanbrot der Firma Niederegger, ein Schokoladenweihnachtsmann, ein Stück in Cellophan verpackter Stollen und ein mit einem kleinen Obolus gefüllter Briefumschlag, auf den sich die Frisösen besonders freuen. Tariflich zugesagtes Weihnachtsgeld gibt es bei Erna Kahl nicht, aber ohne sind die jungen Frauen auch noch nie nach Hause gegangen.

„Stellt euch vor, dieser Kerl, der mich neulich in der Mö aufgegriffen hat, will doch tatsächlich einen Teil des Festes mit mir verbringen. Was haltet ihr denn davon?", berichtet Erna Kahl lachend ihren Damen.

Jeder hat eine andere Meinung, von –mach doch, bis –auf keinen Fall, hat Erna nun die freie Auswahl.

„Du lässt doch sonst auch nichts anbrennen, Erna!", erklärt Simone mit einem Augenzwinkern.

Gegen Vier an diesem Nachmittag schließt Erna den Salon ab und geht in ihre Wohnung hinauf. Auf der Fußmatte liegt ein Blumenstrauß, mit einem Briefumschlag der das Symbol der Firma Fleurop trägt. Erna schließt die Wohnungstür auf, bückt sich, um den Strauß aufzuheben und betritt ihre kleine Wohnung. In dem angebrachten Umschlag verbirgt sich eine Karte, die einen Mistelzweig erkennen lässt. Erna öffnet die Klappkarte und beginnt zu lesen.

„Sehr verehrte gnädige Frau, ich hoffe, ich habe Sie mit meiner Einladung nicht überrumpelt. Ich erlaube mir, Sie gegen 18 Uhr vor Ihrer Haustür abzuholen. Ich hoffe, auf Ihr Erscheinen. Bis dahin verbleibe ich mit erwartungsvollen Grüßen. Ihr Ernst Fürchtenicht Großgart"

Erna Kahl blickt zur Uhr, die an der dem Fenster gegenüberliegenden Seite in der Küche an der Wand hängt und erbarmungslos tickt. Es bleiben der aufgeregten Frau nur noch knapp zwei Stunden. Ausziehen, duschen, anziehen und etwas jünger schminken, alles sollte gerade so zu schaffen sein, denkt sich Erna. Es geht hopp, hopp, dann ist es auch schon so weit. Ohne auch nur die Gardinen zu bewegen, versucht Erna nach draußen auf die Straße zu schauen. Tatsächlich entdeckt sie ihren Ernst Fürchtenicht wartend vor der Haustür stehen. Noch ein letzter Blick in den Spiegel, die Tasche unter den Arm, den Mantel übergezogen, dann verlässt sie ihre Wohnung.

„Ich freue mich, ganz ehrlich, ich hoffe, wir werden ein angenehmes Weihnachtsfest verbringen!"

„Nun mal langsam, heute ist erst der 24. 12., Weihnachten ist ja bekanntlich erst morgen. Ob wir da noch zusammen sein werden, lasse ich an dieser Stelle offen. Guten Abend, wohin gehen wir?"

Herr Großgart erklärt in allen Einzelheiten, welche Pläne er hat und welche Teile davon bereits und vorsorglich fest gebucht wären.

„Zuerst möchte ich mit Ihnen in ein ganz in der Nähe liegendes Lokal gehen. Dort habe ich einen Tisch für uns bestellt. Danach werden wir in ein Hotel fahren, auch ganz in der Nähe, ich habe dort auch schon eine Reservierung ausgesprochen. Aber, nun lassen Sie uns gehen, der Abend ist noch so jung!"

Erna Kahl ist gespannt, wohin sie der Wahlratzeburger führen wird. Auswahl an Lokalitäten gibt es genügend, aber an einem Heiligen Abend haben viele der guten Restaurants geschlossen. Ernst Fürchtenicht bietet seinen Arm an, damit Erna sich bei ihm einhaken und stützen kann. Ein kultiviertes Gespräch, scheinbar alles im Vorwege einstudiert, beginnt. Erna hat das Gefühl auf einer Bühne zu sein, in einem Theaterstück, in einer Posse.

„Wohin führen Sie mich denn?", fragt sie, um das Gespräch über eine Ausstellung der bekanntesten Hamburgensie zu unterbrechen.

„Wir sind schon angekommen", berichtet Herr Großgart stolz und bleibt vor dem Schaufenster eines bekannten Hamburger Lokals stehen. Erna Kahl ist zu Recht erstaunt.

„In den Wiener Wald?", fast bleibt das Wort Wald in ihrem Hals stecken.

„Darf ich vorgehen?", erklärt Ernst Fürchtenicht und öffnet die Tür, die wie in allen Gaststätten nach außen aufgeht.

Erna Kahl ist fassungslos, in ein solches Lokal zu gehen, dafür hätte sie ja nicht einmal duschen müssen! Tatsächlich steht auf einem der Tische eine Reservierungskarte mit dem Namen Großgart, dorthin führt die in ein hellblaues Dirndl gestopfte Bedienung das Paar nun.

„Erna, bitte nehmen Sie doch Platz. Ich darf Ihr Einverständnis vorausgesetzt, die Bestellung aufgeben? Oder haben Sie einen speziellen Wunsch?"

Erna ist noch so geschockt, das sie nur nickt und stumm bleibt. Sie schaut sich um in dem kleinen Lokal, wo auf der Speisekarte gebratene Hähnchen in allen Variationen stehen. Über dem Tresen, hinter dem eine weitere Dirndlmaid steht, prangt ein Spruchband mit der Aufschrift: „Heute bleibt die Küche kalt, gehen wir in den Wiener Wald!"

Erna denkt sich: womit habe ich das eigentlich verdient? Herr Großgart allerdings, ist immer noch total begeistert, hier gelandet zu sein.

„Sie müssen wissen, in Ratzeburg gibt es keinen Wiener Wald. Ich habe mich schon sehr darauf gefreut."

Erneut unterlässt Erna es, darauf zu antworten. Ihre Gedanken kreisen um die kleinen Unterkünfte in der Nähe, in die sie ihr Begleiter nach dem köstlichen Hähnchen führen könnte. St. Georg ist nun nicht unbedingt das Stadtviertel, auf das man als Hamburger besonders stolz ist. Die Lange Reihe endet am Hauptbahnhof, wo neben Obdachlosen auch zahlreiche junge Menschen mit einer Rolle Alufolie unter dem Arm anzutreffen sind!! In den zahlreichen Untertunnelungen von Hauptbahnhof Süd und Nord kann man sich auch ohne große Anstrengungen das eine oder andere Virus einfangen, wenn man sich auf eine Verabredung mit dem anderen oder demselben Geschlecht einzulassen wünscht. Hier gibt es eben genügend Hotels, die ihre Preise für die Nutzung stundenweise abrechnen. Erna Kahl ist nur froh, dass sie notfalls ganz schnell wieder in ihrer eigenen Wohnung ist. Die Haanken werden mit Pommes Frites serviert, dazu eine kleine Schale mit grünem Salat. Tatsächlich befinden sich ein sauberes Besteck und eine Serviette, die auch den Spruch des Lokals ziert, neben den Tellern. Ernst Fürchtenicht hat dazu Bier, ein kühles Helles vom Hahn, passend, wie Erna findet, bestellt. Er prostet seiner Begleiterin zu und wünscht ihr einen guten Appetit!

„Was ich schon die ganze Zeit fragen wollte, wohin wollen Sie mich denn anschließend entführen? Ins Hotel Atlantik, es liegt ja unweit unserer gastronomischen Errungenschaft?"
Ernst Fürchtenicht Großgart klappt die Kinnlade runter, so sprachlos ist er.

„Ich weiß nicht, wie Sie das meinen?", stottert das Mannsbild.

„Nun, ich hoffe nicht, Sie wollen mich in irgendeine Spelunke bringen? Es ist Weihnachten, ich darf Sie daran erinnern."

Es folgen zahlreiche Erklärungen, alle aneinander gereiht, Erna weiß überhaupt nicht, was ihr der auf einem Hähnchenschenkel sabbernde Mann eigentlich sagen will.

„Ich kenn mich ja hier nicht wirklich aus. Aber, vielleicht können wir ja auch, es bietet sich doch an, zu Ihnen gehen. Sie haben doch eine so schöne Wohnung. Und ganz in der Nähe!"

Erna ist entsetzt. Das kommt nun auf gar keinen Fall für sie in Frage. Sie antwortet nichts, denkt sich aber ihren Teil.

„Gibt es denn hier noch einen Nachtisch? Ich hätte auch gerne noch ein Bier."

Der Abend endet für die beiden vor Ernas Salon. Ernst Fürchtenicht war schon ganz aufgeregt, als sie sich der Danziger Straße näherten.

„So. Bis hierhin und keinen Schritt weiter, Herr Großgart."

„Wie? Was?", stottert der Erwartungsvolle.

„Sie können jetzt wieder in ihr beschauliches Ratzeburg fahren. Ich verabschiede mich für heute. Gute Nacht und ein frohes Fest."

Gesagt und schwupp schließt sich die Haustür hinter Erna Kahl zu. Ernst Fürchtenicht jedoch bleibt mit herunterhängenden Schultern und einem offenen Mund vor der zugeschlagenen Haustür stehen.

Kräne und Silos im Hafen

ST. PAULI

Süßer die Glocken nie klingen, als in der Weihnachtszeit...schallt es aus dem Radio, Trude Palm hat es heute besonders laut gestellt. Heilig Abend auf St. Pauli, eine ganz besondere Atmosphäre, die man erlebt haben muss. Scheinbar gibt es weder auf dem Kiez noch irgendwo auf der Welt, so hat man das Empfinden, Gewalt oder Unrecht. Menschen, die durch die Stadt hetzen oder genüsslich aufs Wasser des Hafens schauen, haben einen ganz besonderen Gesichtsausdruck. Es ist Weihnachten, das Fest der Liebe und der Geschenke. Trude hat in ihrer Kneipe auch ein wenig der besonderen Stimmung versucht einzufangen, nicht nur mit den Liedern, die aus dem alten Transistorradio scheppern. Grüne Girlanden, die aussehen, als wären sie aus Tannenzweigen hergestellt, winden sich über die Gläserablage über dem Tresen und umschlingen die Majolika, aus der nicht nur ein frisches Astra läuft. Ein großer und grinsender Weihnachtsmann, er misst bestimmt 1,90 m, steht hinten in der Ecke der „Windigen Ecke", gleich neben dem Zigarettenautomaten, den zwei grinsende Kamele, bekannt aus der Werbung, schmücken. Gäste, die heute einen Kaffee bestellen, erhalten als besonderen Gruß einen Spekulatius dazu kredenzt. Trude Palm hasst Weihnachten, lässt es sich aber nicht anmerken. Weihnachten, würde man aus ihrem Mund vernehmen, würde sie es denn laut sagen, ist ein Fest für Familien mit Kindern. Berge von Geschenken, die unter einem liebevoll geschmückten Baum liegen und aufs Auspacken warten. Trude hat keine Familie im herkömmlichen Sinne mehr, ihre Familie sind die Gäste, die ein Bier nach dem anderen in sich hineinkippen und oft mit mehr Promille als Armen die Kneipe verlassen. Geschäft ist Geschäft, heißt der Wahlspruch auch am Heiligen Abend. Stimmen, die weihnachtlichen Weisen in einer ganz besonderen Art durch die Straßen tragen, erklingen vor der Kneipentür. Auch so ein Ritual, wie jedes Jahr, denkt Trude. Die Brüder und Schwestern der Heilsarmee, wie immer in ihre altmodischen Uniformen gezwängt, bleiben stehen, singen und hoffen, Geld in ihre Blechbüchsen zu sammeln. Sie sind darauf angewiesen, sie finanzieren sich eben nur aus Spenden. Die Gruppe zieht weiter, den ganzen Tag lang und auch in der Nacht. Spät am Abend, wenn die meisten der Hamburger Bürger in ihren Wohnstuben unter dem Christbaum sitzen, singen sie noch immer, selbst in der

Herbertstraße, der nur für Männer passierbaren, mit Kopfsteinpflaster belegten Gasse, in der sich Frauen in Fensterscheiben positionieren um sich später auch zu prostituieren, erklingt ihr Gesang. Trompetenklänge, die auf dem Dach des Hamburger Michels ihren Ursprung haben, trägt der Wind herüber.

„Moin. Lütt un Lütt."

Trude Palm schaut hoch und erkennt ihren Gast, der scheinbar nicht seinen besten Tag hat, denn normalerweise ist Klaus Lippmann nicht so kurz angebunden.

„Hast du schon Feierabend gemacht?", erkundigt sich die Wirtin, während sie Köm und Beer vorn ihrem Gast aufbaut.

„Klar, schließlich ist Winachen."

Klaus kommt schon seit vielen Jahren in die „Windige Ecke", er ist der letzte seiner Art in Hamburg. Klaus Lippmann ist Seiler. Weit über die Grenzen seiner Stadt Hamburg hinaus sind seine Seile und Taue bekannt, nicht nur auf dem Wasser und auf den Schiffen. Vielleicht aber haben auch ihm die seelvollen Melodien etwas breegenklöterig gemacht. Lange bleibt der Gast daher nicht bei der Wirtin, sondern verabschiedet sich nachdem die beiden Gläser geleert sind und entschwindet wieder in die Kälte der Stadt. Trude folgt ihrem Gast, jedoch nur um einen kurzen Blick nach draußen zu werfen. Auf der Landungsbrücke stehen zahlreiche Menschen, alle in dicke Mäntel und Jacken gehüllt, die aufs Wasser schauen und fröhlich lachen. Trude denkt, die könnten auch gerne zu mir kommen, es gibt hochprozentigen Glühwein. Als hätten die Hafenbesucher ihre Aufforderung vernommen, drehen sie sich abrupt um und nähern sich der kleinen Kneipe. Hallo, jetzt kommt Leben in die Bude. Alle lachen und sprechen durcheinander, Jacken werden ausgezogen, Mützen und Schals auf freie Plätze geworfen und die Wirtin erkennt schnell, es sind keine Hamburger, sondern Urlauber, die wohl über die Feiertage die Hansestadt besuchen.

„Was darf ich Ihnen denn bringen? Grog, Kaffee, Tee mit Schuss?", fragt Trude erwartungsvoll in die Runde.
Eine Frau mittleren Alters, scheinbar die Sprecherin der Gruppe, hebt die rechte Hand, es soll wohl bedeuten, noch einen kleinen Moment, sie wendet sich ihren Mitstreitern zu und alle beratschlagen, wozu sie sich nun entscheiden wollen.

„Ich denke, wir fangen mit einem Grog an", folgt die Erklärung, in einem ziemlich steifen Hochdeutsch.
Trude macht sich gerne einen Spaß mit ihren Gästen, wenn sie der Meinung ist, es kommt an.

„Für alle einen Stieben?"
Große Fragezeichen stehen in den Augen ihrer Gäste und Trude lacht.

„Nein. Wir möchten einen Grog, bitte", erwidert die Besucherin.

„Klar. Einen Stieben, Rum muss, Zucker darf, Wasser kann, so ist das eben in Hamburg. Machen sie hier Urlaub?", beendet Trude ihre Erklärung.

„Ja, wir wollen uns die Stadt ansehen und hier etwas wirklich Typisches erleben. Vielleicht haben Sie ja einen guten Tipp für uns!"

„Wo soll ich anfangen? Womit soll ich aufhören? In Hamburg kann man 24 Stunden am Tag und 365 Tage im Jahr etwas Typisches erleben. Haben Sie denn bestimmte

Vorstellungen, was Sie sehen wollen?", fragt die Wirtin interessiert.

„Nein, wir möchten einfach alles sehen und ganz viel Aufregendes erleben. Wir haben eine Woche Zeit und sind total aufgeregt, denn Hamburg soll ja eine tolle Stadt sein, hört man."

Vermutlich wollte die Frau ihrem Gegenüber imponieren, denn wirklich überzeugend kam der Anspruch nicht bei Trude Palm an. Das kleine Radio hinter dem Tresen spielt „Leise rieselt der Schnee ...", der alte Seemann, der seit Stunden fast unbewegt vor einem Köm sitzt, beginnt dazu leise zu singen: „Leise pieselt das Reh, gelbe Spuren in Schnee ...". Nur die Gäste der „Windigen Ecke", die nicht aus Hamburg kommen, schauen erstaunt hoch, alle anderen kennen Fiete und mit ihm auch seine Sprüche, es sind wenige, denn eigentlich ist Fiete eher der ruhige Typ, aber wenn er dann mal etwas sagt, dann sitzt es auch!

„Nun, ich könnte ihnen ganz viel Aufregendes erzählen, die Ansichten sind da ja aber eher unterschiedlich. Möchten sie ins Museum? Oder vielleicht den alten Michel ansehen? Da liegt dann auch gleich der Stintfang nebenan, ist schließlich nicht nur Jugendherberge", erklärt Trude ihren Gästen ganz ruhig.

„Aber, ich glaube, das sind so Sachen, die auch im Reiseführer stehen. Wir dachten da eher an andere Dinge, die eben nicht jeder Tourist in Hamburg findet."

Trude verdreht die Augen und denkt nach. Sie schaut sich um, in ihrer Kneipe, als würde sie dort einen Hinweis bekommen.

„Ich glaube, ich weiß, was Sie wollen! Moment, ich telefoniere mal schnell, nur für Sie natürlich!"
Trude lächelt, schaut in ihr Adressbuch und wählt eine Nummer, die auch nicht jeder sein Eigen nennt. Das Gespräch kann keiner der Anwesenden verfolgen, Trude hat sich umgedreht und spricht außerdem noch ganz leise. Die Neugierigen können es gar nicht erwarten, dann aber endlich legt Trude den Hörer auf und wendet sich wieder ihren Gästen zu.

„Das ist bestimmt etwas, was Sie nicht vergessen werden. Es kostet allerdings auch etwas, nicht viel, aber umsonst ist ja bekanntlich nicht mal der Tod, der kostet schließlich das Leben! Um 22 Uhr geht es los. Hier in der Kneipe. Seien Sie pünktlich."

„Wollen Sie uns nicht schon vorbereiten, auf das, was kommt?", fragt eine der Gäste.

„Nein. Es ist etwas ganz Spezielles, etwas, was es wirklich nur in Hamburg gibt. Es ist außerdem etwas, was ganz bestimmt nicht in Ihrem Reiseführer steht!"
Die Gruppe beratschlagt, wie es weitergehen soll. Alle kommen zu dem Ergebnis, die Stadt etwas zu erkunden und rechtszeitig wieder bei Trude Palm zu erscheinen. Sie verabschieden sich und es kehrt Stille in der Kneipe ein. Heute bleibt die Kneipe den ganzen Tag durchgehend geöffnet, Weihnachten ist eben auf St. Pauli etwas ganz besonderes.

Wie nicht anders erwartet, 21.45 Uhr, die Tür wird aufgerissen und die Reisegruppe erscheint lautstark bei Trude. Sie haben sich ganz schön fien mookt. Die Wirtin hat für jeden ihrer Gäste, die es vor Aufregung gar nicht mehr aushalten können, ein Glas Jägermeister, eisgekühlt, wie die beiden Hirsche Rudi und sein Freund in der Werbung immer so schön erklären, bereitgestellt.

„Hier, damit die Laune schon mal loslegen kann", fordert Trude ihre Gäste auf.

Kaum haben die Urlauber das geleerte Glas wieder auf den Tresen gesetzt, da öffnet sich der schwere Vorhang und eine sehr große Dame betritt die „Windige Ecke". Sie begrüßt die Wirtin herzlich und einige Lacher dringen an die Ohren der beiden Frauen.

„Das Lachen wird ihnen auch noch vergehen!", scherzt die Frau mit erstaunlich tiefer Stimme.

Sie trägt ein hautenges goldenes und glitzerndes Etwas, das eben gerade noch das verdeckt, was man nun wirklich nicht sehen sollte. Die Schuhe, mindestens Größe 46, haben eine Absatzhöhe von etwa 10 cm und strahlen mit dem Gesicht der hocherotischen Frau um die Wette.

„Darf ich Ihnen Olivia vorstellen. Sie wird Sie heute Abend begleiten, um Ihnen den Kiez mal so richtig zu zeigen. Eine ganz private Führung, ganz intim und ganz außergewöhnlich, wenn Sie verstehen, was ich meine", erklärt Trude mit einem Augenzwinkern.

„Die Drag - Queen habe ich extra für Sie am heutigen Abend gebucht! Olivia ist hier bekannt, wie sagt man, wie ein bunter Hund. Aber, Sie können mir glauben, Olivia ist eine VIP!", verkündet Trude stolz ihren Gästen.

Die Aussprüche, die nun von oben auf die Urlauber niedergehen, immerhin ist Olivia etwa zwei Meter groß, sind nicht immer jungendfrei und bleiben daher lieber unerwähnt. Die Truppe verlässt die „Windige Ecke" und macht sich auf in Richtung Reeperbahn. Mit Sicherheit werden sie durch die Herbertstraße gehen, in die Ritze einkehren und das eine oder andere Mädchen kennen lernen, vielleicht bei einem Besuch in der Regina – Bar.

St. Pauli bei Nacht

ST. PAULI

Eine leichte Schneedecke lässt Hamburg wie in Watte gepackt erscheinen, zugleich wirkt es irgendwie stiller und friedlicher als sonst. Es kommt nicht so oft vor, dass es im Norden des Landes schneit und dass de Schiet dann auch noch liegen bleibt. Erstaunlicherweise sind alle Geräusche gedämpft in der Stadt, selbst die Autohupen, die sich ja eigentlich nicht von etwas Schnee auf dem Kopfsteinpflaster beeinflussen lassen sollten, klingen heute fast zärtlich. Die Stille wird allerdings immer mal wieder durch das Dröhnen einer Sirene eines Krankenwagens unterbrochen. Bei Glatteis und Neuschnee findet man mehr Hundertjährige mit ihren Eltern auf der Straße, als an anderen Tagen, ganz zu schweigen von den Leuten, die mit Unterarmgehstützen gerade heute zu ihrer Haspa gehen müssen, um sich die Zinsen in ihre roten Bücher eintragen zu lassen! Da soll es mal einen Angestellten gegeben haben, es muss bestimmt fünfzig Jahre her sein, der gesagt hat, Zinsen gebe es nur am ersten Tag des Jahres, danach verfallen sie. Das bleibt in den Köpfen, sie können mir glauben. Nun ist heute also nicht nur bei der Hamburger Sparkasse Großkampftag, nein auch in den zahlreichen Krankenhäusern, Arztpraxen und bei der Polizei tobt der Bär. Dirk Mathies, der wohl bekannteste Hamburger Polizist, hat damit allerdings nichts zu tun, ihn gibt es ja bekanntlich nur im Großstadtrevier, das nicht auf dem Kiez zu finden ist, sondern im ersten Fernsehprogramm, in der ARD.

Die Uniformierten der Davids- Wache, der bekanntesten Revierwache Hamburgs, beschäftigen sich noch mit den letzten Opfern der Silvesternacht. Mehr Schnapsleichen als an anderen Tagen, mehr Verwundete, als im ganzen Dezember und mehr alleinstehende Frauen, die ihre „Männer" als vermisst melden wollen, um eigentlich nur mal mit jemandem zu klönen. Hans Rückert, der wohl freundlichste Polizist der „Trachtengruppe", hat Dienst. Die Udels sind noch immer mit den Ermittlungen beschäftigt, die sich um das Bündel drehen, das vor Trude Palms Kneipe gefunden wurde. Bisher ist kein einziges Sterbenswörtchen nach draußen gedrungen, was sich wohl in dem Bündel befunden haben mag. Nur die Kollegen der Wache und einige Insider wissen, warum die Suche nach den nur so kurzzeitigen Inhabern des bizarren Bündels von so großer Bedeutung ist. Sicher ist dabei nur, dass es am Inhalt liegt, nicht an der Fundortstelle oder gar an der Verpackung.

Die Beschwerden, die durch zufällige oder weniger zufällige Besucher des Hamburger Milieus, in der Wache erfolgen, sind weniger geworden. Es liegt natürlich zum einen daran, dass die Bürger aufgeklärter sind, sie wissen, dass ein Glas Bier in einer in dunkelrotes Licht getauchten Bar mehr Euros kostet, als an dem Würstchenstand in der Mönckebergstraße vor C & A. Das hat nichts mit Qualität zu tun, sondern einfach mit der Tatsache, dass die Preise auf der Reeperbahn nun mal in der Regel höher sind. Aber, zum anderen, liegt es auch daran, dass die Polizei ganz viel Arbeit geleistet hat, dass die Politik ausnahmsweise auch ihren Anteil daran hatte, und die betrügerischen Aktionen, ein Bier für 200 €, sind dadurch seltener geworden, zum Glück. Es wird natürlich immer mal wieder versucht, einem einsamen Besucher, der alleine vom Anblick der Schönheiten schon Platzprobleme in seiner Hose bekommt, das Geld aus der Tasche dieser eben genannten zu ziehen. Wenn es klappt, haben die wenigen Betreiber der Bars und Striplokale, die es eben immer noch versuchen, Glück, wenn nicht, eben der sabbernde Gast!

Heute bleibt es still, auf der Wache. Keine Beschwerden, keine betrunkenen Frauen, die sind besonders schlimm, hört man Hans Rückert immer sagen, aber auch keine vermissten Kinder, glücklicherweise. Wenn da nicht so gegen 23 Uhr eine allein stehende Dame auf der Wache erscheinen würde.

„Herr Polizeimeister, ich benötige dringend Ihre Hilfe!", erklärt die durchaus attraktive Frau, während sie gerade noch durch die Schwingtür zwischen Vorraum und Wache pendelt.

„Was gibt es denn?", erkundigt sich der junge Polizist, der gerade mal einen silbernen Stern auf seiner Uniformjacke trägt.

„Mein Hund ist mir entlaufen. Ich mache mir wirklich große Sorgen um ihn, er kennt sich doch hier so gar nicht aus."

Fiete Jansen, so heißt der Uniformierte, ist sich nicht sicher, was er mit dieser Frau und ihrem verschollenen Hund anfangen soll. Es kommt oft genug vor, dass allein stehende Frauen, nur um sich eine Art Vergnügen zu verschaffen, Dinge erfinden oder verschwinden lassen, um sich Gehör und Aufmerksamkeit zu verschaffen. Vielleicht ist es ja auch hier der Fall?

„Wie heißen Sie denn?", fragt Fiete nach.

„Mein Name ist doch nicht wichtig. Mein Hund hört auf den Namen Goundo vom schwarzen Zwinger. Das ist schließlich wichtig!"

„Gut. Also Goundo. Und Sie, wie heißen Sie?", versucht es der Polizist erneut.

„Also, Herr Polizeiobermeister, mein Name ist Eleonore Freifrau von Hohenhorst."

Während sie diese Erklärung abgibt, reicht sie vorsichtig und zugleich sehr vornehm ihren rechten Arm zum

Handkuss über den Tresen der Wache. Damit kann Fiete nun absolut nichts anfangen, er ignoriert es.

„Wann und wo haben Sie denn Ihren Hund zuletzt gesehen?"

„Es ist genau gegenüber gewesen, dort, wo das neue Reisebüro eröffnet hat. Ich habe in das Schaufenster geschaut, dabei kurz die Leine aus der Hand fallen lassen, ohne es bemerkt zu haben. Als ich weiterging, sie müssen wissen, ich will eine Reise zu den Malediven buchen, aber es war gerade so voll drinnen, also ich dachte, zuerst eine Tasse feinsten Filterkaffee, danach die Reise. Als ich die Bar betrat, war mein Hund weg."

Eleonore laufen Tränen über die Wange, darauf zieht sie ein weißes, mit Spitze verziertes Taschentuch aus ihrer Krokolederhandtasche, die bestimmt aus den vierziger Jahren stammt, und tupft sie sich theatralisch fort.

„Moment bitte, bin gleich wieder da", erklärt Fiete.

Er muss unbedingt mit seinem Kollegen sprechen. Er weiß nicht, was er machen soll. Zum Glück gibt es auf der Wache Polizisten, die weit mehr Erfahrung haben, als Fiete, zum Beispiel Hans Rückert. Nachdem der Junge dem alten Hasen die Einzelheiten vermittelt hat, gehen beide an den Tresen zurück zur Freifrau, die noch immer mit dem Spitzentaschentuch in der Hand wartet.

„Sie sollten zuerst im Reisebüro fragen. Vielleicht ist Ihr Hund ja dort rein gelaufen. Sicherlich wusste er doch von ihren Reiseplänen", bemerkt Hans Rückert.

Fiete hat sich abgewendet, er kann das Lachen nicht unterdrücken. Glücklicherweise klingelt das Telefon, er stürzt sich darauf um der Peinlichkeit zu entgehen. Als er das Gespräch entgegengenommen hat, entgleiten ihm allerdings alle Gesichtszüge. Er bittet den Gesprächsteilnehmer kurz um einen Moment Geduld und wendet sich seinem Kollegen Hans zu, der noch immer mit der Freifrau in einem angeregten Gespräch über Hunde vertieft ist.

„Hans, kannst mal kommen, bitte!", stößt er seinen Kollegen an.

POM Rückert ist nicht gerade ungehalten, über diese willkommene Störung.

„Am Telefon ist das Reisebüro von Gegenüber. Was meinst du, was die von uns wollen?", fragt Fiete lächelnd seinen Kollegen.

„Lass mich raten, die haben eine Fundsache. Vermutlich mit vier Beinen, einem Schwanz und einem langen Lederband am einen Ende."

Fiete nickt und freut sich grinsend. Hans Rückert informiert die Freifrau von Hohenhorst und nun dient das Taschentuch auch noch zur Beseitigung der Freudentränen.

„Man, da sagt doch noch mal einer, auf St. Pauli ist es gefährlich. Man liest, hier wird geklaut und betrogen. Alles Humbug, alles Blödsinn, man sieht es ja, selbst der Köter der Tüteltante von Aufunddavon wird gefunden und an uns gereicht."

Hans Rückert verlässt den Besucherraum der Wache kopfschüttelnd und widmet sich wieder den wirklichen Verbrechern, die auf der Flucht sind.

Fiete Jansen ist froh, dass ihm eine Entscheidung über den weiteren Verlauf dieser Vermisstenmeldung erspart geblieben ist. Aber über eines kann sich Fiete klar sein, das wird nicht oft der Fall sein, denn oft bleiben Menschen oder Tiere auch einfach vermisst, kommen nicht wieder oder werden gar tot oder in Einzelteilen aufgefunden. Polizeiarbeit eben, ob in Hamburg oder München, ob in Shanghai oder auf Sansibar, das ist überall dasselbe.

Der König der Löwen im Hafen

HARVESTEHUDE

Auf dem Balkon der Harvestehuder Villa steht er nun und wartet auf sein endgültiges Ende. Verdient hat er es nicht, immerhin strahlte er über die Feiertage mit seiner ganzen Schönheit. Die zusätzlich an ihm befestigten Dekorationen, Lichter und das Lametta hat ihn zwar attraktiver wirken lassen, dennoch ist nun in der zweiten Januarwoche sein Ende gekommen. Die Hamburger Müllabfuhr wird ihn und unzählige seiner Gesellen abholen und kompostieren. Wer will schon im Januar einen Weihnachtsbaum haben? Unruhe herrscht aber auch innerhalb der Wohnung der von Straatens. Heute ist Gesines großer Tag und, das sollte auch erwähnt werden, Ferdinands Start in ein zeitlich begrenztes, neues Leben.

„Bist du sicher, dass du nun alle Koffer im Auto hast, Ferdinand?", erkundigt sich Gesine bei ihrem Mann.

„Liebling, alles was hier stand, lag oder hing, ist im Auto. Schau dich selbst um, nichts verweilt hier noch", erwidert der glückliche Ehemann.

Glücklich, weil seine Frau heute ihr Weihnachtsgeschenk antritt, die Reise in die Schönheit, ihre Wellnessreise. Das Ziel seiner Begierde liegt für seine Frau in Lüneburg! Ein kleines, aber sehr feines Hotel hatte der Chef des Reisebüros für ihn herausgesucht. Immerhin, es sollte nicht so weit sein, aber weit genug, damit Gesine nicht unerwartet vor der Haustür stehen würde, es könnte ja passieren, dass sie sich dort nicht wohl fühlen würde. So lässt Ferdinand es sich nicht nehmen, seine Angetraute in seinem eigenen Wagen nach Lüneburg zu kutschieren. Das hat natürlich nur den einen Zweck, er ist sich sicher, dass sein Weib auch im Hotel angekommen ist und, auch das ist wichtig, sie hat keinen eigenen Wagen dabei, um vielleicht auf eigene Faust nach Hamburg zurückzufahren. Vorsicht ist bekanntlich die Mutter der Porzellankiste, sagt ein alter Spruch, nicht nur in Hamburg.

„Ferdinand, ich bin so aufgeregt. Ich freue mich auf die Massagen, auf die Sauna und auf nette Bekanntschaften", strahlt Gesine ihren Mann an, während sie bereits auf dem Weg nach Lüneburg sind.

Die Fahrt dauert knapp zwei Stunden, dann endlich ist Ferdinand seine kostbare Fracht los und düst, die Rückfahrt geht wesentlich schneller, wieder nach Hause zurück. Seine neue Flamme wird natürlich nicht in die von Straaten Villa Einzug halten, das wäre viel zu gefährlich. Doris Hagedorn weiß mittlerweile ja, dass Ferdinand in festen Händen ist, aber die Nachbarn! Man weiß nie, wer da durch die geschlossenen Gardinen spionieren könnte. Das Risiko ist Ferdinand viel zu groß. Aber, er hat sich überlegt, für eine Woche ein Doppelzimmer in Lübeck zu reservieren. Die Zeit der Abwesenheit seiner Frau will er schließlich sinnvoll nutzen. Doris war von dieser Idee direkt beflügelt. In der Villa angekommen packt Ferdinand daher schnell seine Reisetasche und ruft seine blonde Flamme an um ihr grünes Licht zu signalisieren.

„Ich bin vogelfrei, es kann losgehen. Wo darf ich dich abholen?", erkundigt sich Ferdinand am Telefon.

„Ich komme lieber zu dir, mein Liebster!"

„Auf gar keinen Fall. Die Nachbarn. Wenn du dich nicht traust, mir deine Adresse zu geben, können wir uns auch an einem neutralen Ort deiner Wahl treffen", bemerkt Ferdinand etwas beleidigt.

Schließlich willig Doris ein und gibt ihr Geheimnis preis. Ferdinand kann nicht gerade sagen, dass es sich bei der genannten Adresse Bachstraße, sie gehört zum Stadtteil Barmbek Süd, in Hamburg um eine gute Gegend handelt. Zwar ist das große Einkaufszentrum in unmittelbarer Nähe, aber die Häuser sind halt alt und die Einwohner gehören nun wirklich nicht zu Hamburgs Oberschicht. Ferdinand wählt die Strecke über die Maria-Louisen – Straße, die Sierichstraße um dann zumindest noch ein Teilstück durch

Uhlenhorst, durch den Uhlenhorster Weg zu fahren, um zu Doris zu gelangen. Die Blondine steht bereits winkend vor dem alten Backsteinhaus, das dringend eine Renovierung nötig hätte.

„Sag mal, habt ihr in dem Haus noch die Toiletten auf dem Treppenabsatz?", erkundigt sich Ferdinand mitfühlend. Doris wirft einen ärgerlichen Blick auf ihren Geliebten, bleibt die Antwort jedoch schuldig.

„Komm, steige aus und hilf mir mit dem Koffer", fordert sie statt dessen Ferdinand auf.

Bereitwillig verlässt er seinen Schlitten, der Kofferraum öffnet sich scheinbar von alleine, und befördert den altersschwachen Koffer in den mit dunkelblauem Teppich ausgeschlagenen Kofferraum. Ob nun zufällig oder nicht, verlässt genau in diesem Moment eine ältere Frau den Hausflur und begrüßt Doris Hagedorn winkend.

„Na, Doris, geht's jetzt los? Ich wünsche dir und deinem Freund viel Spaß"

Während sie laut zu lachen beginnt, wendet sich Ferdinand ab um nicht in das Gesicht der Frau sehen zu müssen, die eine alte, zerschlissene Schürze trägt und eine Aldi - Tüte mit Abfällen in den Müllcontainer befördert. Schlimmer hätte es nun wirklich nicht kommen können, denkt sich Herr von Straaten. Der Verkehr ist ziemlich stark, Feierabend in Hamburg, es herrscht Schweigen im Wageninneren.

„Habe ich einen Fehler gemacht, Ferdinand?"

„Aber nein, ich konzentriere mich nur auf die Straße. Nun bin ich schon extra nicht auf direktem Wege zur Autobahn gefahren, aber um diese Zeit ist es auch hier total verstopft."

„Ehrlich gesagt, ich weiß gar nicht wo wir hier sind?", stellt Doris fest, obwohl sie noch einen kontrollierenden Blick aus der Seitenscheibe des Autos wirft und dabei direkt auf ein Hinweisschild, Richtung Stapelfeld, am Straßenrand schaut. Ferdinand behält es für sich, er erwidert nur:

„Wir sind bald da. Ich fahre hier gleich auf die Autobahn und dann sind wir ratz - fatz in Lübeck. Die Suite ist reserviert, für später ein Tisch und ein ausgezeichnetes Essen. Lass dich überraschen."

Das Hotel Senator liegt fast direkt in der Altstadt Lübecks. Eine gute Adresse und Ferdinand kann sicher sein, hier kennt ihn keine Socke. Die Suite befindet sich im oberen Stockwerk des Komplexes und man hat von dort aus einen bezaubernden Blick über die Stadt. Kaum hat Ferdinand die Zimmertür geschlossen wirft sich Doris auch schon mit einem Hechtsprung über das Doppelbett.

„Schnucki, ich bin so froh! Endlich alleine mit dir. Wollen wir gleich, …", beginnt Doris ihren Satz.

Ferdinand kommt ihr jedoch zuvor und fordert sie auf, sich schick zu machen um zum Essen zu gehen.

„Wie schick machen? Ich habe nicht die passende Garderobe dabei", erklärt Doris leise.

Ferdinand hatte damit gerechnet. Glücklicherweise befindet sich eine Boutique im Foyer des Hotels, dorthin begeben sich die beiden um einzukaufen. Für solche Fälle hat Ferdinand immer einen Bargeldbestand dabei. Immerhin, solche Einkäufe kann man halt nicht mit der goldenen Eurocard begleichen.

„Was meinst du, welches Kleid soll ich nehmen? Das Schwarze? Oder doch lieber das Rote?", fragt Doris ihren

Begleiter und dreht sich dabei fast etwas obszön vor dem Spiegel.

Ohne auch nur auf das Preisschild zu schauen erklärt Ferdinand der Verkäuferin, doch bitte beide Kleider und die Federboa, in der passenden Farbe einzupacken. Fast hätte Doris eine Art Freudenschrei von sich gegeben, konnte es aber in der allerletzten Sekunde gerade noch unterbinden. Sie nähert sich ihrem Galan und flüstert in sein Ohr, gerade so laut, dass es die Verkäuferin noch hören kann:

„Es wird dir sicherlich viel Spaß machen, mir die Sachen auszuziehen!"

Ferdinand bezahlt 1.750 €, ohne auch nur mit der Wimper zu zucken. Doris Hagedorn ist tief beeindruckt und kann es noch gar nicht fassen. So viel Geld hat noch nie in ihrem Leben jemand für sie ausgegeben. Sie wird heute besonders lieb und nett sein müssen, um sich dafür bei Ferdinand zu bedanken.

Nachdem sich die beiden Verliebten umgezogen haben und den Weg ins Restaurant antreten, wird Doris klar, warum Ferdinand diese Investition getätigt hat. Alle Augen sind auf sie gerichtet, nicht nur wegen des wunderschönen Kleides. Hätte sie ihre eigene Garderobe getragen, wäre es sicherlich auch der Fall gewesen, allerdings wäre der Grund ein anderer gewesen. Die Betrachter hätten gedacht: so spät noch eine Putzfrau im Hotel? Klar, Ferdinand hat es gewusst und sich diese Blamage ersparen wollen.

Nach dem hochkarätigen Abendmahl macht sich das Paar zu Fuß auf den Weg in die Lübecker Altstadt. Nur wenige Meter, über die alte Holzbrücke und sie sind mitten im Geschehen.

„Ich möchte dir etwas von der Stadt zeigen. Zuerst gehen wir in die alte Schiffergesellschaft. Dort kann man hervorragend Labskaus essen, aber wir sind ja schon gesättigt. Aber wir sollten dort noch ein Glas Rotsporn trinken, dann gehen wir weiter durch die Stadt. Mal sehen, wohin uns der Abend noch führt?"

Doris ist wie im siebten Himmel. Ob nun ein typischer Rotwein aus Lübeck, ein Glas Sekt aus der Kellerei „von Melle" oder gar ein hausgebrautes Bier, getrunken in einem alten und historischen Keller unter dem Rathaus, all das hat sich Doris nicht erträumt.

„Ferdinand, du kannst dir nicht vorstellen, wie glücklich ich bin. Schade ist nur, dass dieser Traum nur so kurz ist. Leider kommt deine Frau ja irgendwann aus dem Wellnessurlaub zurück."

Ferdinand stimmt zu, kann und will sich aber am heutigen Abend nicht mit seiner Frau beschäftigen.

Werft Blohm + Voss im Hafen

St. Georg

Kurz nachdem der Salon geöffnet wurde, Erna Kahl hat selbst den Schlüssel vom Schloss gezogen, um ganz sicher zu sein, das er nicht wieder auf der Tür stecken bleibt, betritt ein Mann den Damensalon. Die Frisörin begrüßt den Herrn und erkundigt sich nach seinen Wünschen.

„Wie können wir Ihnen helfen? Sie wissen aber schon, wir sind ein reiner Damensalon. Oder wollen Sie nur einen Termin für ihre Frau vereinbaren?"

„Nein, vielen Dank. Ich möchte gerne zu Ihrer Chefin."
Die junge Frau entfernt sich un greift zum Telefon, denn Erna ist zurück in ihre Wohnung gegangen. Als sie wenig später die Glastür zum Salon öffnet, erblickt sie Ernst Fürchtenicht Großgart.

„Sie schon wieder?", platz es aus ihr heraus.
Die junge Angestellte schaut erschrocken hoch, Erna winkt kurz, damit sie weiß, es ist alles im grünen Bereich.

„Liebe gnädige Frau!", beginnt Ernst Fürchtenicht.

„Ich möchte mich bedanken. Der Abend mit Ihnen war ganz bezaubernd. Ich würde ihn gerne wiederholen. Dieses Mal möchte ich Sie noch Ratzeburg einladen. Morgen, ich weiß, Ihr Salon hat geschlossen."
Erna Kahl steht mit in die Hüften gestemmten Armen vor dem Mann, der immer alles falsch macht.

„Ich wüsste nicht, was ich in Ratzeburg sollte? Können Sie mir das erklären? Kennen Sie da auch einen Wiener Wald?"

Herr Großgart legt seine Stirn in Falten, denn er hat die Anspielung nicht wirklich verstanden.

„Ich möchte Ihnen zeigen, wo und wie ich lebe. Ratzeburg ist wunderschön, romantisch und ich nenne dort ein Apartment mein Eigen. Auch das möchte ich Ihnen gerne zeigen."

Erna Kahl denkt sich, wie werde ich diesen Mann bloß wieder los? Auf der anderen Seite, auch das ist eben Erna Kahl, ist sie zurzeit solo. Sie hat keinen Mann an ihrer Seite, warum also nicht mit Ernst Fürchtenicht an ihrem freien Tag einen Ausflug nach Ratzeburg machen?

„Also gut. Sie haben gewonnen. Ich komme mit."

„Sie werden diesen Schritt nicht bereuen. Wenn es Ihnen Recht ist, hole ich Sie so gegen elf Uhr ab. Am besten, vor Ihrer Haustür. Einverstanden?"

Die Chefin des Damensalons nickt und besiegelt somit die Verabredung für den nächsten Tag. Der gut aussehende Mann, strahlt und verlässt überglücklich den Salon. Erna geht zurück in ihre Wohnung und ruft sofort ihre beste Freundin Trude Palm an.

„Ich erzähle es dir nur, weil man ja nie weiß, was passieren kann. Stell dir vor, der Kerl entführt mich oder ermordet mich?"

Trude Palm, die auf St. Pauli mit allerlei Kriminalität in Berührung kommt, lacht laut auf.

„So ein Quatsch. Was soll der denn mit dir anfangen? Geld erpressen?"

Der nächste Morgen kommt und mit ihm auch Ernst Fürchtenicht. Fünf Minuten vor der abgesprochenen Zeit lauert er bereits vor dem Eingang zum Damensalon in der Danziger Straße. Erna hat sich nicht schick gemacht, das kann man nicht sagen, aber sie hat es sich bequem gemacht, flache Schuhe und eine lange Hose, damit man sich auch frei bewegen kann. Kaum verlässt die das Treppenhaus, springt Ernst Fürchtenicht auch schon auf sie zu.

„Guten Tag, Gnädigste. Haben Sie gar kein Gepäck für den Tag?"

„Wozu brauche ich denn Gepäck? Wir wollen doch nur nach Ratzeburg. Dazu benötigt man weder einen Ausweis, noch ein Visum, geschweige denn Geld. Ich habe doch Sie!"

Erna Kahl strahlt ihren Fahrer an und geht unaufgefordert zu dem Fahrzeug, aus dem Herr Großgart gesprungen war.

„Ich bin fertig. Von mir aus kann es losgehen!", erklärt sie, während sie neben dem Auto auf der Beifahrerseite wartet.

So hat es sich der Ratzeburger scheinbar nicht vorgestellt. Seine Begleiterin hat nicht einmal Geld mitgenommen. Eigentlich hatte er fest damit gerechnet, dass sie heute für die Kosten aufkommen würde, immerhin, er hatte bereits das Essen am Heiligen Abend beglichen. Außerdem kostet die Fahrt von Ratzeburg nach Hamburg und wieder zurück auch Geld, so ein Auto benötigt Treibstoff. Ganz abgesehen davon, das Auto hat Ernst Fürchtenicht sich für diesen einen und besonderen Tag gemietet! Er hat nämlich gar kein Auto!

Die Fahrt verläuft ohne Störungen und ohne Staus. Glücklicherweise kennt Herr Großgart die Strecke nach Ratzeburg sehr gut. Seltsam still ist es im Auto, während der etwa einstündigen Fahrt. Erna schaut sich gelangweilt die Gegend an und ihr Chauffeur konzentriert sich auf die Fahrerei. Beide kommen dann relativ erschöpft in Ratzeburg an. Während des Januars kann man auf dem Parkplatz vor dem Rathaus parken, ohne dafür zu bezahlen. Welche glückliche Fügung. Die beiden verlassen den Leihwagen, wovon Erna Kahl jedoch keine Ahnung hat.

„Und nun? Was machen wir jetzt?", fragt sie voller Tatendrang.

„Ich dachte, ich zeige Ihnen zuerst ein wenig von der Stadt. Wir gehen hier die kleine Straße entlang, dann kommen wir später zum See."

„Sie hatten mir das Eisessen in den höchsten Tönen angepriesen, geht das auch im Januar?", will Erna wissen.
Ernst Fürchtenicht ist überfragt. Die Information über das bekannte Eisgeschäft „Pelz" hatte er aus einem Touristenführer entnommen.

„Ich gestehe, da bin ich überfragt. Wir werden sehen. Ich esse normalerweise im Winter kein Eis, schon gar nicht auf der Straße", bemerkt der unsichere Stadtführer.
So aufregend ist nun die Innenstadt Ratzeburgs wirklich nicht, dass Erna Kahl vor Begeisterung in die Luft springt. Nach einen guten Dreiviertelstunde Fußmarsch erbittet sie daher eine erste Pause.

„Ich denke, wir sollten irgendwo einen Kaffee trinken. Vielleicht eine kleine Versuchung dazu? Ein Stückchen Gebäck?", bemerkt die Hamburgerin, die ihren Tagesgefährten schon etwas Geld aus der Tasche locken will.
Am Ende der Straße befindet sich eine Konditorei, nichts Besonderes, aber Erna steuert die Ladentür zielstrebig an. Ernst Fürchtenicht ist heilfroh, denn nur einige Meter weiter, befindet sich das eigentliche Café der Stadt, dort hätte er

wesentlich mehr für die Pause bezahlen müssen. Einen Kaffee im Stehen, dazu einen Kopenhagener, nicht gerade das, was Erna Kahl sich so vorgestellt hatte. Sie ist sich dennoch sicher, dass es nicht die letzte Geldausgabe sein wird, die ihr großer Gönner am heutigen Tag tätigen wird.

Es folgen noch einige spektakuläre und weniger sensationelle Aktionen am Tag in Ratzeburg, den die Frisörin aus St. Georg schon als Rentnerwandertag eingestuft hat. Die große Attraktion, denkt sich Erna daher, wird wohl die Besichtigung seines Apartments am See sein. Es muss, darüber ist sich die Hamburgerin auch klar geworden, sehr schön sein, hier zu leben. Die große Stadt bringt immer Unruhe mit sich, hier aber, lebt es sich in Ruhe und mit viel Gemütlichkeit. Dennoch hat man Möglichkeiten ins Getümmel zu kommen, da liegen immerhin Lübeck und Hamburg in erreichbarer Nähe.

„Wann kann ich mir denn nun endlich Ihre Wohnung ansehen? Ernst Fürchtenicht, ich bin schon so gespannt?", versucht die schon abgespannte Frau ihr Glück.

„Ich hatte es eigentlich gar nicht mehr eingeplant. Eigentlich befinden wir uns ja schon auf direktem Wege zu meinem geparkten Auto. Vielleicht sollten wir die Besichtigung doch an einem anderen Tag vornehmen."

Erna Kahl ist sprachlos, das ist eine Situation, die nicht oft passiert. Und ihr gehen einige Gedanken durch den Kopf. Was denkt sich der alte Gockel bloß? Was will der Alte denn von mir? Das mach ich bestimmt nicht noch einmal.

„Herr Großgart, ich dachte, wir wären hier nach Schleswig Holstein gekommen, um uns Ratzeburg und Ihre Wohnung am See anzusehen? Nun sind wir zwar schon den ganzen Tag auf den Beinen, abgesehen von einer kurzen Pause im Stehkaffee und dem kleinen Imbiss, der mehr oder weniger auf einer Art Parkbank stattfand, es reicht!", feuert Erna Kahl ihre Giftpfeile ab.

Ernst Fürchtenicht ist geschockt, aber er hat natürlich schon mit einer Reaktion gerechnet, denn, das ist ihm auch am heutigen Tag klar geworden, Erna Kahl ist nicht nur die dumme Frisöse, für die er sie gehalten hat.

„Es tut mir sehr leid, ich muss mich wirklich entschuldigen. Aber heute Morgen hatte ich ein wenig verschlafen, da ich sie auf keinen Fall warten lassen wollte, musste ich rechtzeitig von zu Hause fort. Ich bin nicht mehr dazu gekommen, meine Wohnung aufzuräumen, die Betten zu machen und das Geschirr fortzuräumen. Sie werden verstehen, dass ich Sie daher auf keinen Fall in meine Wohnung lassen kann."

„Ich denke, es ist das Beste, wenn Sie mich jetzt ganz schnell und bitte auf direktem Wege nach Hause und nach St. Georg fahren. Bei mir ist nämlich immer aufgeräumt!"

Schweigend gehen die beiden zum Auto und Erna Kahl hat auch während der Rückfahrt keine Lust mehr auf eine Konversation mit ihrem Ernst Fürchtenicht, der sicherlich nie wirklich ihr Ernst Fürchtenicht werden wird.

Barkasse im Hafen

BARMBEK

Die Sirenen des Peterwagens, mit ihrem ohrenbetäubenden Lärm, machen jeden aufmerksam. Zusätzlich kreist seit einigen Minuten auch noch ein Hubschrauber am Himmel über Barmbek. Die Ursache für den polizeilichen Einsatz ist wieder einmal eine Straftat, die Hamburg erschüttert. Laut Aussage der Polizei werden ja hauptsächlich vor Weihnachten Überfälle auf Kreditinstitute verübt, aber auch die guten, alten Ganoven halten sich schon lange nicht mehr daran und haben nun also tatsächlich Anfang Januar eine Filiale der Haspa überfallen. Die Angestellten sind geschockt, obwohl jeder damit rechnen muss, an einer solchen Aktion beteiligt gewesen zu sein.

Die Täter sind schon über alle Berge, die Einsatzkräfte der Hamburger Polizei machen ihre Arbeit und hoffen, wie immer, die bösen Jungs zu fangen und hinter schwedische Gardinen zu bringen. Die Filiale an der Dehnhaide ist nun schon zum dritten Mal überfallen worden, zuletzt erst Ende November. Nicht nur die Polizisten, sondern auch die Banker machen sich da so ihre Gedanken. Ob der Täter aus dem Umfeld kommt? Vielleicht ist es ja immer derselbe böse Maskierte? Die Polizei meint nicht zuletzt liegt es auch an der günstigen Lage der Zweigstelle. Viele Straßen treffen aufeinander, die unmittelbare Haltestelle der Hamburger U-Bahn, die hier eigentlich eher eine Hochbahn ist, der viele Verkehr und auch die Nähe der S-Bahn und Autobahn lassen diese Haspa - Filiale scheinbar für die bösen Jungs besonders attraktiv erscheinen. Die Vergangenheit zeigt uns, sie haben wohl Recht, denn bisher konnte keiner der Täter dingfest gemacht werden. Die Ermittler der Polizei stellen bei diesem Überfall eine Besonderheit fest: fast genauso lief der letzte Überfall ab! Es scheint sich also um dieselben Täter zu handeln. Vielleicht haben sie ja noch nicht genug bekommen? Vielleicht aber haben sie einfach Spaß daran?

„Ist Ihnen denn sonst gar nichts aufgefallen, heute, während des Überfalls?", fragt der Uniformierte die Kassiererin.

„Ich bin mir nicht sicher, aber ich glaube, es war tatsächlich der gleiche Täter."

Elsbeth von Burgen ist nun schon seit über zwanzig Jahren für die Sparkasse tätig, einige davon sitzt sie auch schon in diesem Glaskasten, der sich Kasse nennt. Routiniert geht sie mit der besonderen Situation um, fast schon zu erfahren, man sollte denken, etwas Angst und Unbehagen geht immer einher mit einem solchen Banküberfall. Schließlich sind nicht alle Bösen so, wie in dem Lied Banküberfall und zahlen am Ende etwas ein! Elsbeth schließt die Augen, sie verinnerlicht noch einmal den Tathergang, würde die Polizei es wohl nennen.

„Ich kann mich an den Ring erinnern, den der Täter trug."

Feuer in den Augen strahlt Elsbeth entgegen, der Polizist ist aufgeregt und hofft auf einen besonders großen und dicken Lorbeerkranz für die Aufklärung.

„Sie können den Ring genauer beschreiben?"

„Sicherlich. Aber, es müsste doch eigentlich auch auf der Überwachungskamera zu sehen sein, wenn man die Bilder vergrößert!"

Eine Erkenntnis, die eigentlich aus dem Munde des Uniformierten hätten kommen müssen. Dennoch, es klappt, die Kassetten werden entnommen, die entsprechenden Bilder entwickelt und an die Polizei gegeben. Und, siehe da: die Hand des bösen Überfallers mit dem dicken Siegelring. Sogleich laufen die Ermittlungsarbeiten bei der Polizei auf Hochtour, vielleicht findet sich ja ein Hinweis in den Akten der letzten Überfälle? Oder gar ein Vergleichsfoto im Zentralcomputer? Nun ist es in Büchern oder in Filmen immer ganz einfach, in der Realität aber eher schwierig, solche Zufälle entpuppen sich nicht immer gleich als die ganz große Spur. So auch nicht in diesem Fall, leider bringt das Foto keinen Hinweis auf den Träger. Wenn es da nicht noch die Zeitung mit den vier großen Buchsta-

ben gäbe? Eine Vergrößerung wird auf der Titelseite abgedruckt, dazu die Überschrift:
Der Herr der Ringe, vierter Teil: Die Verfolgung des Königs?
Jeder in der Stadt und in der gesamten deutschsprachigen Welt erfährt von diesem Ring! Alle sind aufgefordert, den Träger zu enttarnen und der Polizei den Hinweis zu geben. Tausende von Anrufen gehen bei den zuständigen Stellen ein, solche Aktionen könnten, wenn regelmäßig ins Leben gerufen, sogar zusätzliche Arbeitsplätze schaffen! Die Hand, die diesen dicken Ring trug, bleibt aber bis auf weiteres im Verborgenen.

Im Hafen

ST. PAULI

Mitten auf dem Tresen der „Windigen Ecke" liegt, wie zurzeit wohl überall in Hamburg, die Tageszeitung, von der behauptet wird, man muss sie liegend lesen, denn wenn man sie zu schräg hält, läuft Blut heraus! Thema, wie überall, ist auch heute in Trude Palms Kneipe der Banküberfall, die Suche nach dem Täter mit dem goldenen Ring.

„Man, wenn ich solchen Klunker hätte, würde der jetzt bestimmt unterm Kopfkissen liegen bleiben", bemerkt Hein Jensen, der unter dem Namen Heini auf St. Pauli bekannt ist.

„Aber solchen Ring trägt man eben, wenn man den hat, man will doch zeigen, was man hat", gibt Eddie zum Besten.

„Ich weiß nicht, so ein Ring fällt doch auf. Selbst wenn er ihn jetzt nicht mehr trägt, ich würde mich an ihn erinnern. Auf der rechten Hand, jedes Mal wenn er Geld bezahlt, schreibt oder sonstige wichtige Dinge tut, muss man unweigerlich auf diesen Klunker schauen", bemerkt die Wirtin.

„Aber, kann doch sein, dass der Linkshänder ist!", kommt es von Heini, der gerade sein zweites Käsebrötchen verputzt.

„In der Zeitung stand doch aber, er muss Rechtshänder sein. Das haben die wohl gesehen, bei den Überfällen. Auf der Kamera", erklärt Trude Palm.

Dieses Gespräch geht eine ganze Weile immer hin und her. Jedem der Anwesenden fällt noch eine Kleinigkeit dazu ein, jeder hat eine andere Idee und sieht eine neue Möglichkeit, den Täter anhand des Ringes zu überführen. Da öffnet sich die Tür zur Kneipe und eine junge Frau schlüpft durch den dicken Vorhang, der den kalten Wind abhalten soll, ins Innere zu gelangen.

„Ich brauche dringend einen heißen Tee. Da bilden sich ja schon Eiszapfen im Schritt, bei der Kälte!", tönt es durch die Kneipe.

Babette, die junge Nutte, die ganz in der Nähe in der Neanderstraße ihren Stammplatz hat, war lange nicht mehr hier.

„Hallo, Goldstück!", begrüßt Trude die Blondine, die gerade das zweite Mal in ihrem Leben genullt hast, denn älter ist sie noch nicht, auch wenn es den Anschein hat.

„Hallo Trude, was gibt es für Neuigkeiten bei Euch?", fragt sie in die Runde, denn scheinbar kennt sie alle Anwesenden am Tresen.

Die Wirtin, die sich wundert, warum die junge Frau so lange nicht mehr bei ihr war, berichtet von Weihnachten und Silvester.

„Und, wie hast du die Feiertage verbracht?", will sie nun wissen.

„Ich war im Ausland", kommt es kurz.

Trude ahnt, dass diese Aussage so nicht stimmen wird. Vermutlich war es eher ein Aufenthalt auf Staatskosten, in Santa Fu. Sie fragt nicht nach, wundert sich aber, dass die junge Frau scheinbar mehr darüber berichten will.

„Ein Freund hat mich zum Bahnhof gebracht, ich bin dann mit dem Zug gefahren. Für ein Auto reichen meine Einkünfte nicht", erklärt sie und lacht dabei.

„Wo bist du denn gewesen?", wagt sich Trude Palm nun zu fragen.

„In Holland."

Die Anwesenden schauen sich an, scheinbar wissen nun alle den Grund ihrer Reise ins Ausland, das Thema bleibt allerdings im Raum stehen, keiner will darüber reden.

„Geht es dir wieder gut? Danach?", traut sich Trude dennoch.

Babette bejaht und wirft dabei einen Blick in die blutende Tageszeitung.

„Ich fass es nicht! Der Ring!", platz es aus der jungen Prostituierten hervor.

„Was ist denn mit dem Ring?", will Heini wissen.

„Ich kenne den Träger. Ziemlich gut sogar."

„Na, dann will ich dir mal das Telefon reichen, kannst gleich bei den Kollegen der Trachtengruppe anrufen."

„Nee, lass mal. Ich habe vor, noch einundzwanzig zu werden."

„Mensch, Babette. Der Kerl hat schon mehrfach eine Sparkasse überfallen. Das ist nun wirklich kein Kavaliersdelikt mehr, da hört die Freundschaft auf", meint Trude.

Die junge Frau schweigt dazu, trinkt ihren Tee aus und verlässt die „Windige Ecke" ohne ein weiteres Wort zu verlieren.

„Wenn man nicht ihr Lude dahinter steckt, Babette wird schon wissen, warum sie so schnell weg ist", bemerkt Heini.

Damit ist das Thema erst einmal beendet und es kehrt die so genannte Normalität ein, von der keiner der Anwesenden eigentlich weiß, was damit gemeint ist.

Spät am Abend, Trude Palm hat den Besuch der Straßenschwalbe schon vergessen, betritt erneut Hans Rückert, der wohl netteste Bulle vom Kiez, die „Windige Ecke".

„Na, hast Feierabend?", begrüßt die Wirtin ihren Stamm-gast.

„Nee, nee. Ich bin im Dienst. Ich bin auf der Suche nach Babette."

Kaum hat Hans den Namen ausgesprochen, ist es mucksmäuschenstill in der Kneipe. Man kann fast sehen, wie Heini, der immer noch am Tresen sitzt, und wie bei Trude die Bilder wie in einem Kinofilm vor den geistigen Augen ablaufen.

„Was ist denn los?", erkundigt sich der Uniformierte.

„Warum suchst du denn das Mädchen?", versucht Trude Palm die Situation zu retten.

„Ich will nur mit ihr reden", kommt die kurze Antwort, die alles und nichts sagt.

„Hat sie was angestellt?", hakt die Wirtin nach, sie will es genau wissen.

„Trude, du weißt doch, ich kann nichts sagen. Nur soviel, sie hat nichts getan. Ich will wirklich nur mit ihr sprechen."

Die Wirtin rückt ein Stück näher an die Mitte des Tresens heran und damit näher zu ihrem Gast. Hans Rückert hat es verstanden, er tut es ihr nach.

„Pass mal auf, aber von mir weißt du es nicht. Babette war heute in der Früh hier. Sie hat ganz zufällig die Zeitung mit dem Klunker gesehen. Dann ist sie verschwunden", erklärt Trude ganz leise, so dass es keiner der Anwesenden, außer Hans Rückert, verstehen kann.

„Ich weiß. Sie hat mich angerufen. Darum suche ich sie ja, ich mache mir Sorgen um das Mädchen", erwidert Hans.

„Hat ihr Lude den Einbruch begangen?", will Trude wissen.

Hans Rückert schweigt, er hebt nur die Schultern und will damit sagen, wer weiß. Die beiden trennen sich wieder etwas voneinander.

„Wenn jemand von euch Babette sieht, sagt mir Bescheid", erklärt der Polizist in die Runde und verlässt die Kneipe wieder.

Jetzt kommen die Gespräche in Fahrt. Jeder hat da so seine ganz eigene Meinung, lediglich die Wirtin schweigt. Sie macht sich ihre eigenen Gedanken dazu und hofft, dass die junge Babette keinen Fehler begangen hat und dass es ihr gut geht.

Der nächste Morgen bringt eine neue Ausgabe der bluttriefenden Tageszeitung. Heute mit der Überschrift:
Hetzjagd auf dem Kiez.   Zaster – Harry auf der Flucht!
Auch in der „Windigen Ecke" wird der Bericht genau gelesen. Trude Palm hat Angst, denn bisher hat sich Babette noch nicht wieder sehen lassen. In dem Artikel steht, nachdem die durch die Überwachungskamera festgehaltenen Aufnahmen des Ringes an die breite Öffentlichkeit gegeben wurden, haben sich eine große Anzahl Hamburger Bürger bei der Presse und bei der Hamburger Polizei gemeldet. Alle haben erklärt, den Träger des Ringes zu kennen. Es handelt sich dabei um den seit

Jahren auf dem Hamburger Kiez bekannten Harry W., genannt Zaster – Harry. Er war die Anlaufstelle auf St. Pauli, für alle, die schnell Geld benötigten. Nach Aussage der Hamburger Polizei soll Zaster – Harry seit einiger Zeit finanzielle Probleme haben. Eine neue Organisation, die scheinbar aus dem europäischen Osten nach Hamburg gekommen ist, macht Harry W. das Revier streitig. Die Polizei geht daher davon aus, dass Zaster – Harry den Einbruch bei der Hamburger Sparkasse, bei dem die Aufnahmen gemacht wurden, selber verübt hat. Von Harry W. ist zurzeit keine Spur auf dem Kiez zu finden, er scheint sich abgesetzt zu haben.

„Hoffentlich geht es Babette gut!", erklärt Trude, während sie die Tageszeitung zusammenfaltet und zur Seite legt.

„Wie kommst du gerade auf Babette?", will Heini wissen, der schon wieder in der Kneipe sitzt.

„Gestern war Babette hier, du erinnerst dich, sie ist dann, nachdem sie die Zeitung mit dem Bild gesehen hat, verschwunden. Am Abend sucht Hans sie. Nun zähl Eins und Eins zusammen. Ich weiß es ja nicht, aber, könnte doch sein, sie hat den Ring erkannt."

„Wau. Das wäre aber gar nicht so gut für Babette", bemerkt Heini.

Damit ist das Gespräch wieder beendet. Keiner möchte sich zu weit aus dem Fenster legen, es gibt überall einen Zaster – Harry, wenn er dann auch anders heißt!

Hamburgs Innenstadt

HARVESTEHUDE

Die beiden Turteltauben sitzen in Ferdinands Auto.

„Schnuckelchen, war das nicht eine schöne Woche?", haucht Doris ihrem Liebhaber ins Ohr.

„Ich bin heilfroh, dass wir diese Woche für uns hatten. Ich bin immer noch so stolz auf mich", erklärt Herr von Straaten.

„Wie meist du das denn?", will Doris Hagedorn wissen.

„Na ja, immerhin hatte ich die Idee mit dem Gutschein für ein Wellnessurlaub für meine Frau. Sonst wären wie nie zusammen weggekommen!", antwortet Ferdinand, während der Wagen die letzten Meter fährt und bei Doris in der Bachstraße vor dem Haus hält.

„Ich wünsche dir einen schönen Tag, meine Liebste. Nun aber muss ich schnell nach Hause fahren. Die Spuren beseitigen, wenn du verstehst, was ich meine."

Klar, Ferdinand muss seine Reisetasche auspacken und vielleicht das eine oder andere Kleidungsstück in die Schmutzwäsche befördern. Am späten Nachmittag wird er sich dann erneut auf den Weg machen, allerdings mit einer andern Richtung. Er darf endlich seine geliebte Gesine aus Lüneburg abholen und nach Hause kutschieren. Damit hat das Lotterleben ein Ende und die Normalität der Familie von Straaten kehrt wieder ein in Harvestehude.

Auf der Fahrt nach Lüneburg überlegt sich Ferdinand noch, was er denn die letzten Tage gemacht haben könnte. Sicherlich wird seine Gesine ihn danach fragen, Mann sollte vorbereitet sein! Das Hotel ist erreicht, Ferdinand parkt seinen Wagen und begibt sich in die Lobby des Edelhotels. Von Gesine ist nichts zu erkennen. Die junge Rezeptionistin erklärt, nachdem Ferdinand sich nach dem Aufenthalt seiner Gesine erkundigt hat, seine Frau hätte das Hotel bereits am Vortag verlassen. Den Gesichtsausdruck, den Herr von Straaten jetzt hat, kann man hier nicht wiedergeben. Er wirkt erschrocken, erregt, verängstigt, unsicher, überrumpelt und entdeckt zugleich.

„Sie sind ganz sicher, dass Frau Gesine von Straaten gestern bereits ausgecheckt hat?", hakt Ferdinand nach.

„Ja, selbstverständlich. Ihre Frau hat gegen zwölf Uhr das Hotel verlassen."

Ferdinand bedankt sich und verlässt das Hotel.

„Was nun? Warum hat sie das gemacht? Wohin ist sie gefahren? Sie war doch nicht zu Hause?"

Immer mehr Fragen gehen Ferdinand durch den Kopf. Er greift zu seinem Handy und ruft seine eigene Nummer zu Hause in Harvestehude an. Ein Freizeichen, aber es geht keiner an den Apparat. Gesine besitzt kein eigenes Handy, daher kann Ferdinand sie nicht direkt erreichen. Er bleibt eine Weile regungslos in seinem Auto sitzen und macht sich dann erneut auf den Heimweg, nach Harvestehude, ohne seine Gesine. Kurz bevor er zu Hause ankommt, versucht er erneut Gesine an das Telefon zu bekommen, ohne Erfolg, es nimmt noch immer niemand bei den von Straatens ab. Ferdinand parkt sein Auto in der Garage und öffnet die Haustür. Es ist alles unverändert, wie noch vor einigen Stunden, als er die Wohnung verlassen hat.

„Wo ist bloß Gesine? Was ist da passiert?", fragt er sich immer wieder.

Die Fragen bleiben allerdings unbeantwortet und verhallen in der leeren Wohnung. Stundenlang überlegt Ferdinand und ruft einige Freundinnen seiner Frau an, bei der sich Gesine eventuell aufhalten könnte. Jedoch, ohne Ergebnis, keiner hat Gesine gesehen oder gar von ihr gehört. Mit seinem zweiten Handy, seinem geheimen Handy, ruft er seine Freundin Doris an. Sicher, sie wird keinerlei Informationen über seine Frau Gesine haben, dennoch möchte er sich ihr mitteilen, nach dieser Woche. Aber auch Doris geht nicht an ihr Telefon. Nun ist das eine Sache, die Ferdinand von Straaten in keiner Weise beunruhigen muss, dennoch, sein Herzschlag hat sich um einige Frequenzen erhöht. Vergeblich hofft Ferdinand, dass sich bei Doris doch noch ein Anrufbeantworter einschaltet, wie gesagt, vergeblich.

Kurz nach Mitternacht legt sich Herr von Straaten zu Bett, in der Hoffnung, am nächsten Morgen Klarheit zu bekommen. Es wird eine unruhige Nacht, Albträume schrecken den untreuen Ehemann immer auf und er hofft, dass sich keines dieser Bilder am nächsten Tag verwirklicht.

Stadtpanorama

ST. PAULI

Der Klang der Sirenen durchdringt bereits in den frühen Morgenstunden St. Pauli. Viele schlafen um diese Zeit noch, denn auf dem Kiez wird die Nacht zum Tag und der Tag zur Nacht. Horst Krüger und sein „Dicker", wie er liebevoll seinen orangeroten Müllwagen nennt, sind nicht ganz unbeteiligt am Einsatz der vielen Peterwagen. Horsti und seine Kollegen haben, wie an jedem verdammten Morgen auch, in den kleinen Seitenstraßen der Reeperbahn die Müllcontainer und Mülleimer geleert, in ihren

großen Müllwagen. Allerdings machte Horsti heute einen grausamen Fund. Direkt neben dem großen Doppelmüllcontainer in der Talstraße, hinter dem Bordell, lag sie. Sofort hatte Horst erkannt, sie war echt und nicht etwa aus einem Schaufenster entnommen worden. Die Udels der Davids – Wache waren sofort bei ihm und bestätigten seine Befürchtungen. Die Frau war tot! Schnell war klar, wer sie war. Babette, die junge Prostituierte, die im falschen Moment gesungen hatte. Zuerst hatte man der jungen Frau unzählige Zigaretten auf dem Gesicht ausgedrückt. Dann wurde ihr die Zunge herausgeschnitten und, so der Bericht des Polizeiarztes, zuletzt wurde sie mit einer Drahtschlinge erwürgt und einfach auf der Straße entsorgt, wie ein Stück Abfall. Für die Hamburger Polizei ist der Fall klar, Zaster – Harry ist für den Mord an der jungen Nutte verantwortlich. Sie hatte seinen Namen an die Uniformierten weitergegeben, sie hatte auf dem Foto in der Zeitung seinen Ring erkannt. Harry ist flüchtig, aber nun, nachdem er einen Mord begangen hat, wird er auch auf dem Kiez keinen Frieden mehr finden. Die Polizei hofft nur, Harry W. lebend zu finden um ihn seiner gerechten Strafe zuzuführen. Für Babette kommt jede Hilfe und Hoffnung zu spät. Auf St. Pauli ist es gefährlich, etwas zu wissen und darüber zu reden. Hier, wie an keinem anderen Ort der Stadt, ist Schweigen Gold!
Wie ein Lauffeuer hat sich die Nachricht herumgesprochen. Auch in der „Windigen Ecke" ist man geschockt von den Neuigkeiten.

„Sie war noch viel zu jung um ins Gras zu beißen", bemerkt Heini.

„Man ist immer zu jung, um ins Gras zu beißen. Es hat die Falsche erwischt, es hätte lieber diesen Ringträger erwischen sollen", fügt Trude Palm der Aussage ihres Gastes hinzu.

Die Stimmung in der Kneipe ist gedrückt, jeder geht seinen Gedanken nach und die drehen sich in erster Linie um die junge, ermordete Babette. Am Nachmittag erscheint auch wieder der Lieblingspolizist Hans Rückert in der Kneipe.

„Hast du Neuigkeiten?", will Trude gleich wissen.

„Nein. Nicht wirklich", antwortet Hans.

Wortlos stellt die Wirtin eine Tasse Kaffee auf den Tresen und legt einen kleinen Schokoladenkeks dazu, für ihren Gast von der Davids – Wache. Hans bedankt sich mit einem Kopfnicken und trinkt schweigend das heiße Gesöff.

„Wir werden Zaster – Harry finden, da bin ich mir sicher. Der kommt nicht ungeschoren davon. Alle sind auf der Suche nach ihm, hoffentlich macht sich nicht noch jemand die Hände an ihm schmutzig, es ist es nicht wert. Der soll in Santa Fu einfahren, bis er vermodert ist, auf Nimmerwiedersehen", beendet Hans Rückert seine Rede.

„Du bist ja ganz schön sauer, so kenne ich dich ja gar nicht", stellt die Wirtin fest.

„Klar bin ich sauer. Da kommt der Kerl her, macht zuerst seine krummen Geschäfte auf dem Kiez. Später, als ihm die Luft ausgeht, überfällt er einfach eine Sparkasse. Aber damit noch nicht genug, dann bringt er auch noch die Babette um, die ihm nicht gerade wenig Mäuse verschafft hat."

„Ist sie für ihn anschaffen gewesen?", will Heini wissen.

Hans Rückert verdreht die Augen und hebt die Schultern. Er darf nicht darüber reden.

„Hat sie leiden müssen?", fragt Trude.
Wieder antwortet der Polizist schweigend mit einem Kopfnicken.
„Lasst uns bitte ein anderes Thema wählen. Ich bin so schon sauer genug."
Sicherlich fällt Trude Palm etwas ein, über das es sich lohnt zu sprechen. Sei es die Politik, das Wetter oder einfach nur über den letzten Gast, der am Vorabend in ihrer Kneipe war. Plötzlich fällt Trude etwas ein, sie hatte es schon fast vergessen.
„Sag mal, Hans, das Bündel, das Ihr hier vor meiner Kneipe gefunden habt, was ist eigentlich daraus geworden?"
„Wie kommst du gerade jetzt darauf?", will der Uniformierte wissen.
„Es war schon mal ein Mann hier und hat sich danach erkundigt. Ich meine, abgesehen von dir. Da macht man sich halt so seine Gedanken, gerade nach dem, was heute passiert ist", erklärt Trude Palm.
„Ich darf noch nicht darüber sprechen. Aber, ich verspreche es, du wirst die Wahrheit erfahren."
Damit ist der Besuch des Polizisten beendet und er macht sich wieder vom Acker.

Auf der Reeperbahn

HARVESTEHUDE

Ferdinand von Straaten ist fast froh, dass diese Nacht zu Ende ist. Kaum ein Auge hat er zumachen können, dementsprechend gerädert schaut er sich in seinem Rasierspiegel an.

„Ziemlich fertig, Alter! Mit dir würde ich es auch nicht mehr machen."

Die Worte klingen fremd, denn so oft spricht Ferdinand nicht mit sich selbst, schon gar nicht am frühen Morgen und vor der ersten Tasse Kaffee. Herr von Straaten muss sich nun im Klaren sein, wie es weitergehen soll. Seine Frau hat das Hotel am gestrigen Tag verlassen und ist nicht zu Hause angekommen. Ferdinand greift zum Telefonhörer und stellt eine Verbindung zu dem Wellnesshotel in Lüneburg her. Glücklicherweise hat die junge Rezeptionistin des Vortags wieder Dienst am Empfang. Der untreue

Ehemann erkundigt sich genau, wie seine Frau das Hotel verlassen hat.

„Ich muss wissen, ob Sie ihr ein Taxi bestellt haben?", fragt er gezielt nach.

„Nein, Herr von Straaten. Ihre Frau wurde abgeholt", erwidert die Gesprächspartnerin am anderen Ende der Leitung.

„Kannten Sie die Person, die meine Frau mitgenommen hat?", fragt er flehend weiter.

„Selbstverständlich. Der Herr ist auch Gast unseres Hotels gewesen."

„Und? Wie ist sein Name?", kommt die nächste Frage.

„Herr von Straaten, es tut mir Leid, das darf ich Ihnen nicht sagen. Sie werden verstehen, Diskretion ist Ehrensache in einem Hotel wie unserem."
Ferdinand gibt nicht so leicht auf. Er versucht mit Engelszungen auf die junge Frau einzureden.

„Ich bitte Sie, meine Frau ist verschwunden. Ich mache mir Sorgen. Vielleicht ist ihr etwas Schreckliches zugestoßen? Wollen Sie dafür verantwortlich sein?"

„Herr von Straaten, wenn Sie der Meinung sind, es ist etwas Schreckliches passiert, dann sollten Sie die Polizei einschalten. Darf ich Ihnen die Durchwahl der Dienststelle in Lüneburg geben?", kontert die junge Frau am Hotelempfang.

„Nein! Ich brauche keine Telefonnummer. Ich benötige nur den Namen des Kerls, der meine Frau entführt hat. Können Sie das nicht verstehen?", brüllt Ferdinand in den Hörer.

Es knackt in der Leitung und das Gespräch ist unterbrochen, die Rezeptionistin hat aufgelegt. Ferdinand von Straaten kocht vor Wut. Aufgeregt hetzt er durch die Wohnung, immer zwischen Salon und Flur, Flur und Salon hin und her. Seine Finger reiben dabei die Lippen, so als könne er die rettende Idee heraus pressen. Er überlegt, was er als nächstes tun soll. Beherzt greift er erneut zum Telefon und wählt die Nummer der Polizei. Gleich darauf jedoch legt er, ohne auch nur ein Wort gesprochen zu haben, den Hörer wieder auf. Ihm ist eine Idee gekommen. Schnell schlüpft er in seine Sachen und verlässt seine Wohnung in Richtung der nächsten Filiale seiner Bank. Gleich nach dem Betreten der Filiale begrüßen ihn alle Angestellten, die Familie von Straaten ist bekannt. Am Schalter erbittet der aufgeregte Mann seine Kontoauszüge, sicherlich nicht ohne Grund und Angst. Seine Sorge, seine Gesine könnte das Geld abgehoben haben und sich aus dem Staube gemacht haben, bestätigt sich jedoch nicht. Lediglich mit ihrer Eurochequekarte wurde am Geldautomat in Lüneburg eine Verfügung über 400 € getätigt, allerdings ist es schon einige Tage her. Erleichtert verlässt Ferdinand die Bank wieder und geht nun zur Wache der Polizei in Harvestehude.

„Guten Tag, ich möchte eine Vermisstenmeldung machen."
Der Polizist, der ihn begrüßt hat, bittet den Mann, dem seine Ernsthaftigkeit anzusehen ist, in einen hinteren Raum, dort soll er Platz nehmen.

„Wie ist denn bitte Ihr Name?", beginnt er das Gespräch.

Ferdinand ist sehr aufgeregt. Noch nie in seinem Leben hat er eine solche Situation erlebt. Ihm ist schlecht und man kann es seinem Gesicht ansehen, das die normale Farbe längst verlassen hat. Nach vielen kleinen Fragen, die alle scheinbar nur Ruhe in das Gespräch bringen sollen, darf Ferdinand nun endlich von seiner Gesine reden. Er hat sich etwas beruhigt und hört den Erläuterungen des Polizisten still zu.

„Wir werden die Daten Ihrer Frau notieren. Allerdings, eine Suche können wir erst starten, nachdem 48 Stunden verstrichen sind. Immerhin, es gibt nach Ihrer Aussage ja keinen Grund, warum Ihrer Frau etwas Schlimmes zugestoßen sein könnte. Alleine die Tatsache, dass sie in einen Wagen eines Ihnen unbekannten Mannes eingestiegen ist, ist kein Grund für unseren Einsatz. Oder haben Sie eine Meldung eines Erpressers erhalten?", will der Polizist wissen.

Ferdinand verneint. Verstehen kann er aber dennoch nicht. Warum soll er zwei Tage warten?

„Meine Frau würde nicht einfach verschwinden. Es gibt keinen Grund. Ich habe keinerlei Hinweise, warum sie das Hotel allein verlassen hat."

„Herr von Straaten, wir werden mit dem Hotel Kontakt aufnehmen. Dann werden wir weiter sehen. Sie gehen jetzt besser nach Hause. Sollte sich Ihre Frau, oder ein Erpresser bei Ihnen melden, informieren Sie uns bitte sofort. Ich verspreche Ihnen, wenn ich etwas herausgefunden habe, melde ich mich umgehend bei Ihnen."

Mit diesen Worten bittet der Polizist Herrn von Straaten hinaus, aus dem Raum und aus dem Revier. Nach Hause. Als wenn das so einfach wäre?

„Hallo, Doris?", meldet sich Ferdinand am Handy, dass gerade in diesem Moment in seiner Hose vibrierend gemeldet hat.

„Stell dir vor, meine Frau ist nicht nach Hause gekommen. Ich bin gerade auf der Wache gewesen. Ich habe sie als vermisst gemeldet."

Doris scheint Mitgefühl zu haben, oder sie kann gut spielen.

„Wie kann ich dir helfen? Soll ich zu dir kommen?", fragt sie blauäugig.

„Auf keinen Fall. Wie soll das denn gehen? Stell dir vor, meine Frau kommt nach Hause. Oder, stell dir vor, die Polizei meldet sich bei mir."

„Du kannst zu mir kommen, wenn du möchtest. Ich bin da für dich, jederzeit."

Ferdinand verabschiedet sich von Doris Hagedorn und ist unsicher. Hoffentlich hat Doris nichts mit dem Verschwinden seiner Frau zu tun?

Gegen neunzehn Uhr klingelt endlich das Telefon. Der Polizist der Wache in Harvestehude ist am anderen Ende. Was Ferdinand nun zu hören bekommt, verschlägt ihm fast den Atem. Froh ist er nur darüber, dass er die Nachricht im Sitzen entgegengenommen hat. Für den Ermittler scheint die Meldung gar nicht so erschreckend zu sein, er wundert sich sogar noch über Ferdinands Reaktion.

„Was machen sie jetzt?", fragt er nach.

„Ich möchte gerne, dass Sie mir ein aktuelles Foto Ihrer Frau geben. Wir wollen es unter anderem auch nach Lüneburg senden. Da wir ja leider nun keinen Namen haben und auch keine Autonummer, wird es schwer werden, eine Spur Ihrer Frau zu finden. Aber, die Öffentlichkeit hilft bei solchen Dingen immer sehr gut", erklärt der Polizist.

„Meine Frau ist aber kein Ding! Meine Frau ist ein Mensch, ein Mensch der verschwunden ist. Erklären Sie mir bitte, wie kann jemand in einem solchen Hotel absteigen und einen falschen Namen angeben? Muss man sich denn nicht ausweisen?", will er aufgebracht wissen.
Die Erläuterungen, die ihn nun erreichen, sind nicht gerade das, was er hören wollte.

„Es kommt oft genug vor, dass sich Paare unter falschen Namen ein Zimmer mieten um ungestört zu sein. Es wird beim Einchecken der volle Betrag in bar bezahlt und meist sehr großzügig nach oben abgerundet. Da entfällt dann schon mal die Ausweiskontrolle. Außerdem, der Name Ihrer Frau war ja bekannt, Sie hatten doch reserviert, unter Ihrem Namen."

„Sicher. Aber, der Mann, der hat sich doch nicht ausgewiesen. Das hat doch nichts mit meiner Frau zu tun", stellt Ferdinand fest.

„Irrtum, Herr von Straaten. Die beiden haben ein gemeinsames Doppelzimmer bewohnt!"
Nun ist Ferdinand am Ende. Er legt den Hörer auf, ohne auch nur noch ein weiteres Wort mit dem Polizisten zu wechseln. Er ist sich sicher, es geht hier nicht mit rechten Dingen zu. Niemals würde seine Gesine mit einem fremden Mann ein Doppelzimmer bewohnen. Noch dazu, immerhin hatte er selbst doch dieses Einzelzimmer gebucht, für sie. Fassungslos geht er an den Schrank, öffnet ihn und

entnimmt eine Flasche des ältesten Whiskys, der sich findet. Er setzt an, ohne auch nur ein Glas zu benutzen.

In der Speicherstadt

AUF DER UHLENHORST

Der Tag beginnt, wie gemacht für eine Fotoreportage über Hamburg. Die Sonne scheint und wirft ihre Strahlen nicht nur über das Wasser der Außen- und Binnenalster. Blesshühner und Enten tummeln sich am Rande, dort wo einige Zweige der Weiden in das Wasser der Alster reichen. Einige Frühaufsteher, teilweise mit, teilweise ohne Hunde vollziehen ihre ersten Gänge auf den Wegen, die einfach dazu einladen. Einige Radfahrer nutzen den Sandweg, der sich von der Schwanenwik über die Schöne Aussicht bis hin zum alten Fährhaus neben dem Wasserlauf der Alster windet. Auf den Bänken, die sich seitlich an den bepflanzten Knicks befinden, immer mit Blickrichtung zum Wasser, sitzen zu dieser Jahreszeit und natürlich auch um diese Uhrzeit noch keine Spaziergänger. Der eine oder andere Jogger hofft, dass heute Morgen alle Hunde an der dazugehörigen Leine befestigt sind. Auf der letzten Bank, die kurz vor dem Feenteich steht, sitzen dennoch zwei Gestalten, denen anscheinend kalt ist. Eng aneinander gekuschelt versuchen sie sich gegenseitig zu wärmen.

„Lange bleibe ich hier nicht. Zu Hause wartet ein heißer Tee, vielleicht einige Kluntjes dazu, wie wäre das?"

„Nichts, was ich jetzt lieber hätte!"

Die beiden Gestalten erheben sich und begeben sich langsam zur Karlstraße, wo ihr Wagen geparkt steht und wartet.

„Ich glaube, um diese Zeit können wir auch, ohne dass wir Gefahr laufen, entdeckt zu werden, das Haus betreten."

Beide lachen und freuen sich scheinbar, wieder etwas Gutes ausgeheckt zu haben. Die Fahrt nach Hause dauert nicht lange, die Parkallee ist ja nicht weit von der Außenalster und von Uhlenhorst entfernt. Das Auto wird geparkt und man nähert sich vorsichtig dem Hauseingang.

„Scheint alles ruhig zu sein, wir riskieren es. Wenn wir Glück haben, haben wir Glück, wenn nicht, eben nicht!"

Die beiden Frauen betreten das Haus und gehen leise in den ersten Stock hinauf. Die Haustür wird aufgeschlossen und Alma und Gesine betreten die Wohnung.

„Sag mal, wie lange willst du dieses Spiel eigentlich noch aufrecht erhalten?", fragt Alma.

Alma Abendroth, eine Frau Hamburgs, was nicht nur der Name verrät. Sie ist Mitte Fünfzig, gut aussehend und arbeitet seit vielen Jahren als Maskenbildnerin im Ernst-Deutsch-Theater. Sie ist sehr geschickt und hat sich durch ihre Arbeit in Hamburg einen guten Namen gemacht. Alma und Gesine kennen sich schon seit ihrer Kindheit, hatten sich aber einige Jahre aus den Augen verloren. Das soll nun anders werden, darüber sind sich die beiden Frauen einig. Alma Abendroth hat die freigewordene Wohnung im Haus der von Straatens vor einigen Monaten angemietet. Ferdinand hat zugestimmt, warum auch nicht, Alma ist eine sehr integrere Frau mit den besten Referenzen. Ihren Beruf übt sie mit Herz und Seele aus, mit Freude und aus Überzeugung, aber nicht etwa, weil sie Geld benötigen würde, davon hat sie durch ihren verstorbenen Ehemann genügend.

„Na, ich denke, einige Tage sollten wir Ferdinand schon noch schmoren lassen. Er soll sich mal Gedanken machen, vielleicht hört er dann auf, mich zu betrügen! Ich sehe immer noch dieses Froensluüd, nichts weiter als blond. Was denkt sich der Kerl eigentlich?", wettert Gesine und erregt sich dabei richtig.

„Bleib ruhig, mien Deern."

Alma Abendroth hat da so ihre eigene Einstellung zu den Männern. Würde man sie danach fragen, käme eine ganz plausible Erklärung: die Männer haben eben nur einen kleinen Unterschied, der sie so nützlich macht! Die Kraft. Wenn man was wirklich Schweres hat, dann kann man die Kerle gut gebrauchen. Aber sonst? Lat mi an Land!

„Ich kann Ferdinand einfach nicht verstehen. Mann inne Tünn! Was geht in dem sein Kopf bloß vor?"

„Gesine, Gesine. Wo bleibt denn da deine Erziehung? Ferdinand denkt, er is ne Wucht in Tüten, er is ein Kerl wie

ein Schrank, da konnst´ mehrere kleine ausmachen! So sind sie halt, die Kerle."
Die beiden Frauen lamentieren noch den ganzen Tag über Männer und speziell über Ferdinand. Der nur ein Stockwerk tiefer in seiner und Gesines gemeinsamer Wohnung sitzt und wartet. Auf das, was da kommen soll. Entweder auf einen Anruf der Polizei oder auf ein Lebenszeichen seiner Frau.

Eben Hamburg ....

St. Georg

Eine schier endlose Schlange Fahrzeuge quält sich wieder einmal durch die Lange Reihe. Vormittags, alles hetzt in die Stadt und aus der Stadt heraus. Nur in der Danziger Straße genießt man die Ruhe und Gemütlichkeit, die so ein Besuch beim Bab´utz erst richtig zu einem besonderen Ausflug werden lässt. Warum wohl gerade heute, der Salon so gerappelt voll ist und kein Stuhl mehr leer steht, bleibt offen. Die Kundinnen lesen still oder genießen die Tasse Kaffee, die es hier im Salon immer gratis dazu gibt. Die Chefin wirft einen besorgten Blick auf ihre Armbanduhr, immerhin hat sich für heute noch eine Kundin einen Termin geben lassen, es wird knapp. Da erklingt der Gong und die Tür wird auch schon geöffnet.

„Moin", erklingt es lautstark durch den Damensalon.
Alle Anwesenden schauen hoch, Erna lacht und begrüßt ihre Freundin Trude Palm, die schon lange mit dem Schneiden überfällig war, wie man unschwer erkennen kann.

„Wurde aber auch Zeit, ich kann mich schon gar nicht mehr erkennen, wenn ich in den Spiegel schau. Wie geht es dir und deinem neuen Freund?", fragt Trude scherzhaft.

„Ich schneide dir eine Glatze, wenn du noch einmal nach diesem Saukerl fragst. Hast du mich verstanden?", scherzt die Frisöse zurück.

„Kein Platz mehr frei? Macht nichts. Ich geh noch mal um die Ecke, etwas einkaufen. Bin gleich zurück. Brauchst du auch etwas? Kann ich ja mitbringen", erkundigt sich Trude Palm bei ihrer Freundin.

Erna Kahl dankt ihrer Freundin, sie habe alles, daraufhin macht sich die Kneipenwirtin auf den Weg, mal wieder durch die Lange Reihe bummeln. Nur um die Ecke beginnt die Einkaufsstraße, klein aber fein, etwas Besonderes, man würde wohl dazu sagen, sie gehört zur Szene, zur Hamburger Szene. Die Kneipenwirtin von St. Pauli hat eigentlich gar nichts Spezielles auf ihrer Wunschliste, sie wollte einfach die Zeit nutzen, um sich noch etwas umzusehen und sich etwas die Beine zu vertreten. Gleich auf der linken Straßenseite entdeckt sie einen kleinen Bäckerladen, einige Stufen hoch, dort gibt es den besten Butterkuchen, den sie je gegessen hat. Ein Stückchen weiter, lohnt es sich einen Rundgang durch einen Kaffeeladen zu riskieren, hier bekommt man immer alles, auch Kaffee! Nach etwa zwanzig Minuten wechselt Trude die Straßenseite, um dort wieder zurück zu ihrer Freundin in die Danziger Straße zu gehen. An der Fußgängerampel, sie zeigt gerade Rot, muss sie warten und schaut sich eigentlich ohne Ziel in der Gegend um. Zufällig fällt ihr Blick auf einen abgestellten und sehr auffälligen Wagen, dessen Fahrer lässig die Hand mit einer Zigarette aus dem geöffneten Fenster hängen lässt. Während die Ampel umspringt, Trude geht schon einige Schritte auf der Fahrbahn, da schießt es ihr durch den Kopf! Das war er, ganz sicher. Trude Palm ist nicht so modern ausgerüstet, sie besitzt kein Handy, daher geht sie in den nächsten Laden, eine Schlachterei, und bittet dringend um ein Telefon.

„An der Ecke, steht eine Zelle", erwidert der Inhaber kurz.

„Ich will nicht klönen, ich brauch dringend einen Peterwagen. Machen sie, schnell, schnell", erwidert Trude Palm.

Gesagt, getan, der Mann rennt nach hinten und Trude folgt ihm, ohne seine Aufforderung. Gemeinsam warten sie, bis kurze Zeit später ein Schupo die Schlachterei betritt.

„Ich habe ihn erkannt", erklärt Trude aufgeregt.

„Toll. Wen haben sie erkannt?", fragt der Polizist nach.

„Na, Zaster – Harry!"

Jetzt geht es ganz schnell, Trude zeigt dem Schutzmann den geparkten Wagen, der tatsächlich noch immer vor dem Geschäft einige Meter weiter steht. Aus dem Peterwagen steigt ein weiterer Kollege, gemeinsam begeben sie sich zu dem blauen Schlitten und bitten den Fahrer mit vorgehaltener Waffe den Wagen zu verlassen. Zaster – Harry ist so erstaunt, so überrascht worden, dass er sich ohne sich zu wehren, verhaften lässt. Die Polizisten notieren sich noch Trudes Personalien und fahren dann fort, mit Zaster – Harry im Gepäck. Die Kneipen – Wirtin macht sich auf den Weg, zurück zu ihrer Freundin in den Salon.

„Stell dir vor, ich habe eben veranlasst, dass Zaster – Harry verhaftet wird!", erklärt Trude, während sie noch die Salontür in der Hand hat.

Alle Augen sind auf sie gerichtet, bis auf einige, deren Köpfe gerade unter einer Trockenhaube stecken und somit wie taub sind. Erna Kahl hat verstanden, aber nicht begriffen, was ihre Freundin erzählen will.

„Du hast was gemacht?", erkundigt sie sich erstaunt.

Trude versucht nun, den anwesenden Damen alle Einzelheiten über Zaster – Harry zu vermitteln. Nicht jeder in Hamburg liest diese Zeitung mit den vier großen Buchstaben, stellt Trude für sich fest. Langsam haben auch die allerletzten Kundinnen verstanden, was da eben in der Langen Reihe passiert ist.

„Dich kann man aber auch nicht einen Moment alleine lassen, noch dazu wenn du nicht auf St. Pauli bist", stichelt Erna Kahl.

„Ob es eine Belohnung für die Ergreifung dieses Kohle – Harry gibt?", fragt eine ältere Kundin, der die junge Angestellte die Haare wunschgemäß, wenn es auch nicht mehr modern ist, onduliert.

„Der Typ heißt Zaster – Harry, nicht Kohle – Harry, von einer Belohnung weiß ich nichts. Aber die Schupos haben sich ja meinen Namen und meine Adresse notiert. Wird schon so seinen Gang gehen", erklärt Trude stolz.
Eigentlich will die Wirtin jetzt nur noch zurück nach St. Pauli, aber, zuerst legt Erna Kahl noch Hand und Schere an sie.

„Wenn du jetzt in der Presse zu sehen bist, musst du schließlich gut aussehen. Vielleicht kannst du so ganz nebenbei erwähnen, dass du ja eigentlich zu mir in den Salon wolltest!", schlägt Erna vor.

„Werbung ist schließlich das halbe Leben, noch dazu, wenn gratis."

Schiffe am Anleger im Hafen

St. Pauli

Am Nachmittag gegen vier Uhr ist die „Windige Ecke" wieder geöffnet. Bisher hat Trude Palm sich nicht so sehr darum gekümmert, ob nun gleich ein Gast die Kneipe betritt oder nicht. Heute ist das ganz anders. Sie will endlich berichten, was sie erlebt hat und was sie bewegt hat. Gedanken über ein eventuelles Risiko hat sich die Wirtin dabei nicht gemacht, immerhin, Schweigen ist Gold!

„Moin, moin!"

Hein Jensen betritt die Kneipe, wortkarg und durstig, wie immer. Zuerst ein Bier, später ein belegtes Rundstück, meist mit Käse, manchmal aber auch mit Sülze. Trude platzt vor Neugierde, sie will wissen, was Heini für ein Gesicht machen wird, wenn er von dem Einsatz seiner Kneipen-Wirtin erfährt. Bevor Trude allerdings dazu kommt, mit ihrer Geschichte zu beginnen, erscheinen zwei Uniformierte in der Kneipe.

„Frau Trude Palm?", fragt der einer der beiden Udels.

Strahlend bestätigt die gespannte Frau, sie kann sich denken, warum die Polizisten bei ihr sind.

„Sie haben heute Vormittag einen Verdächtigen gemeldet, die Kollegen haben ihn ja dann sichergestellt. Das waren Sie doch?", will er nun wissen.

Heini ist aufmerksam geworden und hat sogar sein Bierglas aus der Hand gestellt.

„Ja, ich habe Zaster –Harry erkannt und ihre Kollegen angerufen. Ja, ich war das."

In Trudes Augen kann man ganz deutlich ein Strahlen erkennen.

„Wir wollten ihnen nur mitteilen, dass es sich bei dem vorläufig festgenommenen Mann nicht um den gesuchten Zaster –Harry handelt."

Plötzlich ist es ganz still in der „Windigen Ecke". Heini schaut verunsichert auf sein Bierglas, Trude Palm wird abwechselt rot und weiß im Gesicht, die Polizisten warten ab, sie wollen die Reaktion der Wirtin auf sich wirken lassen.

„Wie? Nicht Zaster –Harry?", fragt Trude erstaunt.

„Der Mann, den sie heute in dem geparkten Wagen gesehen haben, war ein uns bekannter Mann aus dem Milieu, aber nicht Zaster –Harry. Wir wollten ihnen das nur mitteilen."

„Was bedeutet denn das jetzt?", hinterfragt Trude verunsichert.

„Ganz einfach, wir suchen weiter nach Zaster –Harry. Der andere Mann ist wieder frei, er hat lediglich ein Strafmandat wegen falschen Parkens bekommen!", erklärt der Schupo grinsend.

Damit sind die beiden Beamten wieder verschwunden und Trude bleibt mit offenem Mund stehen und versteht die Welt nicht mehr. Heini schaut immer noch, so als hätte er gerade von all dem nichts mitbekommen, auf sein Bierglas, das zwischenzeitlich ausgetrunken ist.

„Willst noch ein Bier?", fragt die Wirtin, so als wäre wirklich gar nichts passiert.

„Hoffentlich erfährt Zaster –Harry nichts von deiner Aktion."

Das war Heini, ohne auch nur den Blick vom Tresen zu lösen. Trude Palm hatte auch schon diese Gedanken, nicht zuletzt deshalb ist ihr auch die Farbe aus dem Gesicht verloren gegangen.

„Woher soll der das denn erfahren? Steht ja schließlich nicht in der Zeitung. Und in den Nachrichten werden sie es auch nicht bringen."

„Nee, das nicht. Aber, der Kerl, den sie da haben Hops genommen, der kennt Zaster –Harry bestimmt. Der Bulle hat doch gesagt, stammt aus dem Milieu. Die kennen sich doch alle untereinander."

„Mal bloß nicht den Düvel an die Wand", kontert Trude ängstlich.

„Vielleicht sollte ich mal mit Hans sprechen. Der kennt sich doch aus und der weiß sicherlich auch, wen ich da heute in der Langen Reihe gesehen habe!"
Nach einem Anruf auf der Wache erklärt die Wirtin ihrem Gast, der immer noch der einzige in der Kneipe ist, Hans habe erst Spätschicht, er würde sich bei ihr telefonisch melden. Es heißt also abwarten. Glücklicherweise betreten etwa fünfzehn Gäste, alles fremdländische Urlauber, die Schenke und Trude ist nicht nur abgelenkt sondern auch beschäftigt. So vergisst sie es für einige Momente, an den Vormittag zu denken und auch, sich Sorgen um ihre Kneipe und um ihr Leben zu machen.

Große Hafenrundfahrt

HARVESTEHUDE

Wahrheitsgemäß würde Herr von Straaten sicherlich nicht antworten, würde er sagen, dass ihm das Schicksal seiner Gesine egal wäre. Nach mehr als fünfundzwanzig Jahren Ehe vermisst man seinen Partner, egal ob es da noch die große Liebe mit Schmetterlingen im Bauch ist, oder nicht. Vergangene Nacht haben wirre Träume Einzug bei Ferdinand im Ehebett gehalten, da waren Bilder von einem schweren Autounfall, der Wagen lag ausgebrannt in einem halb mit Wasser gefüllten Graben. Schweißgebadet erwachte Ferdinand, aber nur, um in der nächsten Stunde in den nächsten Albtraum, seine Frau baumelte am Kronleuchter im Esszimmer, abzutauchen. So ging es die ganze Nacht, Angst ist ein genauso schlechtes Ruhekisten, wie ein schlechtes Gewissen. Blubbern dringt aus der

Küche, die vollautomatische Kaffeemaschine beginnt jeden Morgen, ohne eine separate Aufforderung erhalten zu haben, zur gleichen Zeit Wasser mit etwa 4 Bar durch gerade vorher frisch gemahlenes Kaffeepulver zu pressen. Das Geräusch reißt Ferdinand von Straaten aus dem so dringend benötigten Schlaf, in den er erst gegen Morgen gesunken war. Fast gleichzeitig klingelt es an der Haustür. Der verwirrte Mann schreckt hoch und setzt sich aufrecht in sein Bett. Das Klingeln wird rücksichtsloser, wird energischer. Fast stolpert Ferdinand über seine am Abend achtlos stehen gelassenen Hauspantoffel, ein Geschenk seiner geliebten Gesine. Mit der rechten Hand entnimmt Ferdinand das Telefon der Hausgegensprechanlage, mit der linken versucht er die Hose seines Schlafanzuges in eine angemessene Position zu ziehen, was ihm nicht wirklich mit einer Hand gelingt.

„Wer ist da?", fragt Herr von Straaten noch sehr verschlafen.

Die Antwort lässt ihn sofort und auf der Stelle wach werden, die Polizei erbittet Einlass. Ferdinand drückt auf den Summer und die Haustür im Foyer öffnet sich. Stimmen dringen an sein Ohr, dann erkennt er einen der beiden auf ihn zu kommenden Männer, es ist der Kommissar, mit dem er bereits wegen des Verschwindens seiner Gesine gesprochen hat.

„Haben Sie meine Frau gefunden?", eröffnet Ferdinand das Gespräch.

„Dürfen wir?", erkling die Antwort.

Wobei, eigentlich ist es keine Frage gewesen, denn der Beamte schiebt Ferdinand zur Seite und die beiden Ermittler betreten die Wohnung der von Straatens.

„Wir möchten Sie bitten, sich etwas Angemessenes anzuziehen und uns danach auf die Wache zu begleiten."

„Was ist mit meiner Frau? Haben Sie Gesine gefunden? Ist ihr etwas zugestoßen?"

Ferdinand hat sich auf eine Bank im Flur gesetzt, sie steht gleich neben dem Telefon, extra für Gesine, weil sie doch so gerne lange Gespräche führt, aber nicht im Stehen. In seinem Kopf kreisen die Träume der letzten Nacht, gleichzeitig erkennt er an den Gesichtern der beiden Polizisten, es scheint etwas wirklich Ernstes passiert zu sein.

„Nun sagen Sie schon, was ist passiert?", versucht es Herr von Straaten erneut.

„Wir verhaften Sie, wegen des Verdachts, der vermutlichen Entführung und an dem Verschwinden Ihrer Frau beteiligt zu sein!"

Fast hätte sich Ferdinand in die Hose gemacht, er hat sich so sehr erschrocken und der erste Gang nach dem Aufstehen an das bestimmte Örtchen musste ja aufgrund des plötzlich geforderten Eindringens der Polizisten ausbleiben. Jetzt gibt es kein Halten mehr, Ferdinand schüttelt sich kurz und begibt sich umgehend in seine privaten Gemächer, das Badezimmer befindet sich hinter dem Schlafgemach, durch eine frei schwingende Glastür getrennt. Die Beamten der Kripo Hamburg warten bis der Verdächtige nach etwa zwanzig Minuten standesgemäß gekleidet, frisch geduscht und rasiert im Flur erscheint.

„Nehmen Sie Ihre Papiere, also Ausweis und Fahrzeugpapiere mit, wir benötigen sie. Außerdem hätte ich

gerne Ihren Fahrzeugschlüssel. Wo steht der Wagen?", erkundigt sich der Ermittler.
Ferdinand kann gar nicht antworten, er ist fassungslos und versteht die ganze Geschichte einfach nicht. Warum nehmen ihn die Polizisten fest? Warum muss er mit aufs Präsidium? Was in aller Welt wollen die Bullen mit seinem Auto? Wozu die Papiere? Ferdinand von Straaten kann nur noch mit dem Kopf schütteln und folgen. Die Gesetzeshüter geleiten Ferdinand in einen zivilen Einsatzwagen und ab geht die Fahrt, dessen Ziel für ihn noch so unklar ist.
Alma Abendroth steht am Fenster ihrer Wohnung und sieht gerade noch, wie ein Wagen, der vor dem Haus geparkt hatte, abfährt. Sie ist sich nicht sicher, aber sie meint, in ihm Ferdinand von Straaten erkannt zu haben.

„Gesine, dein Mann ist eben mit zwei Typen weggefahren. In einem dunklen BMW, nicht in eurem Wagen. Kennst du die Männer?", erkundigt sie sich bei ihrer Freundin.

„Nein. Wir haben keine Freunde, die einen dunklen BMW fahren. Zwei Männer, sagst du?"

„Ganz genau. Die Typen sahen so offiziell aus. Irgendwie komisch. Ich habe so ein ungutes Gefühl, dass ich nicht erklären kann."
Gesine beruhigt ihre Freundin, es sind sicherlich Freunde vom Treudelberg, die wollen sicherlich einen Tag zusammen in der Sauna verbringen, ist ihre plausible Erklärung. Danach machen sie sie beiden Frauen keine weiteren Gedanken über das nach Almas Meinung mysteriöse Abholmanöver des Herrn von Straaten.

Rickmer Rickmers am Kai

BERGSTEDT

Wochenende. Nicht nur auf St. Pauli und am Hafen, nein auch in den Randgebieten Hamburgs machen sich unzählige Menschen auf den Weg in die Natur. Wer sowieso draußen wohnt, mitten im Grünen, der geht zu Fuß, die anderen, lassen sich fahren, mit U-Bahn oder Bus, oder sie fahren selbst, mit dem Auto, dem Motorrad oder eben mit dem Fahrrad. Je besser das Wetter ist, je mehr Individuen entdeckt man mit der letzten genannten Klasse, dem Fahrrad. Vermutlich ist es nicht nur in Hamburg so, sondern überall in Deutschland. Dennoch, Hamburg hat besonders viele grüne Zonen, in die man flüchten kann, um sich vom Alltagsstress zu erholen. Da gibt es nicht nur den Hafen und die Alster, da sind auch der Volksdorfer Wald, die langen Wege an der Elbe, da ist das Raak – Moor in Langenhorn, das Niendorfer Gehege, der Stadtpark in Winterhude, der Hautfriedhof in Ohlsdorf, der Volkspark in Altona, der Hirschpark in Nienstedten, den Jenischpark in Othmarschen, den Öjendorfer Park, den Naturschutzpark Boberger Düne, den Stadtpark an der Außenmühle in Harburg und das Rodenbeker Quellental, um nur einige zu nennen.

Mehrere Fahrzeuge haben sich schon nebeneinander gesellt, sie wurden von ihren Besitzern verlassen und warten nun, was bleibt einem Auto denn sonst schon anderes übrig? Nur wenige Meter weiter genießen zwei Verliebte die Sonnenstrahlen, die sich durch die Kronen der noch unbelaubten Bäume quälen. Arm in Arm folgen sie dem Wanderweg, vorbei an dem kleinen Teich, auf dem ein Schwanenpaar auf einige Brotkrumen wartend schwimmt. Ziellos durchstreifen die beiden den Wald, bis sie plötzlich stehen bleiben um sich innig zu umarmen. Sie machen es, weil sie kein eigenes Zuhause haben, weil sie noch zu jung für ein eigenes Zuhause sind. Nach geraumer Zeit lösen sich die beiden Menschen wieder voneinander und gehen weiter, sie schauen sich nicht um, weder beachten sie andere Vorbeigehende, noch beachten sie das, was seitlich des Weges in dem Dickicht liegt. Sie sind eben nur verliebt ineinander. Einige Meter weiter, sie nähern sich langsam dem Rodenbekredder, verspürt Jan, so heißt der verliebte junge Mann, das Bedürfnis, sich den nächstgelegenen Baum etwas näher anzusehen.

„De Boom brukt Water!", erkennt Jan und greift sich schnell aber diskret an den Reißverschluss seiner Hose. Jenny, seine Freundin, steht Schmiere, während Jan sich erlöst und der Baum als Schutz dient.

„Mach zu, da kommen Leute! Beeil dich."

Aber, was soll Mann machen, schneller geht eben nicht? Deshalb, und auch, weil ein plötzliches Aufhören nun mal nicht möglich ist, bleibt Jan nur noch ein Ausweg, er muss einige Meter weiter ins Unterholz flüchten, langsam allerdings. So wird also nicht nur Jenny Zeuge, sondern auch die vier Erwachsenen mit den zwei Kindern und dem altdeutschen Schäferhund. Später, wenn man sie danach fragen wird, wie es eigentlich passierte, werden sie antworten: wir haben nur diesen entsetzlichen Schrei gehört! Ja, genauso war es, ein herzzerreißender Schrei aus dem Wald, mitten in Bergstedt, eine sonst eher friedliche Gegend, in der sich Einzelhäuser neben Eigentumswohnungen und Villen aneinanderreihen, umgeben von Bäumen und Sträuchern. Jenny hat Angst, sie ruft nach ihrem Freund, der vor lauter Schreck vergessen hat, womit er da am Baum gerade beschäftigt war. Das Ergebnis kann man nun auf seiner Hose deutlich und feucht erkennen. Gedanken macht sich Jan nicht dar-über, er will nur schnell weg von hier. Den Grund für den Schrei, den alle hörten, verursachte Jan selbst. Zu schnell wollte er den Reißverschluss hochziehen, hatte dabei ganz vergessen, die Kleinigkeit zuerst richtig zu verstauen. Jenny ahnt davon nichts, die anderen Waldspaziergänger auch nicht, denn sie stehen jetzt neben Jenny und warten, was wohl nun passiert. Die Jungverliebte hat schon ihr Handy in der Hand um den erforderlichen Notruf abzusenden. Erst jetzt humpelt Jan aus dem Wald. Beide Hände hält er, wie alle Fußballspieler es vor einem Freistoß im Strafraum machen, vor den noch immer geöffneten Hosenschlitz, der nur teilweise zu erkennen ist. Zwischen seinen Fingern rinnt Blut heraus und tropft auf den moosigen Waldboden hinab. Jans Gesicht ist schmerzverzerrt, die Augen sind weit geöffnet und seine Schreie sind verstummt, dafür dringt ein Jammern an die Ohren der Umherstehenden. Jenny ist wie vom Blitz erschlagen, sie steht völlig erstarrt am Rande des Weges und blickt auf ihren Jan. Scheinbar vergehen Minuten, dennoch wird sich der junge Verletzte später an jede Sekunde erinnern.

„Jan!", erklingt ein neuer Schrei.

Jenny hat das Bewusstsein wiedererlangt, noch immer umfasst sie ihr Telefon, als würde ihre ganze Existenz davon abhängen. Der Mann der fremden Familie, die rein zufällig Zeuge des Geschehens geworden ist, bietet dem Opfer seine Hilfe an. Vielleicht denkt er, er als Mann wäre dazu der einzig prädestinierte der Anwesenden. Jan lehnt kopfschüttelnd aber schweigend seine Hilfe ab, er will nur noch fort von diesem grausigen Ort.

„Jan, was ist geschehen?", erkundigt sich nun Jenny bei ihrem Freund.

Die Antwort wird durch Sirenengeheul unterbrochen, dem eintreffenden Peterwagen entspringen zwei uniformierte Gestalten, die sich nach allen Seiten umsehend absichern.

„Was ist passiert?", fragt der größere der beiden Männer.

Jenny deutet mit der Hand auf die Körpermitte ihres Freundes. Noch immer tropft langsam Blut auf den Waldboden.

„Ruf doch mal die Rettung an, sollen sich beeilen. Der wird schreckliche Schmerzen haben."

Der Polizist scheint sich vorzustellen zu können, wie stark die Schmerzen sind, man kann es gerade an seinem Gesicht ablesen. Seine linke Gesichtshälfte ist leicht hochgezogen, die Augen sind zusammengekniffen und die Unterlippe wird zwischen den Schneidezähnen hin- und her bewegt. Der Anruf nach dem Rettungswagen ist per Funk erledigt, alleine dadurch entspannt sich die Lage am Waldesrand, eine typische Erscheinung, kaum ist die Hilfe eingetroffen, sind alle Beteiligten weniger ängstlich und weniger verletzt! Alle Augen sind auf Jan gerichtet, besser gesagt, alle Augen sind auf Jans Hosenschlitz gerichtet. Bis auf wenige Meter hat sich der Verunfallte an die umherstehenden Unbeteiligten herangetraut. Blass blickt er in die Runde und findet endlich seine Sprache wieder.

„Ich habe mich so erschrocken. Ich habe noch nie zuvor eine ...!", damit unterbricht er seine Erläuterungen und deutet mit der linken, blutverschmierten Hand in Richtung in den Wald.

„Weg, ich wollte einfach nur weg", fährt er fort.

Der Dienstälteste erkundigt sich, wie es denn zu der peinlichen Verletzung kommen konnte, immerhin befinden sich alle mitten im friedlichen Wald von Bergstedt.

„Herr Wachtmeister, ich musste mal austreten. Wir sind schon eine ganze Weile unterwegs, die Blase hat sich gemeldet. Es hat wohl noch keinem Baum geschadet, ich bin bestimmt nicht der erste Hamburger, der sich an einem Baum erleichtert, oder?"

„Was geschah dann? Schließlich kann man sich dabei nicht verletzten, oder hart sich der Baum gewährt?", frotzelt der Uniformierte.

„Wer den Schaden hat, so ist es eben. Nein, der Baum nicht. Ich selber habe mich verletzt. Ich war so erschrocken, als ich sie sah, da wollte ich den kleinen Mann schnell wieder an seinen Platz bringen und habe den Reißverschluss zu schnell hochgezogen. Da war es auch schon passiert."

Jan scheint es wieder besser zu gehen, er hat seine normale Gesichtsfarbe wieder gefunden und lächelt auch schon ein wenig.

„Aber warum wollten Sie so schnell fort? Scheinbar waren Sie doch mit Ihrer eigentlichen Mission noch nicht fertig geworden?", dabei blickt der Polizist an den Beinen seines Gegenüber hinunter, an denen die deutlichen Spuren des plötzlichen Abbruchs klar zu erkennen sind.

„Ich sagte doch schon, ich habe mich so sehr erschrocken, als ich sie sah. Sie liegt dort hinten!"

Ohne auch nur zu antworten entfernen sich die beiden Staatsdiener in Richtung Wald, zwischenzeitlich ertönt eine neue Sirene, der Unfallwagen nähert sich dem Schauplatz des angeblichen Deliktes. Jan ist froh nun seine „German Kleinigkeit" versorgt zu wissen und steigt hinten in den Notarztwagen ein, in dem er nun ärztlich versorgt wird. Die beiden Ordnungshüter bleiben noch im Dickicht des Waldes verschwunden. Jenny steht am Rotweißen und sorgt sich um ihre Zukunft, die eigentlich nicht kinderlos verlaufen sollte.

„Schau, die Bullen kommen wieder", erklärt Jan, während einer der Ersthelfer immer noch an ihm herumdoktert.

„Wir werden später ihre Fingerabdrücke und eine Speichelprobe von Ihnen nehmen. Sehen Sie erst einmal zu, dass Sie ihren Eumel wieder in Form bringen."

„Warum wollen Sie meine Fingerabdrücke? Ich habe sie doch gar nicht berührt, ich kenne diese Frau gar nicht!", erwidert Jan erbost.

„Das ist üblich, sie haben aber als letzter Kontakt zu ihr gehabt, immerhin stellt sich uns die Situation so dar", erklärt der Polizist.

„Ich kann das überhaupt nicht verstehen. Was ist denn hier los?", fragt nun Jans Freundin Jenny.

„Im Wald, direkt neben dem Baum, wo ich, also, da liegt eine Leiche!"

Jetzt sind alle Anwesenden, die Familie mit dem altdeutschen Schäferhund wartet auch noch immer neugierig, aufgeschreckt und noch neugieriger geworden.

„Wir nehmen jetzt von allen Beteiligten die Personalien und dann sollten Sie besser den Tatort verlassen. Hier wird es gleich ziemlich ungemütlich, wenn erst die Massen an Kripo und Spurensicherung antreten. Bei so einer Tat wird sicherlich auch noch die Staatsanwaltschaft erscheinen, mal sehen ob der Schlächter heute Dienst tut!", erklärt der Uniformierte mit ernster Miene.

Jan hat zwischenzeitlich den Notarztwagen wieder verlassen und wartet neben seiner Freundin Jenny auf den weiteren Verlauf des Geschehens. Immer wieder schüttelt er sich, im unteren Bereich, so als könne er den wohl noch vorhandenen Scherz abschütteln, wie einen letzten Tropfen.

„Warum wollen die denn eine Speichelprobe von dir? Wir haben doch damit nichts zu tun", bemerkt Jenny ängstlich.

Jan legt seine Arme zärtlich um Jennys Körper, ganz vorsichtig, denn scheinbar bereitet ihm ein Körperteil noch immer Schmerzen.

„Wie geht es denn jetzt weiter?", erkundigt sich Jan bei dem Gesetzeshüter.

Mit aufgeblähter Brust erklärt der sich so wichtig fühlende Beamte Jan nun, er solle noch bis zum Abtransport der Leiche am Tatort verweilen. Jenny kann sich gar nicht beruhigen, sie läuft aufgeregt zwischen Rettungswagen und Peterwagen hin und her. Fast gleichzeitig, Jenny beginnt leise zu weinen, nähert sich ein weiteres Fahrzeug der Hamburger Polizei, eine grüne Minna. Der Fahrer, der im Fahrzeug sitzen bleibt, winkt seinen Kollegen freundschaftlich zu, der Beifahrer steigt aus. Langsam schreitet er um das Einsatzfahrzeug herum, geht zum Heck und öffnet die hintere Klappe des VWs. Ihm entnimmt er eine große Plastiktüte, Arbeitshandschuhe und einen Fotoapparat, eine Sofortbildkamera. Alle Augen sind nun auf ihn gerichtet. Mit wiegenden Schritten, scheinbar ist auch er sehr erregt und hat noch nicht so oft in seinem Job Kontakt zu Leichen gepflegt, nähert er sich dem Tatort. Jan versucht zu folgen, das wird allerdings sofort von den Polizisten vereitelt, niemand soll schließlich noch weitere Spuren vernichten.

„Kommt mal einer von euch mit, ich schaffe das nicht alleine", keine Bitte, sondern mehr eine Art Befehl erklingt

und sofort macht sich einer der beiden Kollegen auf den Weg um zu helfen.
Gemeinsam verschwinden sie im Wald. Minuten verstreichen, die Spannung wächst und die Ungeduld hat nun auch von den neu dazu gestoßenen Hamburgern Besitz ergriffen. Klar, Einsatzwagen, Rettungswagen, Martinshorn und aufgeregte Polizisten erregen Aufsehen, noch dazu an einem Sonntag in Bergstedt, wo sowieso nie etwas los ist. Geräusche, Gemurmel dringt an die Ohren der Wartenden. Endlich erkennt man, wie die beiden soeben im Wald verschwundenen Polizisten mit einer Art Plastiksack, in Fachkreisen auch „Kadaverbag" genannt, aus dem Wald zurückkommen. Scheinbar ist der graue Sack sehr schwer, denn die Polizisten haben Mühe, ihn aus dem Unterholz zu transportieren.

„Wie legen ihn hier ab, gleich am Wegesrand", erklärt einer der beiden.

„Jan, Sie kommen jetzt und werden die Tote noch einmal ansehen. Vielleicht kennen sie die Frau, wäre doch möglich!"

Jan klammert sich an seine Freundin Jenny, er ist überhaupt nicht von der Idee der Polizisten begeistert. Immerhin, einmal hatte er doch schon, wenn auch nur kurz, einen Blick auf die Haare und das T-Shirt der Toten werfen müssen.

„Nun kommen Sie schon! Das geht nun mal nicht anders. Das ist so üblich. Stellen Sie sich nicht so an, Sie tun ja gerade so, als hätten Sie noch nie eine tote Frau gesehen!"

Jan und Jenny sind fassungslos, die Umstehenden beginnen zu diskutieren. Man hört Wort- und Satzfetzen wie, „im Tatort machen die das immer anders", oder „das ist ja wie bei Schimanski". Eine Frau erklärt, man solle lieber etwas weiter weggehen, Tote riechen doch so komisch. Nun ist es soweit. Der Polizist hat Jan direkt neben den Sack, in dem sich die aufgefundene Frauenleiche befindet, geschoben und der andere der beiden öffnet nun den Reißverschluss an dem Leichensack. Langsam hört man das knirschende Geräusch, das Jan nicht zuletzt an seine Verletzung erinnert. Vorsichtig klappt der Beamte die Öffnung auseinander und dunkle Haare kommen zum Vorschein.

„Möchten Sie auch mal einen Blick auf die Tote werfen?", fragt der Polizist Jenny, die sich noch nicht von der Stelle bewegt hat.

Dann passiert das, was keiner der Anwesenden erwartet hat und auch absolut nicht verstehen kann. Jan beginnt laut zu lachen. Unverständnis ist den restlichen Anwesenden ins Gesicht geschrieben.

„Jetzt verstehe ich gar nichts mehr. Jan! Was ist los?", fragt Jenny besorgt.

„Was für ein Auftritt! Ich glaub es nicht. Die Polizei, dein Freund und Helfer!", erklärt Jan, der sich seine Weichteile hält, dass das Lachen seinen gesamten Körper erschüttert und es ihm Schmerzen bereitet. Jenny nähert sich vorsichtig dem Leichensack am Boden und wirft einen vorsichtigen Blick in das Innere. Was sie sieht, kann auch sie nicht glauben. Im Leichensack liegt eine Schaufensterpuppe.

HARVESTEHUDE

Die Fahrt bis auf die Wache des zuständigen Reviers dauert zwar nur wenige Minuten, dennoch empfindet Ferdinand von Straaten die Fahrt als endlose Odyssee. Tausend Gedanken kreisen durch sein Männerhirn, immer wieder fragt er sich, warum sie ihn wohl verhaftet haben, es macht doch so gar keinen Sinn. Die Polizei sollte ihm helfen, schließlich ist seine Frau verschwunden, stattdessen holen sie ihn ab, wie einen Schwerverbrecher. Die Beamten der Hamburger Polizei führen Ferdinand, glücklicherweise nicht an Handschellen, auf die Wache und in ein kleines Büro, das nur eine kleine Tür, aber kein Fenster besitzt.

„Herr von Straaten, Sie wissen sicherlich, warum wir Sie zu uns gebracht haben?", beginnt das Verhör.
Endlich hat Ferdinand Gelegenheit, sich Luft zu verschaffen, dabei vergisst er jedoch nicht, dass er von hohem Stand ist, ein Adeliger sozusagen.

„Ganz einfach", erwidert der Polizist, „Sie sind gesehen worden, am Tag, als Ihre Frau verschwand. Wir gehen daher davon aus, dass Sie selbst an der Entführung Ihrer Frau Gemahlin beteiligt sind, oder sie sogar ganz alleine entführt haben. Was sagen sie dazu?"

„Man hat mich gesehen? Wo und wann?", will darauf Herr von Straaten wissen.

„Am Hotel in Lüneburg. Damit haben Sie wohl nicht gerechnet, was?", zetert der Polizist.

„Das ist aber interessant."

Nach einer rhetorischen Pause, Ferdinand beobachten die Polizisten sehr genau, er fühlt sich jetzt schon viel besser, spricht er weiter:

„Klar war ich am Hotel in Lüneburg, schließlich war ich mit Gesine verabredet und ich wollte meine Frau abholen und mit ihr nach Hause fahren. Das geht bekanntlich nur, wenn man auch körperlich anwesend ist. Oder können Sie so etwas, ohne gesehen zu werden?", gibt Ferdinand bissig von sich.

Die Augen der beiden anwesenden Beamten schauen fragend zu dem Verdächtigen. Scheinbar sind sie gar nicht auf die Idee gekommen, dass Ferdinand seine Angetraute vom Hotel abholen wollte. Grund war sicherlich, dass es sich bei dem Informanten um einen ganz zuverlässigen Kandidaten gehandelt haben muss.

„Sie geben also tatsächlich zu, an diesem besagten Tag, ich meine, als Ihre Frau verschwand, am Hotel gewesen zu sein?", hakt der Polizist nach.

„Ich kann mich nur wiederholen. Ja, ich bin am Hotel gewesen. Ich war sogar im Hotel, an der Rezeption und habe mit der jungen Schönheit gesprochen. Sie hat mir immerhin erklärt, denn bis zu diesem Zeitpunkt wusste ich davon noch nichts, dass meine Gesine bereits am Vortag abgereist war. Darf ich jetzt gehen?"

Die Ermittler der Hamburger Polizei müssen wohl ihren Fehler einsehen und sich bei Ferdinand von Straaten entschuldigen, obwohl es sichtlich schwer fällt. Als kleine Entschädigung, diese Aussage ist auch schon wieder eine Frechheit, wollen sie den soeben rehabilitierten Herrn von Straaten nach Hause zurückfahren. Eine Selbstverständlichkeit, brummt Ferdinand, allerdings gerade so laut, dass es die beiden Drönbacken hören können.

Noch nie war Ferdinand so froh, wieder zu Hause zu sein. Eines ist ihm heute klar geworden, Gesine fehlt ihm mehr, als er wahr haben wollte.

„Ich verspreche bei meinem Leben, wenn Gesine wieder heil zu Hause ankommt, werde ich sofort meine Liaison mit Doris beenden und für den Rest meines Lebens treu sein", erklärt Ferdinand seinem Spiegelbild im Flur. Immerhin, der uralte Spiegel, ein Erbstück seiner Großtante Charlotte, ist Zeuge, das bedeutet dem Ehemann sehr viel. Langsam begibt Ferdinand sich in sein Ankleidezimmer, um den vermieften Zwirn, er hat ganz sicher den Rök der Wache und der verstaubten Beamten angekommen, auszuziehen und sich frisch zu machen. Allerdings bleibt der Mann ganz plötzlich in der Schwelle der Schlafzimmertür stehen. Wieso liegen hier Kleidungsstücke auf dem Bett? Noch dazu von Gesine? Ferdinand versteht es nicht sofort, aber dann.

„Gesine? Gesine?", ruft er fragend und ziemlich laut durch die Wohnung.

„Wo bist du denn mein Schatz? Bist du wieder zu Hause? Antworte doch!"
Herr von Straaten geht in jedes Zimmer um seine geliebte Gesine zu finden. Dann, hinter der Tür des Esszimmers hat er etwas gesehen, was wie ein Schatten aussieht. Richtig, es bewegt sich, es muss Gesine sein. Langsam geht er zur Tür, schließt sie und schaut vorsichtig dahinter. Er schaut in die Augen seiner Frau Gesine.

„Wo kommst du her? Wo bist du gewesen? Geht es dir gut?", tausend Fragen sprudeln aus ihm heraus.

„Du weißt doch, wo ich war. In Lüneburg", antwortet Frau von Staaten kleinlaut.

„Ich koche uns zuerst einen Tee, vielleicht einen Assam? Dann reden wir, ganz in Ruhe und ich bin so froh, dass du endlich wieder hier bist. Ach, ich muss die Polizei anrufen", erklärt Ferdinand, er ist ganz durcheinander.

Nun wundert sich die soeben zurückgekehrte Frau, wieso Polizei? Ferdinand erklärt seiner geliebten Gesine, dass er sie als vermisst gemeldet hat und die Hamburger und die Lüneburger Polizei nach ihr sucht. Das hat Gesine nun aber einen gewaltigen Schrecken eingejagt.

„Ich glaube, wir müssen ganz dringend reden, Ferdinand. Aber, koch du mal lieber eine Kanne Tee, damit ich mich von den Schrecken der letzten Minuten erholen kann."

Die beiden Eheleute genießen ihren Tee, dazu hat Ferdinand einige Kleinigkeiten aus der Küche mitgebracht. Sie stammen noch von Niederegger, darüber macht sich der Glückliche jetzt aber keine Gedanken mehr. Seine Gesine ist wieder zu Hause, nur das zählt.

U-Bahn Haltestelle am Hafen
Landungsbrücken

ST. PAULI

Normalität ist wieder in der „Windigen Ecke" eingekehrt. Dafür ist nicht zuletzt die Wirtin Trude Palm verantwortlich. Immer diese Gedanken, die an eine Art Angst geknüpft sind, wollte sie nicht zulassen. Sicherlich, wenn Trude ganz ehrlich ist, ab und zu, wenn sich die Tür knarrend öffnet, genau in dem Moment, bevor man den Eintretenden sieht, dann hat sie schon noch eine Gänsehaut. Zaster – Harry ist auf dem Kiez nun auch nicht irgendjemand, Zaster – Harry hat sich schon in der Vergangenheit seinen Namen gemacht. Geld stand da nicht nur im Vordergrund, wobei es eben häufig die Ursache für alle darauf folgenden Aktionen war. Lieh sich in der Vergangenheit jemand bei Zaster – Harry Geld und zahlte es nicht pünktlich zurück, setzte er Mittel ein, die seinem Geschäftspartner den richtigen Weg handfest aufzeigen. Nicht oft endete eine solche Wegbeschreibung in der Notaufnahme eines Krankenhauses. Und nun? Trude Palm hatte versucht diesen brandgefährlichen Kruper an die Bullen zu verpfeifen, das ist so ziemlich das schlimmste, was man auf dem Kiez machen darf! „Alle für einen, einer für alle!" Ein Wahlspruch, der hier im Milieu in Hamburg ganz besondere Gültigkeit hat.

Eine junge Blondine betritt die Kneipe. Mit einem Blick hat Trude sie zugeordnet, eher horizontal als vertikal!

„Was darf es sein?", erkundigt sich die Wirtin, nachdem die junge Frau sich aus ihrem meerschweinchenfarbenen Lackmantel gepellt hat.

„Einmal Mutterglück, bitte!"
Oh, oh! Wenn das mal kein schlechtes Omen für den Tag ist, eine Rattje, die ans Mutterwerden denkt. Trude mischt den Eierlikör mit der gelben Brause und steckt noch, passend zum Aussehen ihres Gastes, einen pinkfarbenen Strohhalm in das Glas. Gierig trinkt die junge Frau und schaut sich dabei interessiert in der Kneipe um. Gleichzeitig betritt ein neuer Gast die Stube und stellt sich, vermutlich nicht nur zufällig, neben die Pinkfarbene.

„Für mich bitte ein Kastriertes! Aber bitte schön kühl."
Die beiden scheinen sich nicht zu kennen, sind aber aneinander interessiert. Vielleicht aus geschäftlichen Gründen, vielleicht auch nur um etwas zu schnacken, geraten die beiden ins Gespräch. Trude achtet nicht auf die Unterhaltung, da gerade weitere Gäste die „Windige Ecke" betreten haben. Plötzlich beginnt die Horizontale an dem jungen Mann, der sein Bier mittlerweile ausgetrunken hat, herumzumachen.

„Man, wie siehst du denn aus? Alles voller Fussel? Hast du Bekanntschaft mit einem Flokati gemacht?", erklärt sie lautstark und entfernt Büschel für Büschel von der Jacke des Mannes.

„Nein. Ich hatte eben einen Fahrgast, der mit einem Afghanen unterwegs war. Schöner Mist!", schimpft der Mann, der also Taxifahrer ist.

„Nun schimpf man nicht, die armen Kerle haben schon genug im Krieg durchgemacht", erklärt die Blondine.

„Hä? Wieso Krieg? Der Kerl hatte so einen langhaarigen Köter mit langen Ohren und einer spitz zulaufenden Schnauze bei sich. Der hat so gefusselt."

Die Blondine schweigt einen Moment um dann ein neues Thema zu beginnen, womit sie sich scheinbar besser auskennt.

„Ist wohl ein toller Beruf? Ich meine, Taxi fahren?", fragt sie interessiert.

Scheinbar hat sie den Nerv ihres Gegenübers getroffen, die beiden haben sich nämlich mittlerweile beide auf einen Barhocker gesetzt und schauen sich direkt an.

„Klar, immer neue Menschen, immer eine andere Strecke, immer andere Autos vor sich und hinter sich. Mal ist es dunkel, dann wieder scheint die Sonne. Du hast Recht, ganz schön toll."

Die Blondine überlegt einen Moment und erwidert dann:

„Das stelle ich mir sehr pötisch vor."

Zufällig hat nun auch Trude Palm mitbekommen, was die Blonde gerade erklärt hat. Der Taxifahrer blickt erstaunt auf sie, traut sich aber nicht zu fragen, was sie gerade gesagt hat. Immerhin könnte es ja sein, dass nur er dieses Wort nicht kennt. Trude Palm ist da ganz anders, sie nennt Ross und Reiter immer gleich beim Namen.

„Mädchen, das heißt poetisch, nicht pötisch. Aber, mach dir nichts daraus, man kann ja nicht alles wissen. Darf es noch etwas zu trinken sein?"
Breites Grinsen erntet Trude für diese Erklärung, nur die Blondine in dem Lackmantel ist nicht so glücklich und bezahlt. Kaum hat sie die Kneipe verlassen, durchdringt ein schallendes Gelächter den Raum, der Taxifahrer kann sich kaum auf dem Hocker halten.

Stadtrundfahrt

HAMBURG – NEUSTADT

Noch ist es dunkel in Hamburgs Neustadt. Die letzten Besucher, die den gestrigen Abend und die vergangene

Nacht auf dem Kiez oder in deren Umgebung verbracht haben, sind noch nicht nach Hause zurückgekehrt. Einige schlafen ihren Rausch aus, sei es in einem Hauseingang oder gar auf dem Tresen einer dieser Spelunken, von denen es zahlreiche in den kleinen Straßen gibt. Andere sind auch schon wieder unterwegs, um sich die ersten frischen Brötchen zu holen, zum Zeitungskauf oder gar um sich den ersten Flachmann am Kiosk zu besorgen, weil der Alkoholspiegel sonst zu weit nach unten fallen würde. Die meisten der Geschäfte haben noch geschlossen, dennoch sind genau um diese Zeit, die Uhr des Michels zeigt, es ist Viertel vor Acht, unzählige Menschen auf den Beinen. Alle haben nur ein einziges Ziel, als würden sie davon magnetisch oder sogar magisch angezogen. Egal ob sie aus der S-Bahn Haltestelle Stadthausbrücke oder aus der U-Bahnstation St. Pauli kommen, es zieht sie zum Neuen Steinweg. Diese Menschen haben alle etwas gemeinsam, sie alle sind so hanseatisch gekleidet. Die Männer tragen dunkelblaue oder dunkelgraue Anzüge, dazu eine Krawatte, natürlich farblich passend abgestimmt. Die Schuhe sind blank gewienert, selten entdeckt man einen Slipper darunter, Schnürschuhe scheinen passender zu sein. Lange Mäntel, der Jahreszeit angepasst, gerne auch mit einem Schal kombiniert, aber keinerlei Kopfbedeckung. In der Hand oder unter dem Arm entdeckt man Ledertaschen oder Aktentaschen, die sich je nach Alter ihres Trägers nagelneu oder abgegriffen zeigen. Die Damen, viele tragen trotz des Wetters und der Jahreszeit Stöckelschuhe mit klappernden Absätzen, sind auffallend modisch gekleidet. Nicht, wie die Damen, die auf der anderen Seite auf St.

Pauli zu finden sind, nein, auch sie wirken irgendwie kühl, geschäftsmäßig, man könnte auch sagen eben typisch hamburgisch. Wie immer im Leben, es gibt auch Ausnahmen. Jeanshosen, Rucksäcke und hier und da sieht man auch einen alten Zampel. Die Personen, die sich so offensichtlich von den anderen unterscheiden gehen separat und getrennt von den anderen, sie sprechen nicht miteinander, so als würden sie sich nicht kennen. Dennoch haben auch sie dasselbe Ziel! Von weit her kann man das Gebäude erkennen, in das sie alle drängen. Kurz bevor sie die kleine Rampe zur elektronischen Eingangstür betreten, beginnen alle, ausnahmslos alle, die Hanseatischen und die Jeansträger, in ihren Taschen zu kramen und etwas kleines hervorzuziehen. Stolz führen sie es vor sich her, um es dann durch einen kleinen Schlitz in einem modernen Lesegerät zu ziehen. Fast erleichtert, wenn die Tür sich öffnet, verschwindet die kleine Karte wieder und sie alle betreten glücklich die Räume ihrer Haspa. Hier zwischen Neuer Steinweg, Hütten und Neanderstraße liegt das große und ehrwürdige Haus, das zahlreiche Abteilungen der großen und über viele Grenzen hinweg bekannten Sparkasse beheimatet.

Nur einen Steinwurf davon entfernt, zwischen Glacischaussee, Feldstraße und Budapesterstraße, liegt das Heiligengeistfeld. Zu Hause ist hier nicht nur der Hamburger Dom, der nun wirklich so gar nichts mit Kirche zu tun hat, sondern auch das Wilhelm – Koch – Stadion, dessen Chef lange Zeit Connie Littmann war. Hier, wo die Braunen gegen den Rest der Welt Fußball spielen, haben die Jungs der Hamburger Polizei wieder einmal zugeschlagen. Auf dem freien Platz, ganz in der Nähe der U-Bahnstation

Feldstraße, stand schon tagelang ein alter Wohnwagen. Sicher, er war den Beamten schon ins Auge gestochen, aber wie es nun mal so ist, auch ein Beamter der Hamburger Polizei hat einen Schweinehund, den es zu überwinden gilt. Sicherlich ist es also kein Zufall, dass ausgerechnet Hans Rückert, immer voll im Einsatz, immer mit Leib und Seele dabei, diesem Wagen unter die Lupe nimmt. Man findet in ihm deutliche Spuren, die alle darauf hinweisen, er war hier. Und nicht nur einmal! Scheinbar hat er sich hier vor den Beamten verkrochen. Aber diese Rechnung hat Zaster – Harry ohne Hans Rückert gemacht. Nun liegen die Beamten auf der Lauer, mit Erfolg. Die Uhr zeigt kurz vor acht, da kommt ein stämmiger Kerl mit einer Einkauftüte von Aldi fast etwas zu lässig auf den Wohnwagen zu. Zuerst warten die Uniformierten noch ab, bis sich die Tür wieder geschlossen hat, dann schlagen sie zu. Zaster – Harry leistet keinen Widerstand, er ist total überrumpelt worden.

„Na du alter Schlüpferstürmer!", begrüßt Hans Rückert den alten Freund.

„Mit uns hast wohl nicht gerechnet."

Dann klappt die Hamburger Acht auch schon zu, Zaster – Harry wird abgeführt und damit wird auch Trude Palm wieder besser schlafen können. Die Vernehmung auf der Wache dauert nicht lange, dann darf der Festgenommene sich auf Staatskosten unterbringen und bewirten lassen. Sicherlich für eine ziemlich lange Zeit.

Speicherstadt

ST. PAULI

Quietschende Reifen lassen alle Gäste hochschrecken. Heini und die Wirtin der „Windigen Ecke" verlassen zuerst die Kneipe. Nicht nur Neugierde ist ihr Antrieb, sie wollen, falls erforderlich helfen. Glücklicherweise ist so gar nichts passiert.

„Mann, die fahren aber auch wie die Idioten. Kein Wunder, wenn es da mal kracht", erklärt Hein Jensen.

„Gerade hier an dieser Ecke hat es schon so oft gescheppert. Ich könnte ein ganzes Album mit Unfallfotos füllen, wenn ich welche gemacht hätte", erklärt Trude Palm. Der Bus, der für die nachmittägliche Aufregung verantwortlich ist, befindet sich auf einer Stadtrundfahrt durch Hamburgs Hafenviertel. Er überquert die 1975 fertig gestellte, einzige Hamburger Hängebrücke, die Köhlbrandbrücke, fährt langsam durch die Speicherstadt, die schon 1884 in ihren vielen Lagerhäusern nicht nur Kaffee und Tee gelagert hat, um endlich vor der Landungsbrücke, die schon seit 1909 einen Hauptanleger im Hafen ist, anzuhalten. Die zahlreichen Touristen haben nun die Möglichkeit Souvenirs einzukaufen und dafür nicht nur den Hamburger Staat, sondern auch den Inhaber des Ladens, etwas reicher zu machen. Von hier aus verirrt sich selten ein Gast in die „Windige Ecke". Nicht etwa, weil es zu weit entfernt wäre, sondern weil die Reisenden einfach Angst haben, ihren Bus zu verpassen.

„Ich glaube, ich mach auch mal so eine Stadtrundfahrt mit. Was die einem wohl so alles vertellen?", stellt Trude Palm fragend in den Raum.
Sie hat darauf natürlich nicht wirklich eine Antwort erwartet, dennoch gibt Heini so das eine oder andere Interessante von sich.

„Die erzählen bestimmt was von Hagenbeck. Hast gehört, die feiern doch Hundert Jahre Tierpark, ich glaub im Mai? Da brauchst gar keinen kleinen Eisbär, um in die Presse zu kommen."
Trude hört auf, Hagenbeck hat sie schon immer fasziniert.

„Na, und von der Cholera und den großen Brand werden die ja auch vertellen. Immerhin hat es ja da ne Menge Tote gegeben. Vielleicht berichten die auch von unserer Hochbahn, die hatte letztes Jahr ihren Hundertsten, allerdings erst seit Baubeginn. Feiern tun die erst 2012, da war die erste Strecke nämlich fertig, der Ring, weißt doch, Barmbek – Rathaus - Barmbek", gibt Heini von sich.

Trude Palm steht mit offenem Mund hinter ihrem Tresen.

„Sag mal, Heini, hast du einen Lehrgang gemacht, willst du Stadtführer werden? Oder woher weißt du all diese Dinge?"

„Trude, ich bin Hamburger. Da weiß man das eben", erklärt Heini stolz, während er sich mit der rechten Hand auf sein Herz klopft.

„Ich weiß noch mehr, wenn es wissen willst. Zum Beispiel, dass Hamburg den achtgrößten Hafen der Welt hat. Stellt euch vor, in jeder Stunde werden da 25 Container be- und entladen. Na, und dann fällt mir auch noch ein, dass Hamburg mehr Brücken hat als Amsterdam und Venedig toh´oop. Ja, da kannst kiken."

Nun ist Trude ganz sprachlos geworden. Sie nimmt sich ein Glas und lässt das goldene Nass hineinlaufen.

„Komm, Heini, dafür hast du dir ein Blondes verdient."

Die Tür öffnet sich und Hans Rückert betritt die Kneipe. Der Polizist ist immer gerne bei Trude Palm gesehen, ganz besonders in dieser Zeit, die für die Wirtin so voller Angst und Schrecken ist.

„Ich habe gute Nachrichten für dich, Trude!", erklärt der Uniformierte, bevor er noch am Tresen angekommen ist.

„Sag bloß, hast du Zaster – Harry eingelocht?", fragt Trude aufgeregt.

„Genau. Wir haben ihn festgesetzt, du kannst also aufatmen, die Gefahr ist vorbei."

„Dafür gebe ich einen aus. Was willst du haben?"

„Lass mal gut sein, Trude, ich bin noch im Dienst. Aber einen Kaffee würde ich trinken."

Die Stimmung in der kleinen Kneipe ist gleich viel gelöster und fröhlicher, seit Hans Rückert diese Nachricht verkündigt hat.

„Der Kaffee geht aufs Haus. Lass es dir schmecken. Aber, erzähl doch mal, was ist denn passiert?", will die Wirtin wissen.

Der Polizist erklärt die eine oder andere Kleinigkeit, wobei er immer wieder darauf hinweist, dass er ja eigentlich so gar nichts sagen darf. Dann aber kommt doch noch eine Neuigkeit, die Trude mit gespanntem Blick verfolgt.

„Du kannst dich doch noch an das Bündel erinnern, was hiervor deiner Kneipe lag? Das gehörte auch Zaster – Harry. Da war Beute drin, von einem Überfall auf ein Hamburger Kreditinstitut. Sicherlich wollte er dafür Weihnachtsklunker für seine Pferdchen kaufen. Warum der Zaster dann hier vor deinem Laden lag, wissen wir noch nicht. Ich fand es aber schon komisch, es muss hier mindestens drei Tage gelegen haben. Und keiner hat das Ding angefasst, keiner hat das Bündel mitgehen lassen. Sonderbar, oder?", stellt Hans Rückert in den Raum.

Auch Trude Palm hatte sich schon damals darüber gewundert, alle haben es gesehen, aber keiner hat es angepackt. Scheinbar hatten alle Beteiligten eine Höllenangst davor, dass es sich vielleicht doch um Leichenteile handeln könnte. Nun aber ist es vorbei. Die Beute, das Bargeld ist sichergestellt, Zaster – Harry ist eingelocht und auf dem Kiez herrscht wieder Ruhe und Frieden. Und auch in der „Windigen Ecke" kehrt die Normalität wieder ein. Trude Palm kann, nachdem sie den falschen Zaster – Harry verpfiffen hatte, wieder ruhig schlafen und braucht keine Angst mehr vor irgendwelchen Rachetaten zu haben.

Am Hafen

HARVESTEHUDE

Was für ein Morgen? Vom blauen Himmel strahlt die Sonne auf Hamburg nieder, zu schön, um wahr zu sein. Voreingenommene behaupten, so schön wie in Hamburg kann der Himmel nur noch in Andalusien aussehen.

Früher als sonst hat es am heutigen Morgen Ferdinand von Straaten aus den Federn gerissen. Kaum hatte er die Augen aufgeschlagen, fiel sein erster Blick auf sie, auf seine geliebte Gesine. Sie war wieder da, war nicht entführt worden. Warum seine Frau erst so spät nach Hause gekommen war, warum die junge Rezeptionistin in

Lüneburg gesagt hatte, Gesine hätte mit einem Mann, mit dem sie hier im Hotel gewohnt hätte, bereits ausgecheckt, weiß er aber noch nicht. Leise schleicht sich Ferdinand aus dem Haus. Er will seine Gesine überraschen und kauft beim Bäcker frische Brötchen und die aktuellen Tageszeitungen ein. Nachdem er die Wohnungstür geöffnet hat, dringt das bekannte Blubbern der vollautomatischen Kaffeemaschine an sein Ohr. Schnell deckt er noch den Tisch, presst große Apfelsinen zu einem leckeren Saft aus und stellt die Kristallgläser mit auf den Frühstückstisch. Auch ein mitgebrachter Rosenstrauß findet noch seinen Platz, dann erscheint auch schon Gesine von Straaten in der Tür zum Esszimmer.

„Guten Morgen, meine Liebe!", begrüßt Ferdinand seine Frau.

Das klang nicht immer so, Ferdinand und auch Gesine wissen das sehr wohl. Es ist immer so, erst wenn man etwas nicht mehr hat, dann weiß man, was man daran hatte. So auch bei Gesine.

„Ich hoffe, du hast gut geschlafen? Hattest du schöne Träume?", fragt der Ehemann.

„Ja, Ferdinand. Dank der Nachfrage, ich habe wirklich sehr gut geschlafen und bin total erholt. Das Bett bei meiner Freundin ist sehr schmal gewesen, aber egal, jetzt bin ich ja wieder zu Hause. Hast du Pläne für heute? Willst du in die Sauna? Kommen deine Freunde?", fragt Gesine nicht ohne Grund.

Ferdinand bittet seine Frau zuerst einmal am Tisch Platz zu nehmen. Gemeinsam wollen sie in Ruhe das gemeinsame Frühstück genießen. Danach, darüber ist sich Ferdinand ganz sicher, wird er seiner Gesine zur Seite stehen. Egal, ob sie auf den Markt will, zum Einkaufen, oder ob sie vielleicht einen Bummel durch die Stadt oder durch Wandsbek machen will, er wird an ihrer Seite sein.

„Bist du dir sicher, dass du mit mir einkaufen willst?", fragt Frau von Straaten erschrocken.

Als Ferdinand bejaht, ist sie zuerst zufrieden, später allerdings, als sie darüber nachdenkt, kommen ihr Zweifel, ob es so in ihrem Sinne ist, wenn ihr Mann sie auf Schritt und Tritt begleitet. Aber sie ist sich sicher, so viel Enthusiasmus wird sich schnell legen, das wird Ferdinand auf Dauer nicht aushalten können, zum Glück. Das Gespräch wird sich aber nach dem Frühstück auch noch um Doris Hagedorn drehen. Gesine will ganz genau wissen, warum gerade diese Doris ihren Ferdinand zu einem Seitensprung bringen konnte.

„Was hat sie, was ich nicht habe?", fragt Gesine.

Es fällt Ferdinand schwer, es seiner Frau zu erklären. Doris ist jung, aber blöd. Doris hatte viel Zeit, aber kein Geld. Doris ist hübsch, aber eben blond, nicht nur im herkömmlichen Sinne. Eigentlich ist Doris so gar nicht das, was Ferdinand mag, dennoch hat sie es geschafft und den reifen Mann dahin gezogen, wohin sie ihn haben wollte. Sonderbar, denkt Ferdinand, als er in Ruhe über die prekäre Situation nachdenkt.

„Ich mache dir einen Vorschlag, Ferdinand. Lade deine Geliebte zu einem Kaffee ein, hier in unsere Wohnung. Dann kannst du ihr in meinem Beisein erklären, dass du dich von ihr trennst. Dann wissen alle Beteiligten, woran sie sind", erklärt Gesine.

Darüber ist Ferdinand nun allerdings erbost, soweit darf es

nicht kommen und soweit wird es auch nicht kommen. Ferdinand steht auf und verlässt das Esszimmer für einen kurzen Moment. Zurück erscheint er und reicht Gesine ein Handy.

„Hier, meine Liebe. Bitte sei so nett und vernichte dieses Ding. Sie hat als Einzige die Nummer. Vernichte es und ich werde nie wieder in Kontakt mit ihr treten. Ich gebe dir mein Ehrenwort", erklärt Ferdinand.

„Sag so etwas nicht, mein Liebster, ich möchte nicht, dass du in der Badewanne endest. Da hat es schon mal einen Mann gegeben, der so etwas gesagt hat und dann tot in der Wanne lag. Es reicht doch, wenn du den Chip vernichtest, das Handy kann schließlich nichts dafür."

So kehrt an diesem Morgen auch bei Familie von Straaten wieder Ruhe und Frieden ein. Am Nachmittag kommt Alma Abendroth auf einen Kaffee und auf ein Stück Torte zu den von Straatens. Gesine erklärt, wer Alma ist und dass sie sich ganz zufällig in Lüneburg getroffen hätten. Warum die junge Rezeptionistin allerdings erklärt habe, Gesine hätte gemeinsam mit einem Mann dort im Zimmer gewohnt, wird allen Beteiligten ein Rätsel bleiben. Vielleicht wollte sie sich wichtig tun, vielleicht aber wollte sie auch nur einen Ehemann verärgern. Gesine und Alma jedenfalls, Freundinnen seit Jahrzehnten, werden sich nun öfter treffen und manchmal eben auch mit Ferdinand gemeinsam einen Kaffee trinken oder in die Sauna ins Treudelberg fahren.

Haspa am Rathausmarkt

MEIN HAMBURG

Hamburg, meine Stadt.
Hamburg, das Tor zur Welt.
Hamburg hat Pfeffer im Sack.

Merkantil und hanseatisch, schön und interessant. Hamburg, eine Stadt, die in Nord und Süd, in Ost und West bekannt ist. Der Stadtstaat ist berühmt für Wohlstand und Solidität. Ob man nun den Hamburger Hafen, mit seiner 800 jährigen Geschichte besucht, oder nur konditern geht, auf dem Jungfernstieg oder im Landhaus Walter, ob bei einem Bummel über die Reeperbahn oder bei einem Besuch im Ohnsorg –Theater, Hamburg ist überall schön und sehenswert.
Einiges konnte ich berichten, aber längst nicht alles. Da bleibt Viel, was es sich lohnt anzusehen, Vieles, was man erleben kann und muss, wenn man nach Hamburg kommt.
Ich hoffe, ich habe Ihnen einen kleinen Eindruck vermittelt und Appetit gemacht, auf mehr.

Tschüss in Hamburg
Hummel-Hummel!

Vokabeln

Antoch antüdelt	Anzug angezogen
Bab´utz	Frisör
Badlo	Name einer Badeanstalt in Barmbek
Beer	Bier
beten	etwas, ein bisschen
beten Lüttgeld	Etwas Kleingeld
blank gewienert	Blank geputzt
Blondes	Bier
Boom	Baum
breegenklöterig	durcheinander vor Aufregung
bruken, brukt	brauchen, benötigen
Buddel	Flasche
Bügelschwalbe	Prostituierte , Hausfrau mit Nebenjob
Bullen	Polizisten
bullerich	laut, grob, polterig
d´addeldu	fertig, erschöpft
Dach	kurz für: guten Tag!
dammelich	langweilig, umständlich
Deern	Mädchen
De Kerl war son Schrank, da kannste kleine draus machen	Ausspruch über große Personen
Die Ritze	Bar auf dem Kiez
Dollste Dinger	tolle Sachen oder Dinge
Dösbattel	Dummkopf
Doschkopp	Dorschkopf, Dummkopf

Drönbacke	jemand, der nicht aufpasst
Düvel	Teufel
een	ein
Elbsegler	typische Schiffermütze
Eumel	kann alles sein, hier Penis
Feenteich	Teich in Uhlenhorst
Festmoker	Festmacher, befestigt Schiffe an Mole
fien moken	fein machen, schön anziehen
Filou	Schlitzohr
Finkenau	ehem. Krankenhaus-Geburtsklinik
Flachmann	kleine Taschenflasche m. Schnaps
Friesennerz	gelbe Öljacke
Froenslüüd	Frauenzimmer, Frau
Fru	Frau
Fründ	Freund
Gerappelt voll	total besetzt
gesungen	bei der Polizei ausgesagt
Getüdel	Kleidung
Gören	Kinder
Gössel	Gans
Grüne Minna	Transportfahrzeug der Polizei
Grüpp	Graben
Grütt	Grütze (Rote Grütze)
Hanken	Hähnchen

Hamburgensie	pittoreske grafische Darstellung Hamburg
Hamburger Acht	Handschellen
Hamburger Dom	Kirmes von Hamburg
Hamburger Michel	Abkürzung für St. Michaelis
Haspa	Hamburger Sparkasse
Herbertstraße	nur für Männer auf der Reeperbahn
Horizontale	Prostituierte
Hütten	Straße in der Neustadt
Hüüschen	Haus
Huut	Haut
Janmaat	Seemann
Kastriertes	alkoholfreies Bier
keen	kein
keen Sabbelkram	nichts Süßes
Kiez	Ausdruck für St. Pauli
kiken	gucken, schauen
Kluntjes	Kandis
Knaster	Geld
Köm	Korn
Konditern gehen	Kaffee trinken und Kuchen essen
Koom ´ood	bequem machen
Kruper	Geschäftsmann
Kummerwagen	Müllmann, Müllwerker
Lange Reihe	Straße in St. Georg
Lat mi an Land	lass mich in Ruhe
Ledder	Leder

Liek, ne Liek	eine Leiche
Lotterleben	Leben, das so nicht gut ist
Lude	Zuhälter
Lütt und Lütt	Klein und Klein, Korn und Bier
Lüttgeld	Kleingeld
Lüttje	klein und unbedeutend
Lüttje Püttjerkram	Kleinigkeit
Macker	Freund, Kerl, Mann
Mann inne Tünn	Ausruf des Erstaunens
MC Frikadelle	MC Donalds
Michel	St. Michaelis, Wahrzeichen von HH
mien	mein
Mö	Mönckebergstraße in Hamburg
Moin! Moin!	Guten Morgen! Guten Tag!
Ne junge Deern	ein junges Mädchen
Neanderstraße	Straße in der Neustadt
Nee, nee	nein, nein
Neuer Steinweg	Straße im Stadtteil Neustadt
Neustadt	Stadtteil der an St. Pauli grenzt
nich	nicht
Onkel Rudolf	Eigenname für Karstadt
ook	auch
Oolsch	Alte, alte Frau
oolten	alten
oolten Hüüschen	altes Haus

Pappenheimer	speziell, hier Stammkunde
Papperlapapp	Gerede
Penunse	Geld
Peterwagen	Polizeiwagen
pieselt	pieschern, urinieren
Püttjerkram	Kleinigkeit
Quittsche, Quittje	In Hamburg Zugereister, Nichthamburger
Rattje	Prostituierte
Rök	Geruch
Rundstücke	Brötchen, Schrippen
Santa Fu	Eigenname des Hamburger Knast
Santa Pauli	erotischer Weihnachtsmarkt
Schiet	Scheiß
Schlabberwasser	Sekt
Schmiere	Polizei
Schmitts Tivoli	Theater auf St. Pauli
Schnacken	reden, sprechen, unterhalten
Schöne Aussicht	Straße in Uhlenhorst
Schupo	Schutz Polizist
Schwanenwik	Straße in Uhlenhorst
Schwedische Gardinen	Gefängnis
Sich vom Acker machen	gehen, abhauen, verschwinden
Snabbelkraam	Süßigkeit
Stieben	steifen Grog

Straßenschwalbe	Prostituierte
Südwester	spezieller Regenhut v. d. Küste
Suuswater	Sekt
Swinneln	schwindeln
swirich	schwierig
too 'hop	zusammen
Tschüss	Auf Wiedersehen!
Tüteltante	Frau, die Blödsinn redet
Tüüch	Zeug, Kleidung
überkandidelt	überdreht und extravagant
Udels	Polizisten
unken	vorhersehen, Blödsinn reden
unterbuttern lassen	unterkriegen lassen
Verpfeifen	verraten
Vertellen	erzählen
Water	Wasser
Wihnachten	Weihnachten
Wucht in Tüten	Anspruch, etwas ganz Tolles sein
Wumme	Waffe
Zampel	Sack oder Tasche aus Leinen
Zaster	Geld

Bisher von der Autorin erschienen:

Mañana otro dia oder Leben in Andalusien
ISBN: 978-3-898463-42-3

Spanien, der schnellste Weg zum Herzinfarkt
ISBN: 978-3-837076-19-6

St. Pauli, Barmbek und ein bisschen Hamburg
Kindle-Edition ASIN: B00GIOPQHO

Mord in Cádiz
Kommissarin Juana ermittelt - 1.Fall
ISBN: 978-3-839168-11-0 (erste Auflage)
ISBN: 978-3-734782-73-2 (04.2015)
auch als e-book erhältlich

Der Tod und der Narr
Kommissarin Juana ermittelt – 2. Fall
ISBN: 978-3-842354-29-6
auch als e-book erhältlich

Tödlicher Sherry
Kommissarin Juana ermittelt - 3.Fall
ISBN: 978-3-844814-29-3
auch als e-book erhältlich

Mord zur Semana Santa
Kommissarin Juana ermittelt – 4. Fall
ISBN: 978-3-732234-75-2

auch als e-book
Die Flamenco-Tänzerin
Kommissarin Juana ermittelt - 5.Fall
ISBN: 978-3-735790-43-9
auch als e-book

Mord und andere mystische Geschichten:
Kurzkrimis
ISBN: 978-3-732249-80-0
auch als e-book

Ein Diplomat auf Abwegen
Sein Tod gehört mir
ISBN: 978-3-848216-40-6
auch als e-book erhältlich

Natürliche gesunde Schönheit
Ratgeber für Ihre Hautpflege und ein gutes Hautgefühl
ISBN: 978-3-844814-78-1
auch als e-book erhältlich

Fütterst du noch – oder ernährst du schon?
Hunde und Katzen lieben es!
Ratgeber für artgerechte Ernährung
ISBN: 978-3-735780-60-7
auch als e-book

Andalusien - Hautnah:
Das wahre Leben - Band 1
Kindle-Edition: ASIN: B00QVFLNH2

Andalusien - Hautnah:
Das wahre Leben - Band 2
Kindle-Edition: ASIN: B00RKQ4A62

Andalusien - Hautnah:
Das wahre Leben - Band 3
Kindle-Edition: ASIN: B00U7LCJLU

Andalusien - Hautnah:
Das wahre Leben - Band 4
Kindle-Edition: erscheint im April 2015